L'INSTANT PRÉSENT

Guillaume Musso

L'INSTANT PRÉSENT

roman

ÉDITIONS FRANCE LOISIRS

Édition du Club France Loisirs,
avec l'autorisation de XO Éditions.

Éditions France Loisirs,
123, boulevard de Grenelle, Paris
www.franceloisirs.com

Nouvelle version revue par l'auteur

Mise en pages : Sylvie Denis

ISBN : 978-2-298-10624-4

À mon fils.

À mon père.

L'amour a des dents et
ses morsures ne guérissent jamais.

Stephen KING

L'histoire de nos peurs

L'histoire de notre vie est l'histoire de nos peurs.

Pablo DE SANTIS

1971

– N'aie pas peur, Arthur. Saute ! Je te rattrape au vol.

– Tu… tu es sûr, papa ?

J'ai cinq ans. Les jambes dans le vide, je suis assis sur le plus haut matelas du lit superposé que je partage avec mon frère. Les bras ouverts, mon père me regarde d'un œil bienveillant.

– Vas-y, mon grand !

– Mais j'ai peur…

– Je te rattrape, je t'ai dit. Tu fais confiance à ton père, hein, mon grand ?

– Ben oui…

– Alors, saute, champion !

Pendant quelques secondes encore, je dodeline de ma tête ronde. Puis, avec un large sourire, je m'élance dans les airs, prêt à m'accrocher au cou de l'homme que j'aime le plus au monde.

Mais au dernier instant, mon père, Frank Costello, recule volontairement d'un pas, et je m'étale de tout mon long. Ma mâchoire et mon crâne heurtent douloureusement le parquet. Sonné, il me faut un moment pour me relever. J'ai la tête qui tourne et l'os de la pommette enfoncé. Avant que je fonde en larmes, mon père m'assène une leçon que je n'oublierai jamais :

– Dans la vie, tu ne dois faire confiance à personne, tu comprends, Arthur ?

Je le regarde, terrifié.

– À PERSONNE ! répète-t-il avec un mélange de tristesse et de fureur contre lui-même. Pas même à ton propre père !

Première partie

Le phare des 24-Vents

Lighthouse

Je me demande ce que le passé nous réserve.

Françoise SAGAN

1.

Boston

Printemps 1991

Le premier samedi de juin, mon père a débarqué chez moi à l'improviste sur le coup de 10 heures du matin. Il avait apporté un pain de Gênes et des *cannoli* au citron que sa femme avait préparés à mon intention.

– Tu sais quoi, Arthur ? On pourrait passer la journée tous les deux, proposa-t-il en allumant la machine à expresso comme s'il était chez lui.

Je ne l'avais plus vu depuis Noël dernier. Accoudé à la table de la cuisine, je contemplais mon reflet dans les chromes du grille-pain. J'avais le visage mangé par la barbe, les cheveux hirsutes, le regard creusé par les cernes, le manque de sommeil et l'abus d'*apple martini*. Je portais un vieux tee-shirt Blue Öyster Cult que j'avais acheté lors de mes années lycée et un caleçon Bart Simpson délavé. La veille au soir, après quarante-huit heures de garde, j'avais descendu quelques verres de trop au Zanzi Bar avec Veronika Jelenski, l'infirmière la plus bandante et la moins farouche du Massachusetts General Hospital.

La belle Polonaise avait passé une partie de la nuit avec moi, mais avait eu la bonne idée de décamper deux heures plus tôt, emportant son petit sachet d'herbe et son papier à cigarette, s'évitant ainsi un télescopage fâcheux avec mon père, l'un des pontes du département de chirurgie de l'hôpital dans lequel nous travaillions tous les deux.

– Un double expresso, le meilleur coup de fouet pour démarrer la journée, affirma Frank Costello en posant devant moi une tasse de café serré.

Il ouvrit les fenêtres pour aérer la pièce dans laquelle persistait une forte odeur de shit, mais s'abstint de tout commentaire. Je croquai dans une pâtisserie, tout en le détaillant du coin de l'œil. Il avait fêté ses cinquante ans deux mois plus tôt, mais, à cause de ses cheveux blancs et des rides qui creusaient son visage, il en faisait facilement dix ou quinze de plus. Malgré tout, il avait conservé une belle allure, des traits réguliers et un regard d'azur à la Paul Newman. Ce matin-là, il avait délaissé ses costumes de marque et ses mocassins sur mesure pour un vieux pantalon kaki, un pull de camionneur élimé et de lourdes chaussures de chantier en cuir épais.

– Les cannes et les appâts sont dans le pick-up, lança-t-il en avalant son petit noir. En partant tout de suite, on sera au phare avant midi. On mangera sur le pouce et on pourra taquiner la dorade tout l'après-midi. Si la pêche est bonne, on s'arrêtera à la maison en revenant. On préparera le poisson en papillotes avec des tomates, de l'ail et de l'huile d'olive.

Il me parlait comme si nous nous étions quittés la veille. Cela sonnait un peu faux, mais ce n'était pas désagréable. Tandis que je dégustais mon café par petites gorgées, je me demandais d'où lui venait cette soudaine envie de partager du temps avec moi.

Ces dernières années, nos relations avaient été quasi inexistantes. J'allais bientôt avoir vingt-cinq ans. J'étais le benjamin d'une fratrie de deux garçons et d'une fille. Avec l'accord bienveillant de mon père, mon frère et ma sœur avaient repris l'entreprise familiale créée par mon grand-père – une modeste agence de publicité à Manhattan – et l'avaient fait suffisamment prospérer pour espérer la revendre dans les prochaines semaines à un grand groupe de communication.

Moi, je m'étais toujours tenu à l'écart de leurs affaires. Je faisais partie de la famille, mais « de loin », un peu à la manière d'un oncle bohème parti vivre à l'étranger et que l'on croise sans déplaisir lors du repas de Thanksgiving. La vérité, c'était que dès que j'en avais eu l'occasion, j'étais parti étudier le plus loin possible de Boston : une *pre-med* à Duke, en Caroline du Nord, quatre années d'école de médecine à Berkeley et une année d'internat à Chicago. Je n'étais revenu à Boston que depuis quelques mois pour y effectuer ma deuxième année de résidanat en médecine urgentiste. Je bossais près de quatre-vingts heures par semaine, mais j'aimais ce boulot et son adrénaline. J'aimais les gens, j'aimais travailler dans l'urgence et me coltiner la réalité dans ce qu'elle pouvait avoir de plus brutal. Le reste du temps, je traînais mon spleen dans les bars du North End, je fumais de l'herbe, et je baisais des filles un peu barrées et pas sentimentales dans le genre de Veronika Jelenski.

Longtemps, mon père avait désapprouvé mon mode de vie, mais je ne lui avais guère laissé d'angles d'attaque : j'avais financé mes études de médecine sans lui demander le moindre sou. À dix-huit ans, après la mort de ma mère, j'avais eu la force de quitter la maison et de ne plus rien attendre de lui. Et cet éloignement n'avait pas eu l'air de lui peser. Il s'était remarié avec l'une de ses maîtresses, une femme charmante et intelligente qui avait le mérite de le supporter. Je leur rendais visite deux ou trois fois par an, et ce rythme paraissait convenir à tout le monde.

Ce matin-là, mon étonnement n'en fut donc que plus grand. Tel un diable sorti d'une boîte, mon père surgissait de nouveau dans ma vie, m'attrapant par la manche pour me conduire sur le chemin d'une réconciliation que je n'attendais plus.

– Bon, ça te tente, cette partie de pêche, oui ou merde ? insista Frank Costello, incapable de masquer plus longtemps son irritation devant mon silence.

– D'accord, papa. Laisse-moi juste le temps de passer sous la douche et de me changer.

Satisfait, il tira un paquet de cigarettes de sa poche et s'alluma une tige avec un vieux briquet tempête en argent que je lui avais toujours connu.

Je marquai mon étonnement :

– Après la rémission de ton cancer de la gorge, je pensais que tu avais arrêté…

Son regard d'acier me transperça.

– Je vais t'attendre dans le pick-up, répondit-il en se levant de sa chaise et en exhalant une longue bouffée de fumée bleue.

2.

Le trajet de Boston jusqu'à l'est de Cap Cod prit moins d'une heure et demie. C'était une belle matinée de fin de printemps. Le ciel était pur et éclatant, le soleil éclaboussait le pare-brise, distillant des particules dorées qui flottaient sur le tableau de bord. Fidèle à ses habitudes, mon père ne s'embarrassa pas de faire la conversation, mais le silence n'était pas pesant. Le week-end, il aimait conduire son pick-up Chevrolet en écoutant les mêmes cassettes en boucle dans l'autoradio : un best of de Sinatra, un concert de Dean Martin et un obscur album de country enregistré par les Everly Brothers à la fin de leur carrière. Collé sur la vitre arrière, un autocollant promotionnel vantait la candidature de Ted Kennedy pour la campagne sénatoriale de 1970. De temps à autre, mon père aimait jouer au paysan bouseux, mais il était l'un des chirurgiens les plus réputés de Boston et, surtout, il détenait des parts dans une entreprise qui valait plusieurs dizaines de millions de dollars. En affaires, tous ceux qui s'étaient laissé abuser par son personnage de péquenot en avaient été pour leurs frais.

Nous avons traversé Segamore Bridge, parcouru encore une quarantaine de kilomètres avant de faire une halte au Sam's Seafood pour acheter des *lobster rolls*[1], des pommes de terre frites et un pack de bière blonde.

Il était à peine plus de midi lorsque la camionnette s'engagea dans l'allée de gravier qui conduisait jusqu'à la pointe nord de Winchester Bay.

L'endroit était sauvage, cerné par l'océan et les rochers, et presque constamment battu par le vent. C'est là, sur un terrain isolé et délimité par les falaises, que se dressait *24 Winds Lighthouse* : le phare des 24-Vents.

L'ancien bâtiment de signalisation était une structure octogonale tout en bois qui culminait à une douzaine de mètres. Il s'élevait à côté d'une maison bardée de planches peintes en blanc et recouverte d'un toit pointu en ardoise. Les jours de beau soleil, c'était une agréable résidence de vacances, mais il suffisait que le temps se couvre ou que le soir tombe pour que le paysage de carte postale cède la place à un tableau

1. Pain à hot-dog garni de salade de homard.

sombre et onirique digne d'Albert Pinkham Ryder. La bâtisse était dans la famille depuis trois générations. Mon grand-père, Sullivan Costello, l'avait achetée en 1954 à la veuve d'un ingénieur en aéronautique qui l'avait lui-même raflée lors d'une mise aux enchères effectuée par le gouvernement américain en 1947.

Cette année-là, en manque de fonds, l'État fédéral s'était délesté de plusieurs centaines de sites qui ne présentaient plus d'importance stratégique pour le pays. C'était le cas de *24 Winds Lighthouse*, devenu obsolète après la construction d'un phare plus moderne sur la colline de Langford, quinze kilomètres plus au sud.

Très fier de son acquisition, mon grand-père avait entrepris de rénover le phare et son cottage pour les transformer en une confortable résidence secondaire. C'est pendant qu'il y faisait des travaux qu'il avait mystérieusement disparu au début de l'automne 1954.

On avait retrouvé sa voiture garée devant la maison. La Chevrolet Bel Air convertible était décapotée, les clés posées sur le tableau de bord. Lors de la pause de midi, Sullivan avait pris l'habitude de s'asseoir sur les rochers pour déguster son casse-croûte. On avait rapidement conclu à une noyade accidentelle. Même si les marées n'avaient jamais rendu son corps, mon grand-père fut déclaré mort, noyé sur les côtes du Maine.

Si je ne l'avais pas connu, j'avais souvent entendu ceux qui l'avaient fréquenté le décrire comme un personnage original et haut en couleur. En second prénom, j'avais hérité de son nom de baptême et, comme mon frère aîné n'en avait pas voulu, c'est aussi moi qui portais la montre de Sullivan, une Tank Louis Cartier du début des années 1950, au boîtier rectangulaire et aux aiguilles en acier bleui.

3.

– Attrape le sac en kraft et les bières, on va casser la croûte au soleil !

Mon père claqua la porte du pick-up. Je remarquai qu'il portait sous le bras le cartable en cuir fatigué que ma mère lui avait offert, lorsque j'étais enfant, à l'occasion d'un de leurs anniversaires de mariage.

Je posai la glacière sur une table en bois près du barbecue en briques construit à une dizaine de mètres de l'entrée de la maison. Depuis deux décennies, ce meuble de jardin et les deux chaises Adirondack qui l'accompagnaient résistaient, je ne sais trop comment, à tous les assauts des intempéries. Le soleil était haut dans le ciel, mais l'air était vif. Je remontai la fermeture à glissière de mon blouson avant de commencer à déballer les *lobster rolls*. Mon père sortit de sa poche un couteau suisse, nous décapsula deux Budweiser et prit place sur un des sièges en cèdre rouge.

– À la tienne ! dit-il en me tendant une bouteille.

Je l'attrapai et vins m'asseoir à ses côtés. Alors que je savourais la première gorgée de bière, je vis briller dans ses yeux une lueur inquiète. Le silence succéda au silence. Il n'avala que quelques bouchées de son sandwich et s'empressa d'allumer une nouvelle cigarette. La tension était palpable, et je compris alors qu'il ne m'avait pas fait venir ici pour passer un après-midi tranquille entre père et fils, et qu'il n'y aurait ni partie de pêche, ni tapes dans le dos, ni dorade à l'italienne cuisinée en papillotes.

– J'ai quelque chose d'important à te dire, commença-t-il en ouvrant sa mallette pour en sortir plusieurs documents rangés dans des chemises cartonnées.

Sur chacune d'elles, je reconnus le logo discret du cabinet juridique Wexler & Delamico qui défendait les intérêts de la famille depuis des décennies.

Il prit une longue bouffée de tabac avant de poursuivre :

– J'ai décidé de mettre mes affaires en ordre avant de partir.

– De partir où ?

Un léger rictus lui tordit la lèvre inférieure. Je le provoquai :

– Tu veux dire avant de *mourir* ?

– Voilà. Mais ne te réjouis pas trop vite : ce n'est pas pour demain, même s'il est vrai que l'échéance se rapproche.

Il plissa les yeux, chercha à accrocher mon regard avant de m'annoncer d'une voix nette :

– Je suis désolé, Arthur, mais tu ne toucheras pas un dollar de la vente de l'entreprise. Pas un dollar non plus de mes contrats d'assurance vie ou de mes biens immobiliers.

J'eus du mal à cacher ma stupéfaction, mais, dans le flot des sentiments qui m'envahirent, la surprise prit le pas sur la colère.

– Si c'est pour me dire ça que tu m'as fait venir jusqu'ici, tu n'aurais pas dû te donner autant de peine. Je me fous de ton argent, tu devrais le savoir…

Il inclina la tête pour désigner les dossiers en carton posés sur la table, comme s'il n'avait pas entendu un mot de ce que je venais de dire.

– J'ai pris toutes les dispositions légales pour que l'intégralité de mon patrimoine revienne à ton frère et à ta sœur…

Je serrai les poings. À quoi rimait ce jeu pervers ? Que mon père me déshérite, à la rigueur, mais pourquoi organiser cette mise en scène pour me l'annoncer ?

Il inhala une nouvelle bouffée de tabac.

– Ton seul héritage…

Il écrasa sa clope avec son talon, laissant flotter quelques secondes le début de sa phrase, manière de ménager une sorte de suspense que je trouvai malsain.

– Ton seul héritage sera *24 Winds Lighthouse*, affirma-t-il en désignant la bâtisse. Ce terrain, cette maison, ce phare…

Le vent se leva, soulevant un nuage de poussière. Plongé dans la stupéfaction la plus totale, il me fallut plusieurs secondes avant de réagir.

– Qu'est-ce que tu veux que je fasse de cette bicoque ?

Alors qu'il ouvrait la bouche pour m'apporter des précisions, il partit d'une toux inquiétante. Je le regardai s'époumoner en regrettant de l'avoir suivi jusqu'ici.

– C'est à prendre ou à laisser, Arthur, me prévint-il en retrouvant son souffle. Et si tu acceptes cet héritage, tu t'engages à respecter deux conditions. Deux conditions non négociables.

Je fis mine de me lever quand il poursuivit :

– D'abord, tu dois t'engager à ne jamais vendre le bien. Tu m'entends ? JAMAIS. Le phare doit rester dans la famille. Pour toujours.

Je m'agaçai :

– Et la deuxième condition ?

Il se massa longuement les paupières et poussa un long soupir.

– Suis-moi, annonça-t-il en quittant sa chaise.

Je lui emboîtai le pas de mauvaise grâce. Il m'entraîna dans l'ancienne demeure du gardien du phare. C'était un petit cottage rustique qui baignait dans son jus et sentait le renfermé. Les murs étaient décorés de filets de pêche, d'un gouvernail en bois laqué et de diverses croûtes d'artistes locaux mettant en scène les paysages de la région. Sur le manteau de la cheminée, on retrouvait une lampe à pétrole ainsi qu'un voilier miniature prisonnier d'une bouteille.

Mon père ouvrit la porte du corridor – un couloir d'une dizaine de mètres tapissé de lattes vernies qui reliait la maisonnette au phare –, mais, au lieu d'emprunter les escaliers pour rejoindre le sommet de la tour, il souleva la trappe en bois qui permettait d'accéder à la cave.

– Viens ! ordonna-t-il en sortant une torche de sa mallette.

Courbé, je descendis dans son sillage une volée de marches grinçantes et rejoignis la pièce souterraine.

Lorsqu'il actionna l'interrupteur, je découvris un local rectangulaire, bas de plafond, aux murs de briques rougeâtres. Recouverts de toiles d'araignée, des tonneaux et des caisses en bois étaient empilés dans un coin, figés dans la poussière depuis Mathusalem. Un réseau de tuyauteries vétustes courait en cercle autour du plafond. Malgré l'interdiction qui nous en avait été faite, je me rappelais très bien être venu explorer l'endroit une fois avec mon frère lorsque nous étions gamins. À l'époque, notre père nous avait administré une correction qui nous avait dissuadés d'y remettre les pieds.

– On joue à quoi, au juste, papa ?

Pour toute réponse, il tira une craie blanche de la poche de sa chemise et dessina une grande croix sur le mur. Il pointa du doigt le symbole.

– À ce niveau, derrière les briques, se trouve une porte métallique.

– Une porte ?

– Un passage dont j'ai muré l'accès il y a plus de trente ans.

Je fronçai les sourcils.

– Un passage vers quoi ?

Mon père éluda la question et eut une nouvelle quinte de toux.

– C'est la deuxième condition, Arthur, dit-il en reprenant son souffle. Tu ne dois jamais chercher à ouvrir cette porte.

Pendant un moment, je crus vraiment qu'il était devenu sénile. J'avais d'autres questions à lui poser, mais il s'empressa de couper le courant et de quitter la cave.

L'héritage

Le passé est imprévisible.
Jean Grosjean

1.

L'air marin qui montait de l'océan revigorait autant qu'il abrutissait.

Nous étions de nouveau dans le jardin, assis de part et d'autre de la table en bois.

Mon père me tendit un vieux stylo plume en acier satiné.

– À présent, tu connais les deux engagements à respecter, Arthur. Tout est notifié dans ce document. Libre à toi d'accepter ou de refuser. Je te donne cinq minutes pour te décider et signer les papiers.

Il s'était ouvert une nouvelle bière et semblait avoir repris du poil de la bête.

Je le dévisageai longuement. Jamais je n'étais parvenu à le cerner, à le comprendre, à savoir ce qu'il pensait vraiment de moi. Pendant des années pourtant, j'avais essayé de l'aimer, envers et contre tout.

Frank Costello n'était pas mon père biologique. Même si nous n'en avions jamais parlé ensemble, nous le savions tous les deux. Lui, sans doute bien avant ma naissance ; moi, depuis le début de l'adolescence.

Le lendemain de mon quatorzième anniversaire, ma mère m'avait avoué que, pendant l'hiver 1965, elle avait eu une aventure de plusieurs mois avec celui qui était à l'époque notre médecin de famille. Cet homme – un certain Adrien Langlois – était reparti au Québec peu de temps après ma naissance. J'avais encaissé la nouvelle de façon stoïque. Comme beaucoup de secrets de famille, celui-ci avait eu tout le temps d'infuser sournoisement. Aussi, cette révélation m'avait presque soulagé : elle avait le mérite d'éclairer certains des comportements ombrageux de mon père à mon égard.

Ça peut paraître étrange, mais je n'ai jamais cherché à rencontrer mon géniteur. J'avais mis cette information dans un coin de ma tête, puis je l'avais laissée dériver lentement jusqu'à presque l'oublier. Ce ne sont pas les liens du sang qui font la famille et dans le cœur j'étais un Costello, pas un Langlois.

– Bon, tu te décides, Arthur ? cria-t-il. Tu la veux, cette baraque, ou pas ?

Je hochai la tête. Moi, je ne désirais qu'une chose : mettre fin à cette mascarade le plus vite possible et rentrer à Boston. Je décapuchonnai le stylo, mais, au moment d'apposer ma signature en bas du document, je tentai une dernière fois de renouer le dialogue.

– Tu dois vraiment m'en dire plus, papa.

– Je t'ai dit tout ce qu'il y avait à savoir ! s'énerva-t-il.

Je lui tins tête.

– Non ! Si tu n'as pas perdu la raison, tu sais très bien que rien de tout ça ne tient debout !

– Je cherche à te protéger !

Les mots avaient fusé. Intriguants, inattendus, teintés de sincérité.

Alors que j'écarquillais les yeux, je vis que ses mains tremblaient.

– Me protéger de quoi ?

Il alluma une nouvelle cigarette pour se calmer et quelque chose sembla se dénouer en lui.

– D'accord… il faut que je t'avoue quelque chose, commença-t-il sur le ton de la confidence. Quelque chose dont je n'ai jamais parlé à personne.

Un silence s'installa, qui dura près d'une minute. Je pris à mon tour une cigarette dans son paquet pour lui laisser le temps de rassembler ses souvenirs.

– En décembre 1958, quatre ans et demi après sa disparition, j'ai reçu un coup de fil de mon père.

– Tu plaisantes ?

Il tira une dernière longue bouffée de tabac et, d'un geste nerveux, expédia le mégot sur le gravier.

– Il m'a dit qu'il se trouvait à New York et qu'il voulait me rencontrer le plus vite possible. Il m'a demandé de ne parler à personne de son appel et m'a fixé rendez-vous pour le lendemain dans un bar du terminal du New York International.

Fébrile, il croisa ses doigts noueux. Alors qu'il continuait son récit, je voyais ses ongles s'enfoncer dans sa chair.

– J'ai pris le train pour le rejoindre à l'aéroport. Jamais je n'oublierai ces retrouvailles. C'était le samedi précédant Noël. Il neigeait. Beaucoup de vols étaient retardés ou annulés. Mon père m'attendait assis à une table derrière un Martini. Il semblait épuisé et avait une tête de déterré. Nous nous sommes serrés dans les bras l'un de l'autre et, pour la première fois, je l'ai vu pleurer.

– Que s'est-il passé ensuite ?

– D'abord, il m'a dit qu'il devait prendre un avion et qu'il avait peu de temps. Puis il m'a expliqué qu'il nous avait abandonnés, parce qu'il ne pouvait faire autrement. Sans préciser lesquels, il m'a confié avoir de gros ennuis. Je lui ai demandé comment je pouvais l'aider, mais il m'a répondu qu'il s'était mis dans le pétrin tout seul et qu'il devait trouver par lui-même un moyen d'en sortir.

J'étais abasourdi.

– Et ensuite ?

– Il m'a fait jurer plusieurs choses. Ne révéler à personne qu'il était toujours en vie, ne jamais vendre *24 Winds Lighthouse*, ne jamais ouvrir la porte métallique de la cave du phare et la faire immédiatement murer. Bien sûr, il a esquivé toutes mes questions. J'ai voulu savoir quand je le reverrais. Il a posé la main sur mon épaule et m'a dit : « Peut-être demain, peut-être jamais. » Il m'a interdit de pleurer et m'a ordonné d'être fort et de me comporter en chef de famille à présent qu'il n'était plus là. Puis, au bout de cinq minutes, il s'est levé, a avalé une dernière gorgée de Martini, puis il m'a dit de m'en aller et de suivre ses consignes. « C'est une question de vie ou de mort, Frank » : telles furent ses ultimes paroles.

Stupéfait par cette confession tardive, je le relançai :

– Et toi, qu'as-tu fait ?

– J'ai suivi ses instructions à la lettre. Je suis rentré à Boston et, le soir même, je me suis rendu au phare où j'ai construit dans la cave le mur de briques.

– Et tu n'as jamais ouvert la porte ?

– Jamais.

Je laissai passer un silence.

– Je refuse de croire que tu n'aies jamais cherché à en savoir plus.

Il écarta les bras en signe d'impuissance.

– J'avais promis, Arthur… Et puis, si tu veux mon avis, il n'y a que des emmerdes derrière cette porte.

– Tu penses à quoi ?

– Je donnerais n'importe quoi pour le savoir, mais je tiendrai ma promesse jusqu'à ma mort.

Je pris le temps de la réflexion, puis dis :

– Attends, il y a quelque chose que je ne comprends pas. À l'automne 1954, lorsque Sullivan a subitement disparu, on a fouillé le phare, n'est-ce pas ?

– Oui. De fond en comble. D'abord ta grand-mère, puis moi, puis le shérif du comté et son adjoint.

– Donc, à l'époque, vous avez ouvert la porte ?

– Oui. Je me souviens très bien d'une pièce vide d'à peine dix mètres carrés au sol en terre battue.

– Il n’y avait pas de trappe ou de passage dissimulé ?

– Non, rien. Je l’aurais remarqué.

Je me grattai la tête. Tout cela n’avait aucun sens.

– Soyons réalistes, dis-je. Qu’est-ce qu’on pourrait y trouver *au pire* ? Un cadavre ? Plusieurs cadavres ?

– J’y ai pensé, naturellement…

– En tout cas, si tu as muré la porte en 1958, même s’il s’agit d’une affaire de meurtre, il y a prescription depuis longtemps.

Frank laissa passer quelques secondes, puis avoua d’une voix blanche :

– Je pense que ce qu’il y a derrière cette porte est beaucoup plus terrible qu’un cadavre.

2.

Le ciel était devenu noir. Le tonnerre gronda. Quelques gouttes de pluie éclaboussèrent les documents juridiques. Je pris le stylo, paraphai toutes les feuilles et apposai ma signature sur la dernière page.

– Je crois que c’est foutu pour la pêche, lança mon père en se protégeant de la pluie. Je te ramène chez toi ?

– Je suis chez moi, répondis-je en lui tendant le double du contrat signé.

Il eut un rire nerveux et rangea le document dans sa mallette. En silence, je le raccompagnai à son pick-up. Il s’installa au volant, inséra la clé de contact, mais, avant qu'il allume son moteur, je cognai contre la vitre.

– Pourquoi me demandes-tu ça *à moi* ? Je ne suis pas l'aîné de la famille. Je ne suis pas celui avec qui tu t'entends le mieux. Alors, pourquoi moi ?

Il haussa les épaules, incapable de répondre.

– Tu veux protéger les autres, n'est-ce pas ? Tes *vrais* enfants.

– Ne sois pas stupide ! s'énerva-t-il.

Il soupira bruyamment.

– D'abord, j'ai détesté ta mère pour m'avoir trompé, concéda-t-il. Puis je t'ai détesté toi, c'est vrai, parce que ton existence me renvoyait chaque jour à cette tromperie. Mais avec les années, c'est moi-même que j'ai fini par haïr...

Il désigna de la tête la silhouette du phare qui se découpait sous la pluie et éleva la voix pour couvrir le bruit de l'orage.

– La vérité, c'est que ce mystère m'obsède depuis plus de trente ans. Et je crois que tu es la seule personne capable de le résoudre.

– Comment veux-tu que j'y arrive sans ouvrir cette porte ?

– Ça, à présent, c'est ton problème ! lâcha-t-il en allumant le moteur.

Il appuya sur l'accélérateur et démarra brusquement, faisant crisser le gravier sous les roues de la camionnette qui disparut en quelques secondes, comme avalée par l'orage.

3.

Je courus vers la maison pour me mettre à l'abri.

Dans le salon puis la cuisine, je cherchai sans succès un fond de whisky ou de vodka, mais il n'y avait pas la moindre goutte d'alcool dans ce maudit phare. Dans un placard, je trouvai une vieille cafetière italienne Moka et un reste de café moulu. Je mis de l'eau à chauffer, versai la mouture dans un filtre et me préparai une grande tasse d'un breuvage que j'espérais revigorant. En quelques minutes, une odeur agréable envahit la pièce. L'expresso était amer et sans mousse, mais il m'aida à recouvrer mes esprits. Je restai dans la cuisine, attablé derrière le comptoir en bois cérusé. Pendant une bonne heure, alors que la pluie redoublait, je parcourus avec attention l'ensemble des documents juridiques que m'avait laissés mon père. Les photocopies des différents actes de vente permettaient de reconstituer l'historique du bâtiment.

Le phare avait été construit en 1852. Il consistait au départ en une maisonnette en pierre en haut de laquelle on avait aménagé un petit dôme contenant une lanterne composée d'une dizaine de lampes à huile qui furent bientôt remplacées par une lentille de Fresnel. À la fin du XIXe siècle, l'édifice avait été ravagé par un éboulement et un incendie. La structure actuelle – la tour en bois et la maison attenante – avait été construite en 1899 et, dix ans plus tard, on avait équipé le phare d'une lampe plus moderne à kérosène. L'électrification était venue en 1925.

En 1947, le gouvernement américain avait jugé que le phare n'était plus un lieu stratégique et s'en était défait lors d'une vente aux enchères au cours de laquelle avaient été adjugés plusieurs autres anciens bâtiments militaires.

D'après les documents que j'avais sous les yeux, le premier propriétaire s'appelait Marko Horowitz, né en 1906 à Brooklyn, décédé en 1949. C'est sa veuve, Martha, née en 1920, qui avait vendu le phare à mon grand-père, Sullivan Costello, en 1954.

Je fis mentalement le calcul : cette Martha avait aujourd'hui soixante et onze ans. Il y avait une forte probabilité qu'elle soit encore en vie. Je pris un stylo qui traînait sur le comptoir et soulignai l'adresse qu'elle avait fournie à l'époque : 26 Preston Drive à Tallahassee, en Floride. Je décrochai le téléphone mural et appelai les renseignements. Il n'y avait plus de Martha Horowitz à Tallahassee, mais l'opératrice trouva une Abigael Horowitz dans la même ville. Je la priai de me mettre en relation avec ce numéro.

Abigael décrocha. Je me présentai et lui mentionnai l'objet de mon appel. Elle m'apprit qu'elle était la fille de Marko et de Martha Horowitz. Sa mère était encore en vie, mais, depuis 1954, elle avait eu le temps de se remarier deux fois. Elle portait désormais le nom de son mari actuel et vivait en Californie. Lorsque je demandai à Abigael si elle se souvenait de *24 Winds Lighthouse*, sa réponse fusa :

– Bien sûr, j'avais douze ans lorsque mon père a disparu !

Disparu… Je fronçai les sourcils en relisant mes documents.

– D'après l'acte de vente que j'ai sous les yeux, votre père est décédé en 1949, c'est bien ça ?

– Mon père a été *déclaré mort* à cette date, mais c'est deux ans plus tôt qu'il a disparu.

– Comment ça, disparu ?

– C'était à la fin de l'année 1947, trois mois après avoir acheté le phare et sa petite maison. Papa et maman adoraient la région et avaient l'intention d'en faire notre résidence de vacances. À l'époque, nous vivions à Albany. Un samedi matin, mon père reçut un coup de fil du shérif du comté de Barnstable pour le prévenir qu'un arbre de la propriété avait été foudroyé la nuit précédente et s'était abattu sur une ligne électrique. D'après le policier, l'orage avait également endommagé le toit en ardoise de la maison. Mon père prit sa voiture et se rendit à *24 Winds Lighthouse* pour constater l'étendue des dégâts. Il n'en est jamais revenu.

– Que voulez-vous dire ?

– Deux jours plus tard, on a retrouvé sa Oldsmobile garée devant la bâtisse, mais aucune trace de papa. Les flics passèrent le phare et les alentours au peigne fin, sans trouver aucun indice pour expliquer sa disparition. Ma mère garda espoir et attendit. Des jours, des semaines, des mois… Jusqu'au début de 1949 où un juge déclara mon père officiellement mort pour pouvoir procéder à sa succession.

J'allais de surprise en surprise. Jamais je n'avais entendu parler de cette histoire !

– Votre maman a attendu cinq ans avant de remettre le phare en vente ?

– Ma mère ne voulait plus entendre parler de cette maison. Elle s'en est désintéressée jusqu'au moment où elle a eu besoin d'argent. Elle en a alors confié la responsabilité à un agent immobilier de New York, en lui demandant de ne surtout pas prospecter auprès des gens du coin, qui avaient tous eu vent de la disparition de mon père et qui étaient nombreux à considérer à présent que le phare portait malheur…

– Et depuis, vous n'avez jamais eu de nouvelles de votre père ?

– Plus jamais, affirma-t-elle.

Avant de se reprendre :

– Sauf une fois.

Je gardai le silence pour lui permettre de continuer.

– En septembre 1954, il y eut un dramatique accident à New York entre les gares de Richmond Hill et de Jamaica. Ce fut une véritable boucherie : à l'heure de pointe, à pleine vitesse, un train bondé en a percuté un autre qui entrait en gare. L'accident a fait plus de quatre-vingt-dix victimes et près de quatre cents blessés. C'est l'une des pires catastrophes ferroviaires de tous les temps…

– J'en ai déjà entendu parler, mais quel rapport avec votre père ?

– Dans l'une des rames se trouvait l'un de ses collègues. Il a été blessé, mais il a survécu. Après le drame, il est venu voir ma mère à plusieurs reprises en prétendant que mon père se trouvait dans le même wagon que lui et qu'il avait péri dans l'accident.

Tandis qu'elle parlait, je prenais des notes à toute vitesse. Les similitudes avec ce qui était arrivé à mon grand-père étaient flippantes.

– Bien sûr, on n'a jamais retrouvé le corps de mon père dans ce train, mais j'étais adolescente à l'époque et les propos de cet homme m'ont beaucoup troublée. Il croyait dur comme fer à ce qu'il racontait.

Une fois qu'Abigael eut terminé son récit, je la remerciai pour ses informations.

Alors que je raccrochais, je pensai à son père et à mon grand-père : deux hommes avalés par les entrailles du phare, frappés à quelques années d'intervalle par la malédiction qui planait sur ce lieu.

Un lieu dont j'étais désormais l'unique propriétaire.

Les vingt-quatre vents

Le soleil était là qui mourait dans l'abîme.

Victor HUGO

1.

Un sang de glace courait dans mes veines.

Avec la manche de mon pull, j'essuyai la buée qui s'était formée contre les vitres. Il n'était pas 4 heures de l'après-midi et il faisait déjà presque nuit. Dans un ciel ténébreux, une pluie continue cinglait les carreaux. Le vent hurlait. Son souffle balayait tout : les arbres courbaient l'échine, les câbles électriques valsaient, les châssis de fenêtres tremblaient. La structure métallique de la balançoire grinçait, se lamentant dans une plainte stridente semblable à des pleurs d'enfant.

J'avais besoin de me réchauffer. Il y avait du petit bois et des bûches près de la cheminée. J'allumai un feu et me fis de nouveau du café. Ces révélations successives m'avaient plongé dans la perplexité. Mon grand-père n'avait vraisemblablement pas péri noyé sur les côtes du Maine. Il avait abandonné sa femme et son fils pour se faire la belle. Mais pour quelle raison ? Certes, personne n'est jamais à l'abri d'un coup de folie ou d'un coup de foudre, mais ce comportement était à mille lieues de ce que j'avais pu entendre dire de la personnalité de Sullivan Costello.

Fils d'un émigré irlandais, c'était un travailleur acharné qui avait durement gagné sa part de rêve américain. Pourquoi s'était-il évaporé, un jour d'automne, rompant brutalement avec tout ce qui avait constitué son existence ? Quels secrets inavouables et terribles planquait-il dans les recoins de son âme ? Qu'avait-il fait entre l'automne 1954 et la fin de l'année 1958 ? Et, surtout, y avait-il la moindre chance qu'il soit encore en vie aujourd'hui ?

Il me parut soudain comme une évidence que ces questions ne pourraient rester sans réponse.

2.

Je bravai la pluie pour rejoindre la remise accolée au cottage. Lorsque j'en poussai la porte, je découvris, parmi les outils usés et rouillés, une masse flambant neuve portant encore l'étiquette adhésive siglée « Home Depot[1] ». C'était un modèle allemand avec un manche en bois brut et une partie métallique coulée dans un alliage spécial de cuivre et de béryllium. Mon père avait dû l'acheter récemment. Très récemment même… Sans doute à mon intention.

Je sentis les mâchoires du piège en train de se refermer.

1. Grande chaîne américaine de magasins de bricolage.

Sans réfléchir, je pris la masse, un vieux burin et une barre à mine qui se trouvaient là. Je sortis de la remise et m'engouffrai dans le cottage, puis dans le corridor. La trappe menant à la cave était restée ouverte. Avec mes outils, je descendis l'escalier et actionnai l'interrupteur pour éclairer la pièce.

J'avais encore la possibilité de faire demi-tour. Je pouvais appeler un taxi qui me conduirait jusqu'à la gare, puis je rentrerais à Boston par le train. Je pouvais demander à un agent immobilier de mettre *24 Winds Lighthouse* en location. L'été, les demeures de ce genre se louaient plusieurs milliers de dollars le mois en Nouvelle-Angleterre. Je pouvais ainsi me constituer un revenu régulier et continuer tranquillement ma vie.

Mais quelle vie ?

En dehors de mon métier, mon existence était vide de sens. Sans attaches. Sans personne à aimer.

Je clignai les yeux. Une image surgie du passé s'imposa dans mon esprit. J'ai cinq ans. Ma tête blonde est levée vers mon père qui vient de me laisser tomber sur le parquet de la chambre. Je suis pétrifié.

– Dans la vie, tu ne dois faire confiance à personne, tu comprends, Arthur ? À personne ! Pas même à ton propre père !

Cet héritage était un cadeau empoisonné, un guet-apens que m'avait tendu Frank. Mon père n'avait pas eu le courage d'ouvrir la porte lui-même. Pas le courage de rompre une vieille promesse. Mais avant de mourir, il voulait que quelqu'un le fasse à sa place.

Et ce quelqu'un, c'était moi.

3.

J'épongeai les gouttes de sueur qui perlaient sur mon front. Une chaleur oppressante régnait dans cette partie de l'édifice. L'air était rare, l'atmosphère suffocante, comme dans la salle des machines d'un navire.

Je me retroussai les manches et soulevai la masse à deux mains, la balançant au-dessus de ma tête pour prendre le maximum d'élan. Puis je projetai le marteau au centre de la croix.

Plissant les yeux pour éviter la projection des éclats de brique et la poussière, je donnai un deuxième coup, un troisième.

Au quatrième, je levai la masse avec plus de vigueur. Bien mal m'en prit: le maillet sectionna deux tuyaux qui couraient au plafond. Des pelletées d'eau glacée se déversèrent sur moi avant que j'aie le réflexe d'ouvrir le boîtier du compteur d'eau et de stopper le déluge.

Merde!

J'étais trempé de la tête aux pieds. L'eau était aussi gelée que jaunâtre et exhalait une odeur de moisi. Je retirai immédiatement ma chemise et mon pantalon. Le bon sens aurait voulu que je monte me changer, mais la chaleur de la pièce et l'envie de savoir ce qui se cachait derrière la porte furent suffisantes pour me remettre au travail.

Torse nu, en caleçon à pois roses, je repartis de plus belle, cognant les briques avec rage. Une parole de mon père me revenait en écho : *Je pense que ce qu'il y a derrière cette porte est beaucoup plus terrible qu'un cadavre.*

Après une dizaine de coups, je sentis la surface métallique derrière le mur. Un quart d'heure plus tard, j'avais mis à nu l'intégralité de l'ouvrant : une porte basse et étroite en fer forgé rongée par la rouille. Avec mon avant-bras, j'essuyai la transpiration qui ruisselait sur mon torse et me rapprochai du corridor. Sur une plaque de cuivre vissée à la porte, je distinguai une rose des vents ciselée dans le métal.

J'avais déjà vu ce diagramme : on en trouvait un identique, scellé dans le muret de pierres qui ceinturait le phare. Il récapitulait la liste exhaustive des vents connus dans l'Antiquité.

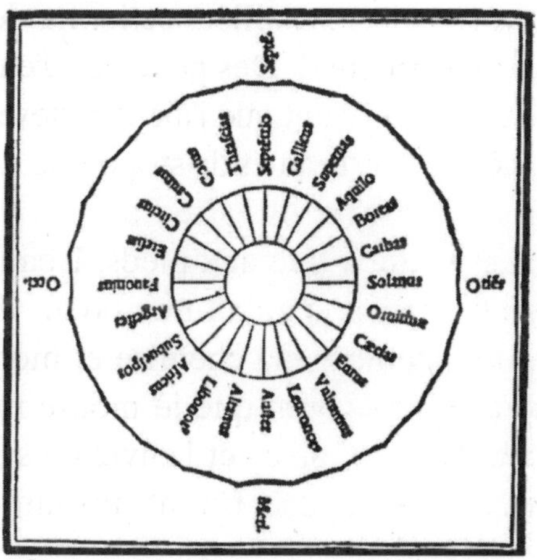

Elle était suivie d'une inscription en latin qui mettait en garde :

Postquam viginti quattuor venti flaverint,
nihil jam erit[1].

De toute évidence – mais je ne savais pour quelles raisons –, c'est de cette rosace que le phare tirait son nom. Au comble de l'agitation, je tentai d'ouvrir la porte, mais la poignée était bloquée, comme figée dans la rouille. Je forçai, mais elle me resta dans les mains. J'avisai les outils que j'avais avec moi et m'emparai de la barre à mine. J'insérai son extrémité biseautée dans la jointure pour m'en servir comme pied-de-biche. J'appuyai de toutes mes forces sur le levier jusqu'à entendre un craquement sec. La serrure venait de céder.

4.

J'allumai ma torche électrique. Le cœur battant, je poussai le panneau métallique qui racla durement le sol. Je braquai la lampe à l'intérieur. Le faisceau lumineux éclaira une salle semblable à celle que m'avait décrite mon père : moins de dix mètres carrés de sol boueux encadrés par quatre murs de pierres non taillées. Le sang pulsait dans mes tempes. Je pénétrai prudemment dans la pièce, éclairant chaque recoin. À première vue, l'espace était vide. Le sol en terre

1. Après le souffle des vingt-quatre vents, il ne restera rien.

était instable. J'avais l'impression de patauger dans de la boue. J'inspectai plus attentivement les murs : ils étaient vierges de toute inscription.

Tout ça pour ça ?

Frank m'avait-il raconté des sornettes ? Cette rencontre avec son propre père à l'aéroport avait-elle seulement eu lieu ou l'avait-il rêvée ? Pourquoi avait-il construit autour de ce phare une mythologie qui n'existait que dans ses délires ?

J'avais en tête toutes ces questions lorsque la pièce fut parcourue d'un improbable courant d'air, puissant et glacial. Surpris, je laissai tomber ma lampe torche. Alors que je me baissais pour la ramasser, je vis soudain la porte qui se refermait sur moi.

Plongé dans les ténèbres, je me relevai et tendis la main pour l'ouvrir, mais mon corps se figea, comme transformé en statue de glace. Le sang bourdonna à mes oreilles.

Je poussai un hurlement. Puis un bruit d'aspiration déchira mes tympans jusqu'à m'étourdir, tandis que je sentais le sol se dérober sous mes pieds.

Deuxième partie

En des lieux incertains

1992

Les lumières de la ville

La route de l'enfer est si bien pavée
qu'elle ne réclame aucun entretien.
Ruth Rendell

0.

Des effluves puissants de myrrhe et de bois verni.

Une odeur camphrée d'encens et de cire de bougie.

Un marteau-piqueur qui pilonne l'intérieur de mon crâne.

J'essaie d'ouvrir les yeux, mais mes paupières sont comme cousues. Je suis allongé sur un sol dur et froid. Ma joue est écrasée contre la pierre. Je me sens fiévreux, grelottant. Je hoquette. Une douleur me barre la poitrine, m'empêchant de respirer normalement. Ma gorge est sèche, et j'ai un goût de ciment dans la bouche. Je reste encore prostré plusieurs secondes, incapable de m'animer.

1.

Peu à peu, le silence autour de moi fit place au bourdonnement d'une foule véhémente. Une colère gronda.

Mais contre quoi ?

Dans un effort surhumain, je me mis debout et entrouvris les paupières. J'avais les yeux qui brûlaient et la vue trouble. Je fis des efforts pour distinguer le décor autour de moi.

Un éclairage diffus, un crucifix, des candélabres soutenant des cierges, un baldaquin de bronze, un autel de marbre. Chancelant, je fis quelques pas. Visiblement, j'étais au beau milieu du chœur d'une église. D'une cathédrale même : une nef d'une centaine de mètres s'ouvrait devant moi, flanquée de deux immenses rangées de bancs en bois sculpté. Je levai la tête : plusieurs dizaines de vitraux multicolores filtraient une lumière chatoyante. Les voûtes gothiques qui culminaient à plus de trente mètres me donnèrent le vertige.

À l'opposé du chœur, un orgue monumental déployait sa soufflerie et ses nombreux tuyaux sous l'œil cyclopéen d'une rosace en vitrail miroitant d'infinies nuances de bleu.

– Appelez la police !

Le cri jaillit dans la foule. Des dizaines de paires d'yeux effarés étaient braqués sur moi : des touristes, des fidèles agenouillés en pleine prière, des prêtres qui patientaient près des confessionnaux. Je compris brutalement leur grondement de réprobation en constatant que j'étais presque nu, n'ayant pour tout vêtement que mon caleçon à pois roses et ma paire de Stan Smith crottée.

Qu'est-ce que je fous là, bordel ?

J'avais à mon poignet la montre de mon grand-père. J'y jetai un rapide coup d'œil – 17 h 12 –, quand tout se mit à tourner autour de moi. Je me souvenais de la conversation avec mon père, de mes recherches sur le phare, de la pièce murée dans la cave où régnait une chaleur tropicale et de la porte métallique qui s'était brutalement refermée sur moi.

Mais que s'est-il passé ensuite ?

J'avais les jambes en compote. Pour ne pas m'écrouler, je m'appuyai sur le pupitre qui supportait une lourde bible reliée. J'essuyai les gouttes de sueur glacée qui coulaient le long de mon échine. Il fallait que je sorte d'ici. Et le plus vite serait le mieux.

Trop tard !

– Police ! Don't move ! Put your hands overhead !

Deux flics en uniforme venaient d'entrer dans l'église et remontaient en courant la travée centrale de la nef.

Pas question de me faire arrêter avant de comprendre ce qu'il m'arrivait. Je rassemblai mes forces et m'élançai en dévalant les marches en marbre qui permettaient de quitter le chœur. Les premières foulées furent douloureuses. Mes os me semblaient aussi fragiles que du cristal, et, à chaque pas, j'avais l'impression que mes jambes allaient se briser dans un craquement. Les dents serrées, je longeai les chapelles latérales en bousculant les gens, renversant au passage un ornement floral, un porte-cierges en fer forgé, des piles de missels rangés dans une étagère.

– Hé, vous ! Arrêtez !

Sans me retourner, je fonçai sur le sol glissant. Encore dix mètres et je poussai la première porte devant moi. Ça y est, j'étais dehors !

Je descendis une volée de marches en pierre, déboulai sur le parvis et…

2.

… un concert de klaxons et de sirènes me déchira les tympans. Des colonnes de fumée blanche s'élevaient du macadam huileux avant de s'éparpiller dans un ciel sale où vrombissait un hélico. L'air était électrique, humide, suffocant comme dans un chaudron.

Déboussolé, j'eus du mal à ne pas perdre l'équilibre. Je cherchai à fuir, mais, avant que j'aie pu reprendre ma course, l'un des flics se jeta sur moi, m'agrippant par le cou. Sa prise m'arracha un cri. Malgré l'étreinte, je réussis à me retourner et repoussai mon assaillant d'un violent coup de pied qui l'atteignit en plein visage.

Libre, je repris ma course, poursuivi par sa collègue – une petite femme plutôt ronde – que je pensais pouvoir distancer rapidement. Mais j'avais présumé de mes forces. Mes jambes cotonneuses menaçaient de me lâcher, j'avais du mal à reprendre mon souffle. Je tentai de traverser la rue malgré la circulation, quand la fliquette me fit un croc-en-jambe et me plaqua au sol de tout son poids. Avant que j'aie pu me débattre, je sentis les menottes d'acier qui se refermaient dans mon dos, mordant la chair de mes poignets.

Un kaléidoscope d'images vibrantes prit alors forme devant mes yeux : des taxis jaunes qui slalomaient dans un canyon de verre et de béton, des *stars and stripes* qui claquaient au vent, la silhouette d'une vieille église noyée dans une forêt de gratte-ciel, une statue en bronze d'un Atlas athlétique soulevant une voûte céleste aérienne…

La tête écrasée contre le trottoir, j'étais tétanisé par la peur. Un feu brûlait dans mes entrailles, un reflux acide me rongeait l'œsophage. Et alors qu'on traînait sur l'asphalte mon corps suant quasi nu, je me demandais comment j'avais pu me retrouver à New York, sur la 5e Avenue, dans la cathédrale Saint-Patrick.

3.

20 heures

En cage.

Le visage plongé entre les mains, je me massais les tempes avec les pouces tout en rêvant à trois cachets d'aspirine et à une perfusion d'anti-inflammatoire.

Après mon arrestation, une voiture de police m'avait conduit au 17e *precinct*, une forteresse de briques brunes située au croisement de Lexington et de la 52e. Dès mon arrivée au commissariat, on m'avait enfermé dans une cellule collective au milieu d'une faune de SDF, de zonards et de dealers.

Située au sous-sol du bâtiment, la cellule était une étuve. Pas de climatisation, aucune fenêtre, pas le moindre souffle d'air. En hiver, on devait y geler ; en été, on y transpirait comme dans un sauna. Assis sur un banc fixé au mur, j'attendais depuis trois heures, sans que personne ait pris la peine de me fournir de vêtements. Torse nu et seulement vêtu de mon caleçon à pois roses, j'avais enduré tous les quolibets possibles de la part de mes « compagnons » de cellule.

Quand ce cauchemar va-t-il prendre fin ?

– Ça t'excite de te balader à poil, p'tite tarlouze ?

Cela faisait une heure que le clodo assis à côté de moi m'asticotait. Maigre comme un chien galeux, c'était une véritable épave au visage rougeaud recouvert de croûtes. Visiblement en manque, il passait son temps à égrener une litanie de propos obscènes et à gratter jusqu'au sang sa barbe jaunâtre et drue. À Boston, dans le service d'urgence où je travaillais, on nous amenait chaque jour plusieurs spécimens dans son genre : des êtres cassés par la vie et par la rue, des êtres fragiles, mais agressifs, coupés de toute réalité, que nous récupérions en état de coma éthylique, d'hypothermie ou de désordre psychiatrique.

– C'est pratique, cette tenue, pour t'astiquer le manche, hein, ma lopette ?

Il me faisait peine, mais il me faisait aussi peur. Je tournai la tête pour l'ignorer ; il se leva brusquement et m'empoigna le bras.

– Dis, t'aurais pas un peu de bibine planquée dans ton calecif ? Un peu de bistouille dans ton gros robinet…

Je le repoussai en douceur. Malgré la chaleur, il était emmitouflé dans un manteau de laine épais, figé dans la crasse. Lorsqu'il retomba sur le banc, j'aperçus un journal plié en quatre qui dépassait de sa poche. L'ivrogne s'allongea sur la banquette, le visage tourné contre le mur. Alors qu'il repartait dans sa logorrhée, je lui subtilisai le quotidien et le dépliai fébrilement. Il s'agissait d'une édition du *New York Times* barrée d'une grande manchette :

**Dans la course à la présidence,
la convention démocrate donne
sa bénédiction à Bill Clinton.
Une nouvelle voix pour une nouvelle
Amérique.**

Sous ce titre, une grande photo mettait en scène le candidat fendant, au bras de sa femme Hillary et de sa fille Chelsea, une foule agglutinée. Le journal était daté du 16 juillet 1992.

De nouveau, je plongeai la tête entre mes mains.

C'est impossible...

J'avais beau me creuser la cervelle, rien à faire : mon dernier souvenir remontait à début juin 1991. J'étais effondré. L'espace d'une minute, un gouffre s'ouvrit en moi et mon cœur s'emballa. Pour retrouver mon calme, j'essayai de contrôler ma respiration et de faire appel à ma raison. Comment expliquer mon trouble de mémoire ? Une lésion cérébrale ? Un épisode traumatique ? L'absorption de drogue ?

J'étais médecin. Même si la neurologie n'était pas ma spécialité, j'avais fait suffisamment de stages dans différents hôpitaux pour savoir que l'amnésie reste souvent une énigme.

Manifestement, je souffrais d'une amnésie antérograde : je n'avais plus aucun souvenir des événements qui avaient suivi mon entrée dans la pièce « interdite » du phare. Depuis ce jour, quelque chose s'était visiblement bloqué dans mon cerveau. J'avais disparu de ma vie pendant plus d'un an !

Mais pourquoi ?

Je réfléchis. J'avais déjà vu des patients incapables de fixer de nouveaux souvenirs après un traumatisme insupportable : une réaction de défense pour ne pas sombrer dans la folie. Mais, généralement, leurs souvenirs finissaient par refaire surface au bout de quelques jours ; or, dans mon cas, il s'agissait d'une période de plus d'une année…

Eh merde…

– Arthur Costello ?

Un flic en uniforme venait de hurler mon nom devant la porte de la cellule.

– C'est moi, dis-je en me levant.

Il déverrouilla la grille et me prit par le bras pour me faire sortir. Nous parcourûmes un dédale de couloirs avant d'arriver à une salle d'interrogatoire : vingt mètres carrés, un large miroir, une table métallique fixée au sol entourée de trois chaises dépareillées.

Je reconnus le premier flic qui avait cherché à m'arrêter et que j'avais repoussé d'un coup de pied. Il avait un pansement au niveau de l'arcade sourcilière et me lança un regard mauvais qui voulait dire « sale con ». Sans bravade, je lui fis un clin d'œil qui signifiait : « Sans rancune, mec. » Il était accompagné d'un autre officier, une Latino aux cheveux noir de jais relevés en chignon. L'air goguenard, elle me tendit un pantalon de treillis élimé ainsi qu'un tee-shirt en coton gris et rêche. Pendant que j'enfilais mes nouveaux habits, elle se présenta comme étant la *booking officer* chargée de la procédure à mon encontre, et me conseilla de ne pas faire le malin avec elle.

À son invitation, je déclinai mon identité, mon âge, mon adresse, ma profession. Après m'avoir informé des faits qui m'étaient reprochés – exhibitionnisme dans un lieu de culte, refus d'interpellation, coups et blessures sur un représentant des forces de l'ordre –, elle me demanda si je les contestais. Alors que je gardais le silence, elle chercha à savoir si j'avais des antécédents psychiatriques. J'invoquai mon droit à ne pas répondre à ses questions et réclamai un avocat.

– Avez-vous les moyens de vous en payer un ou en désirez-vous un commis d'office ?

– Je souhaiterais être défendu par le cabinet de maître Jeffrey Wexler, avocat à Boston.

La flic n'insista pas ; elle me fit signer ma déclaration, m'indiqua que je serais présenté à un juge demain matin, puis appela un de ses adjoints pour me conduire à la *mugshot room*, dans laquelle on releva mes empreintes digitales et où on me tira le portrait.

Avant de donner l'ordre de me reconduire en cellule, la *booking officer* accepta que je passe un coup de fil.

4.

Sans enthousiasme, je décidai de contacter mon père, Frank Costello. Je redoutais sa réaction, mais je savais aussi que lui seul pouvait me sortir rapidement de la situation fâcheuse dans laquelle je me trouvais. J'appelai donc Pauline, sa fidèle secrétaire à l'hôpital qui, un temps, avait été sa maîtresse. Surprise de m'avoir au bout du fil, elle m'annonça que Frank était actuellement en vacances avec sa femme dans la région du lac de Côme, en Italie.

– Qu'est-ce que c'est que cette histoire, Pauline ? Mon père ne prend jamais de vacances et encore moins à six mille kilomètres de chez lui !

– Eh bien, il faut croire que tout change, répondit-elle un peu mal à l'aise.

– Écoutez, je n'ai pas le temps de vous expliquer les raisons de mon appel, mais il est impératif que je parle à Frank tout de suite.

Elle soupira, me mit en attente et, moins d'une minute plus tard, la voix rauque et enrouée de mon père me lança :

– Bordel, c'est vraiment toi, Arthur ?

– Salut, papa.

– Pourquoi es-tu resté un an sans nous donner de nouvelles ? On s'est fait un sang d'encre !

En trois phrases, je lui brossai le portrait peu reluisant de ma situation.

– Mais où étais-tu pendant tout ce temps, nom de Dieu ?

Je l'entendais qui s'étranglait de colère à l'autre bout du fil. Sa voix était caverneuse, comme s'il me parlait d'outre-tombe.

– Je n'en ai pas la moindre idée, figure-toi ! Mon dernier souvenir remonte à ce jour d'été où tu m'as fait signer les papiers au sujet de l'héritage du phare.

– Parlons-en, du phare ! J'ai vu que tu avais cassé le mur de briques ! Je t'avais pourtant formellement interdit de le faire !

Sa réponse me fit sortir de mes gonds.

– Tu n'attendais que ça ! Tu m'avais même acheté tous les outils…

Il ne me démentit pas. Au contraire, derrière une colère convenue, je sentis qu'il brûlait de savoir. La suite de la conversation confirma mon intuition.

– Alors… qu'as-tu trouvé derrière la porte ?

– Un chapelet d'emmerdes, dis-je pour éluder sa question.

– Qu'as-tu trouvé ? répéta-t-il de plus en plus menaçant.

– Pour le savoir, il faudra d'abord que ton avocat me sorte de prison.

Il partit dans une longue toux, puis finit par promettre.

– J'appelle Jeffrey tout de suite. Il va te tirer de là.

– Merci. Dis-moi, papa, es-tu certain de m'avoir bien dit *tout* ce que tu savais sur ce phare ?

– Bien sûr ! Pourquoi t'aurais-je caché quoi que ce soit ? Mais j'aurais peut-être mieux fait de me taire, puisque tu ne m'as pas écouté.

Je ne voulus pas en rester là.

– Je pense plus particulièrement à l'histoire de mon grand-père.

– Quoi, ton grand-père ? Crois-moi, je t'ai tout dit. Je te le jure sur la tête de mes enfants.

Un rire nerveux me traversa. Il avait passé sa vie à jurer à ma mère qu'il ne la trompait pas. Sur la tête de ses enfants…

– Frank, dis-moi la vérité, bordel !

Je l'entendis cracher ses poumons à l'autre bout du fil. Soudain, je compris. Vu la célérité avec laquelle Pauline avait réussi à le joindre, il n'était pas en Italie, mais plutôt dans un hôpital à soigner la rechute de son cancer, en prenant soin que cela ne se sache pas et en étant persuadé de réussir encore une fois à passer à travers les gouttes.

– D'accord, concéda-t-il enfin. Il y a bien une chose dont je ne t'ai pas parlé et que tu mérites peut-être de savoir.

Je m'attendais à tout… et à rien.

– Ton grand-père n'est pas mort.

Incrédule, je demandai à mon père s'il se moquait de moi.

– Malheureusement non.

– Comment ça, malheureusement ?

J'entendis un profond soupir puis :

– Sullivan est à New York. Il est interné dans un hôpital psychiatrique de Roosevelt Island.

Alors que j'encaissais la révélation, quelqu'un me tapa dans le dos : la flic latino cherchait à me faire comprendre que ma communication ne pouvait pas s'éterniser ainsi. D'un signe de la main, je lui réclamai une minute supplémentaire.

– Depuis quand sais-tu qu'il est vivant ?

– Depuis treize ans.

– Treize ans !

Nouveau soupir de lassitude.

– Un soir, en 1979, j'ai reçu un coup de téléphone du responsable d'une association de Manhattan qui faisait des maraudes auprès des sans domicile fixe. Ses gars venaient de retrouver Sullivan errant dans Grand Central Station. Il était agressif, complètement désorienté, ne sachant plus ni où il se trouvait ni même à quelle époque il était.

– Et toi, son propre fils, tu l'as fait interner ?

– Ne crois pas que je l'aie fait de gaieté de cœur ! explosa Frank. Il avait disparu depuis plus de vingt-quatre ans. Il était malade, violent, incontrôlable… Il racontait n'importe quoi ! Il s'accusait du meurtre d'une femme… Et puis je n'ai pas pris cette décision seul. Il y a eu plusieurs expertises psychiatriques qui furent toutes sans appel : délire de persécution, psychose, démence sénile…

– Mais comment as-tu pu garder cela secret ? J'avais le droit de savoir ! Tu m'as privé d'un grand-père. J'aurais pu lui rendre visite, j'aurais pu…

– Foutaises ! Tu n'aurais pas aimé ce qu'il était devenu. À quoi ça t'aurait servi, de rendre visite à un légume ? À part à te faire du mal !

Je refusai de le suivre dans ce raisonnement.

– Qui était au courant ? Maman ? Ma sœur ? Mon frère ?

– Seule ta mère était dans la confidence. Qu'est-ce que tu crois ? J'ai tout fait pour ne pas ébruiter l'affaire. Je voulais protéger notre famille, protéger l'entreprise…

– Sauvegarder les apparences, comme d'habitude… Ça a toujours été le plus important pour toi, n'est-ce pas ?

– Tu m'emmerdes, Arthur !

Je voulus répondre, mais il avait raccroché.

5.

9 heures du matin, le lendemain

– Tu sais ce qu'on dit, fiston : on n'a jamais de seconde chance de faire bonne impression.

Tandis que nous patientions dans les couloirs du tribunal, Jeffrey Wexler m'aidait à ajuster mon nœud de cravate ; son assistante, armée d'un pinceau virevoltant, tentait de camoufler mes cernes et ma tête de déterré avec du fond de teint. Nous n'avions que quelques minutes pour décider de la stratégie à adopter avant que je comparaisse devant le juge, mais, fidèle à la philosophie de mon père, c'étaient les apparences qui importaient à Jeffrey plus que le fond du dossier.

– C'est injuste, mais c'est comme ça, reprit le vieil avocat. Si tu réussis à donner le change à la barre, tu as déjà parcouru la moitié du chemin. Le reste, tu me laisses m'en charger.

Je le connaissais depuis que j'étais enfant et, sans que je sache trop pourquoi, je l'aimais bien. Il faut dire que l'homme de loi avait bien fait les choses. Non seulement il m'avait apporté un costume, mais encore il avait pensé à récupérer mon portefeuille, ma carte de crédit et tous mes papiers – carte d'identité, permis de conduire, passeport – pour établir avec certitude mon identité devant le tribunal. Dieu sait comment, il s'était aussi débrouillé pour que mon cas soit examiné en priorité.

Cette première audience dura moins de dix minutes. Suivant une routine paresseuse, un juge encore mal réveillé énonça rapidement les faits qui m'étaient reprochés, puis donna la parole successivement à l'accusation et à la défense. Jeffrey commença alors son boniment. D'un ton convaincant, enchaînant les syllogismes trompeurs, il entreprit de démontrer que toute cette affaire n'était partie que d'un malentendu insignifiant, et il demanda l'abandon de toutes les charges qui pesaient contre moi. Sans trop se faire prier, le procureur accepta de laisser tomber le chef d'accusation pour exhibition. Mais, après un dernier échange musclé avec Jeffrey, il refusa de requalifier celui de coups et blessures sur un représentant des forces de l'ordre. Jeffrey annonça que, dans ces conditions, nous allions plaider non coupable. Le procureur demanda une caution de vingt mille dollars que Jeffrey parvint à faire baisser à cinq mille dollars. Puis le juge m'annonça que je serais convoqué prochainement pour le procès et abaissa son marteau.

Affaire suivante !

6.

À peine l'audience toucha-t-elle à sa fin que je compris que Jeffrey avait pour mission de me ramener à Boston. Il insista pour que je rentre avec lui, mais je voulais rester libre de mes mouvements.

– Frank ne va pas être content, maugréa-t-il.

– S'il y a quelqu'un capable de lui tenir tête, c'est bien toi, non ?

Il capitula et me glissa même quatre billets de cinquante dollars dans la poche.

Enfin libre !

Je sortis du tribunal et parcourus à pied plusieurs pâtés de maisons. Il était déjà 10 heures du matin, mais l'air de la ville était encore frais. Son bourdonnement, rassurant. Je n'avais pas fermé l'œil de la nuit, mais je me sentais libéré d'un poids et j'avais retrouvé une certaine forme physique. Mes articulations étaient souples, je respirais bien, ma migraine avait disparu. Seul mon ventre me faisait mal et gargouillait. Je fis une halte dans un Dunkin' Donuts, m'offris un grand gobelet de café et un beignet avant de reprendre ma course : Park Avenue, Madison, la 5e. La dernière fois que j'avais mis les pieds à New York, c'était pour fêter l'enterrement de vie de garçon d'un de mes collègues toubibs. Première halte à New York, puis virée à Atlantic City. Je me souvenais que nous avions loué une voiture au stand Hertz de notre hôtel, le Marriott Marquis, célèbre pour son bar en hauteur qui tournait sur lui-même et permettait d'avoir une vue à trois cent soixante degrés sur Manhattan.

En arrivant sur Times Square, j'eus le même haut-le-cœur que chaque fois. Si, la nuit, les cascades de néons camouflaient le chancre qui le dévorait, en plein jour, le quartier ne pouvait masquer sa dimension sordide : les enseignes de peep-show et les devantures des cinémas porno étaient squattées par des SDF, des drogués aux têtes de zombies, des prostituées fatiguées. Quelques touristes furetaient dans des boutiques de souvenirs glauques. Un type édenté faisait la manche, portant une pancarte « HIV Positiv » attachée avec une cordelette autour de son cou. La cour des Miracles au croisement du monde[1].

Je traversai Broadway et m'engouffrai dans le passage souterrain qui menait au hall de l'hôtel. Je retrouvai facilement le stand de l'agence de location de voiture. L'employé consulta son ordinateur pour constater que

1. *Crossroads of the World* est l'un des surnoms de Times Square.

mes références étaient toujours dans leur fichier. Pour ne pas perdre de temps, j'acceptai le premier véhicule qu'on me proposa : un Mazda Navajo deux portes aux lignes tranchantes et carrées. Au moment de régler, je fus surpris mais soulagé de constater que ma carte de paiement était toujours activée. Je m'installai au volant et quittai Manhattan par la FDR Drive en direction du nord.

Pour retrouver la mémoire, il me fallait revenir au traumatisme initial. Là où tout avait commencé : dans la cave du phare des 24-Vents.

Pendant les quatre heures que dura le trajet jusqu'à Cape Cod, je passai d'une station de radio à une autre, alternant les émissions d'infos et les programmes musicaux. Quatre heures d'apprentissage accéléré pour rattraper une « absence » de plus d'un an. Je mesurai la popularité de Bill Clinton dont j'ignorais l'existence un an plus tôt ; celle d'un nouveau groupe de rock alternatif, Nirvana, dont les guitares saturées envahissaient les ondes. J'appris qu'au printemps des émeutes avaient dévasté Los Angeles après l'acquittement des quatre policiers qui avaient tabassé Rodney King. À la manière dont un animateur désannonçait la chanson *Living On my Own*, je compris que Freddie Mercury avait dû passer récemment l'arme à gauche. Sur une station consacrée au cinéma, des auditeurs discutaient de films dont je n'avais jamais entendu parler : *Basic Instinct*, *The Commitments*, *My Own Private Idaho*...

7.

Il était plus de 14 heures lorsque je m'engageai dans l'allée de gravier qui menait à *24 Winds Lighthouse*. Indéboulonnable et ensorcelante, la silhouette trapue du phare se dressait solidement au milieu des rochers, exposant ses flancs en bois peint au soleil estival qui brillait haut dans le ciel. En sortant de la voiture, je portai mes mains en visière pour me protéger de la poussière que charriait un vent tourbillonnant qui venait des falaises.

Je montai la volée de marches en pierre qui conduisait au cottage. La porte de la petite maison accolée au phare était fermée à clé, mais un violent coup d'épaule me permit de la faire céder.

En treize mois, rien n'avait changé. Même mobilier rustique, même décoration figée dans le temps. Posées dans l'évier de la cuisine, je retrouvai la cafetière Moka et la tasse dans laquelle j'avais bu mon café plus d'un an auparavant. Quant aux cendres dans la cheminée, elles n'avaient pas été nettoyées.

J'ouvris la porte du corridor lambrissé qui reliait la maisonnette à la tour du phare. Au bout du couloir, je soulevai la trappe qui donnait accès à la cave et je descendis les marches grinçantes pour rejoindre le local souterrain.

J'actionnai l'interrupteur. La pièce rectangulaire était telle que je l'avais abandonnée un an plus tôt. Sauf que, cette fois, la chaleur moite avait fait place à un air sec et frais. Près des tonneaux et des caisses en bois, je retrouvai mes outils : la masse, le burin, la barre à mine, recouverts de toiles d'araignée.

Derrière le mur de briques éventré se trouvait la petite porte en fer forgé. J'avais oublié de refermer la trappe au-dessus des escaliers. Un courant d'air faisait grincer la porte qui vibrait sur ses gonds rouillés. Je m'approchai, sans peur, espérant que les souvenirs se mettraient à affluer et qu'enfin j'y verrais plus clair. Comprendre. Je m'appliquai à faire les mêmes gestes, essuyant, avec la paume de la main, la poussière sur la plaque en cuivre et son inscription latine qui semblait me narguer :

Postquam viginti quattuor venti flaverint,
nihil jam erit

Il faisait de plus en plus froid. L'endroit n'était décidément pas le plus accueillant, mais je ne laissai pas ma détermination flancher. En essayant de ne pas trembler, je pénétrai dans ce qui ressemblait à une prison. Cette fois, je n'avais pas de torche avec moi. La cellule était cernée par l'obscurité. Je pris une grande respiration pour me donner le courage de refermer le battant. Alors que je tendais la main vers la poignée, un coup de vent me devança et referma brusquement la porte sur moi. Je sursautai, puis, paralysé, attendis quelques secondes, le corps contracté, prêt à faire face.

Mais… rien ne se passa. Pas de convulsion, pas de dents qui claquent, pas de sang qui bourdonne à mes oreilles.

8.

Je quittai le phare à la fois rassuré et frustré, persuadé néanmoins d'être passé à côté de quelque chose.

J'avais besoin de réponses, mais il allait falloir que je les trouve ailleurs. Peut-être dans le cabinet d'un psychiatre ou lors d'une consultation chez un neurologue.

Au volant de mon SUV, je mis le cap sur Boston pour rentrer chez moi. L'heure et demie de trajet me parut interminable. Derrière mon volant, je piquais du nez. Contrecoup de la fatigue, j'avais la tête qui tournait, mes yeux se fermaient contre ma volonté. Je me sentais sale et épuisé. J'avais besoin de prendre une douche, puis de faire le tour du cadran pour rattraper le sommeil que j'avais en retard. Surtout, j'avais une faim intense. Mon estomac se creusait, se contractait, criait famine.

Je me garai sur la première place libre sur Hanover Street avec l'intention de rejoindre à pied l'immeuble où je vivais dans le North End. Dans quel état allait être mon appartement ? Qui avait nourri mon chat pendant mon absence ?

En chemin, je m'arrêtai au Joe's Foods pour me ravitailler : pâtes, sauce au pesto, yaourts, produit vaisselle, boîtes de Whiskas... En sortant de l'épicerie, je portais deux gros sacs en papier kraft. Je pris l'escalier fleuri de glycines qui reliait Hanover à la butte sur laquelle était construit mon immeuble. J'attendis l'ascenseur avec mes deux sacs sous les bras. Je rentrai dans la petite cabine à l'intérieur de laquelle régnait une odeur de fleur d'oranger et me contorsionnai pour appuyer sur le bouton du dernier étage.

Alors que les portes en fer se refermaient et que je repensais à ce que m'avait dit mon père, mes yeux se posèrent sur le cadran de ma montre. Il était 17 heures. À la même heure, hier, je me réveillais à moitié à poil dans la cathédrale Saint-Patrick.

Vingt-quatre heures plus tôt…

Le nombre vingt-quatre résonna en moi d'une étrange façon. D'abord, le phare des 24-Vents, puis la disparition de Sullivan qui avait duré… vingt-quatre ans.

La coïncidence me parut étrange, mais je n'eus pas le temps de m'y appesantir. Ma vision se troubla soudain. Je ressentis des picotements à l'extrémité de mes doigts et un haut-le-cœur me souleva l'estomac. Je tremblais de tous mes membres. Mon corps se raidit, comme si j'en perdais le contrôle. Comme s'il venait d'être court-circuité. Comme si des milliers de volts traversaient mon cerveau.

Je lâchai mes sacs de provisions.

Puis une déflagration m'arracha au temps.

1993

Sullivan

Sachez que je puis croire toute chose, pourvu qu'elles soient franchement incroyables.

Oscar Wilde

0.

Une pluie torrentielle brûlante s'abat sur moi.

Avec une telle force qu'il me semble qu'on me plante des clous dans le crâne. L'air est saturé d'une vapeur équatoriale abrutissante qui tourbillonne autour de moi et maintient mes paupières agrafées. J'ai le nez bouché, je suffoque. Je tiens debout, mais presque contre ma volonté, dans un état proche de l'hypnose. Mes jambes flageolent et ne vont pas tarder à céder. Soudain, un cri effroyable déchire mes tympans.

J'ouvre les yeux en sursaut. Je suis… dans une cabine de douche sous un jet d'eau puissant !

1.

Debout à côté de moi, une jeune femme nue, recouverte de savon et de shampoing, hurlait à s'en décrocher la mâchoire. Ses traits déformés étaient figés par la surprise et la frayeur. Je lui mis la main sur l'épaule dans un geste apaisant, mais, avant que j'aie pu fournir la moindre explication, elle m'assena un violent coup de poing sur le nez. Chancelant, je portai les mains à mon visage pour me protéger. Alors que je tentais de reprendre mon souffle, un deuxième coup m'atteignit en pleine poitrine et me fit trébucher sur le rebord en faïence de la cabine. J'essayai de me rattraper aux rideaux de douche, mais le sol était glissant et je m'étalai tête la première contre le lavabo.

Terrorisée, la jeune femme sortit de la cabine, attrapa une serviette et jaillit hors de la salle de bains.

Prostré au sol, je l'entendis confusément qui donnait l'alerte à ses voisins. Les mots me parvinrent déformés, confus, mais je distinguai pourtant « violeur »... « dans ma salle de bains »... « appelez la police »...

Toujours plié en deux, sonné, immobile, je tentai d'essuyer l'eau qui ruisselait sur mes paupières. J'avais le nez en sang, j'étais hors d'haleine, comme si je venais de courir un marathon.

Mon cerveau commandait de me relever, mais mes membres restaient paralysés. Je savais pourtant que j'étais en grand danger. J'avais retenu la leçon de la cathédrale Saint-Patrick. Il fallait à tout prix que j'évite la prison. Je rassemblai mes forces, parvins difficilement à me redresser, balayai la pièce du regard, me rapprochai d'un cadre vitré. J'ouvris la fenêtre à guillotine : elle donnait sur une voie privée coincée entre deux immeubles. En penchant la tête, je distinguai plus loin une large avenue à quatre voies, rectiligne, mais pentue.

Taxis jaune vif, enfilades de façades en briques brunes et en fonte, citernes sur les toits : ça ne faisait aucun doute, j'étais de nouveau à New York.

Mais où ?

Et surtout… quand ?

Alors que des voix se faisaient plus pressantes dans l'appartement, j'enjambai le châssis de la fenêtre et agrippai l'escalier de secours en métal. Je dévalai tant bien que mal les marches jusqu'à la rue, choisis une direction au hasard et détalai aussi vite que mes muscles me le permirent. Mon regard accrocha les deux panneaux vert et blanc qui se chevauchaient à l'intersection des rues : je me trouvais au croisement d'Amsterdam Avenue et de la 109e. Au nord-ouest de Manhattan donc, dans le quartier étudiant de Morningside Heights. J'entendis une sirène de police qui s'approchait. Paniqué, je tournai brusquement à gauche pour quitter l'avenue et me réfugiai dans une contre-allée étroite bordée d'arbustes.

Coincé entre deux immeubles, je me collai contre le mur pour me planquer et pour récupérer de mes efforts. Je mouchai du sang dans la manche de ma chemise. Mon costume était trempé. Visiblement, je portais les mêmes vêtements que ceux que m'avait laissés Jeffrey Wexler. Coup d'œil machinal à mon poignet. J'avais toujours la montre de mon grand-père, la très chic Tank qui indiquait un peu plus de 9 heures du matin.

Mais de quel jour ?

J'essayai de me concentrer. Mon dernier souvenir : la cage d'ascenseur de mon appartement, mes sacs de provisions sur le sol, la violente crise convulsive identique à celle que j'avais eue la première fois dans la cave du phare…

J'éternuai. L'air était doux, le ciel bleu, le soleil déjà chaud. Malgré ça, je claquais des dents.

Il me faut de nouvelles fringues.

Je levai les yeux : il y avait du linge pendu aux fenêtres. Sans doute pas les habits dont je rêvais, mais je n'étais pas vraiment en situation de faire le difficile. Je sautai sur un conteneur à déchets, puis escaladai la façade jusqu'à être en mesure d'atteindre les vêtements. J'attrapai ceux qui me tombaient sous la main et les enfilai : un pantalon de toile, un maillot rayé des Yankees, un blouson en jean. Rien n'était parfaitement à ma taille – le pantalon tire-bouchonnait sur les chevilles, la veste était trop cintrée –, mais au moins j'étais au sec. Je récupérai les billets et les pièces de monnaie dans la poche de mon costume puis jetai les habits mouillés dans la poubelle.

Je rejoignis l'avenue et me fondis dans la foule. De nouveau, je fus pris de vertiges, et mon estomac se souleva à m'en donner mal à la tête. Si je voulais pouvoir réfléchir, il fallait que je mange quelque chose. Je repérai un *diner* de l'autre côté de la rue.

Mais avant de rentrer dans le restaurant, je glissai deux *quarters* dans le distributeur automatique de journaux. Je regardai la date en haut de la manchette tout en ayant peur de ce que j'allais y découvrir.

Nous étions le mardi 14 septembre 1993…

2.

– Voici vos œufs, vos toasts et votre café, monsieur.

La serveuse déposa une tasse et une assiette sur la table en formica et me gratifia d'un sourire avant de repartir derrière son comptoir. Tout en dévorant mon petit déjeuner, je parcourus la une du *New York Times* avec attention :

Yitzhak Rabin et Yasser Arafat scellent un accord de paix. Le président Clinton salue « un courageux pari ».

L'article était illustré d'une photo aussi frappante qu'inattendue : devant la Maison-Blanche, Bill Clinton, le sourire aux lèvres et les bras grands ouverts, se félicitait de la poignée de main entre, à sa droite, le Premier ministre israélien et, à sa gauche, le leader de l'Organisation de libération de la Palestine.

Ce geste symbolique et les déclarations des participants laissaient entrevoir l'espoir d'une paix prochaine entre les deux peuples ennemis. Mais étais-je dans la réalité ou dans la quatrième dimension ?

Je fis le point sur ma situation. Cette fois, quatorze mois s'étaient écoulés depuis mes derniers souvenirs. Un nouveau saut dans le temps brutal et inexplicable. Une parenthèse démesurément longue.

Bon sang, mais que m'arrive-t-il?

Je sentais mes avant-bras et mes mains qui tremblaient. J'avais peur. J'étais terrorisé comme un gamin persuadé qu'un monstre se cache sous son lit. Je savais que je vivais quelque chose de grave qui avait fait basculer ma vie hors des sentiers balisés.

Je respirai à fond pour me calmer, comme je le conseillais parfois à mes patients. Je devais faire face, ne pas me laisser abattre. Mais vers qui me tourner? À qui demander de l'aide?

La réponse ne fut pas longue à venir: surtout pas à mon père qui ne savait que me mentir. Une autre personne se dessinait dans mon esprit: le seul homme encore en vie qui avait probablement subi ce qui était en train de m'arriver: mon grand-père, Sullivan Costello.

La serveuse fit le tour de toutes les tables pour s'assurer qu'aucune tasse à café ne restait vide. Je profitai de son passage pour lui demander un plan de la ville en lui promettant un généreux pourboire.

Pendant qu'il était encore chaud, je pris quelques gorgées de café en repensant à ce que m'avait dit mon père: *Ton grand-père n'est pas mort. Sullivan est à New York. Il est interné dans un hôpital psychiatrique de Roosevelt Island.*

Sur la carte que venait de m'apporter la serveuse, je visualisai la fine bande de terre, au milieu de l'East River: Roosevelt Island était une île improbable coincée entre Manhattan et le Queens. Trois kilomètres de long sur environ deux cents mètres de large où je n'avais jamais mis les pieds. Je me souvenais d'avoir lu un vieux polar qui évoquait la présence d'une maison d'arrêt sur l'île, mais elle avait dû fermer ses portes depuis longtemps. Ou peut-être pas. En tant qu'interne en médecine je savais vaguement qu'il y avait deux ou trois centres hospitaliers encore actifs dans l'île, dont un hôpital psychiatrique tristement célèbre: le Blackwell Hospital, que tout le monde surnommait le *Pentagone* à cause de la forme de son bâtiment à cinq façades. C'était là que Sullivan devait être interné.

La perspective de revoir mon grand-père me donnait non seulement un but, mais aussi un peu de courage. C'est là qu'il fallait que je me rende immédiatement. Mais me laisserait-on entrer ? Oui, a priori, si je parvenais à prouver que j'étais l'un de ses descendants directs.

Soudain, un doute me traversa.

Mon portefeuille !

Tout à l'heure, en vidant mes poches, j'avais bien récupéré de l'argent liquide, mais pas mon portefeuille qui contenait mes papiers d'identité.

Paniqué, je payai mes consommations et retournai en courant dans la contre-allée. Le conteneur n'avait pas bougé. Je retrouvai la veste de costume et le pantalon que je fouillai méthodiquement.

Rien…

Merde!

S'il y avait un peu de logique à la situation complètement irrationnelle que je vivais, mon portefeuille aurait dû rester dans mon costume. Je ne voulais pas croire qu'on me l'avait volé: dans ce cas, le voleur aurait piqué en priorité le cash que j'avais dans les poches.

J'ai dû le perdre…

Je fis quelques pas pour rejoindre Amsterdam Avenue. Mon cerveau continuait à mouliner.

J'ai dû le perdre dans la salle de bains…

Mes pas me conduisirent au pied de l'immeuble d'où je m'étais enfui une heure plus tôt. L'endroit était calme, presque désert. Aucune trace de la police ni d'une quelconque agitation. Je contournai la bâtisse, bien décidé à forcer ma chance. L'escalier de secours était replié, mais je parvins à l'atteindre en escaladant un muret. Je montai jusqu'à la fenêtre du troisième étage. On avait nettoyé les éclats de verre et un simple carré de carton bardé de bandes adhésives colmatait désormais la vitre brisée. Je le fis sauter sans effort, soulevai le châssis pour m'introduire dans la pièce.

Pas de bruit. Pas de comité d'accueil. La fille avait passé la serpillière à la va-vite pour faire disparaître les taches de sang et la flotte. J'avançai à pas de loup sur le carrelage. À première vue, il n'y avait pas l'ombre de mon portefeuille. Frustré, je m'accroupis, regardai sous une commode bringuebalante, puis sous une colonne de rangement en bois blanc sur les étagères de laquelle s'entassaient médicaments, produits de beauté, séchoir, trousses de toilette.

Et là, dans la poussière, j'aperçus mon étui en cuir craquelé qui avait dû glisser lorsque je gisais près du lavabo.

Je tendis la main pour l'attraper, vérifiai qu'il contenait mes papiers d'identité et poussai mon premier soupir de soulagement depuis longtemps. La sagesse aurait voulu que je rebrousse chemin, mais, grisé par cette petite victoire et mis en confiance par le silence de la maison, je m'aventurai hors de la salle de bains.

3.

Le logement était vide.

C'était un petit appartement en désordre, mais à la décoration soignée. Sur le comptoir du bar de la minuscule cuisine, on trouvait un paquet de céréales entamé et une bouteille de yaourt à boire que l'occupante des lieux, sans doute partie précipitamment, avait oublié de remettre à sa place.

Je picorai quelques grains de blé soufflés, puis rangeai le carton sur une étagère et le laitage dans le frigo. Quelque chose me retenait ici : le désir de comprendre pourquoi j'avais justement repris conscience dans cet appartement.

Je furetai dans le salon. Deux étagères étroites débordaient de livres. Posées en piles près du magnétoscope, des dizaines de VHS : des épisodes de *Seinfeld* et de *Twin Peaks*, des films d'auteur : *Paris, Texas* de Wim Wenders, *Sexe, mensonges et vidéo* de Steven Soderbergh, *Mean Streets* de Martin Scorsese, *Une journée particulière* d'Ettore Scola, *Ascenseur pour l'échafaud* de Louis Malle, ainsi que *La Petite Boutique des horreurs* et une bonne partie de la filmographie de Meryl Streep : *Le Choix de Sophie*, *La Maîtresse du lieutenant français*, *Out of Africa*...

Au mur, des reproductions d'œuvres célèbres d'Andy Warhol, de Keith Haring et de Jean-Michel Basquiat.

Sur une table basse, un paquet de cigarettes mentholées et un briquet « I LOVE NY ». Je m'assis sur le canapé aux ressorts grinçants et allumai une cigarette. Alors que j'exhalais ma première bouffée, je repensai au visage de cette jeune femme hurlant sous la douche. La terreur que j'y avais lue ne me laissait aucun doute : elle avait peur parce qu'elle avait été surprise. De toute évidence, on ne se connaissait pas. J'avais dû surgir dans sa douche comme une sorte de Docteur Who débauché.

Un miaulement me fit tourner la tête. Un chat tigré aux yeux ronds et au poil roux foncé venait de sauter sur l'accoudoir. En plissant les yeux, je distinguai une médaille autour de son cou gravée du nom « Remington ».

– Salut, toi.

Dès que j'essayai de le caresser, il fit un bond de côté et disparut aussi vite qu'il était venu.

Je me levai pour explorer la dernière pièce de l'appartement. Une chambre au parquet en bois brut, meublée d'éléments hétéroclites : un vieux lit en fer forgé, un bureau moderne noir laqué, un lustre en cristal d'un autre siècle. À côté du lit, sur une table de chevet, des magazines *Playbill* sur des comédies musicales récentes (le masque et la rose du *Fantôme de l'Opéra*, les yeux félins de *Cats*, la troupe alignée de *Chorus Line*...), plusieurs romans aux pages cornées (*Une prière pour Owen, Beloved, Rafael, derniers jours*).

Scotchées au mur, des photos de mon inconnue avec des tenues très différentes allant de la robe de soirée jusqu'à des ensembles de lingerie très déshabillés. Des poses en couleurs et en noir et blanc avec autant de coiffures singulières : cheveux détachés, chignon torsadé, queue-de-cheval, carré ondulé, boucles aériennes venant frôler ses épaules dénudées. La fille ne semblait pas être un mannequin professionnel, mais elle s'était sans doute constitué un book pour démarcher les agences.

Punaisée au-dessus de la table de travail, je remarquai la photocopie d'un emploi du temps à l'en-tête de la Juilliard School, la célèbre école de spectacle. À côté se trouvait une fiche d'inscription au nom d'Elizabeth Ames. La jeune femme avait vingt ans et était en première année d'art dramatique.

J'ouvris les tiroirs et parcourus sans vergogne tous les documents qui me tombaient sous la main : des brouillons de lettres d'amour adressées à un certain David, des polaroids d'Elizabeth complètement nue – des poses prises à bout de bras, peut-être à l'intention de ce David, mais qu'elle avait finalement décidé de ne pas envoyer –, un autre emploi du temps concernant un job de serveuse au Frantic, un bar de l'East Side. Fixés à un panneau de liège, je trouvai aussi des relevés bancaires faisant apparaître un découvert inquiétant, ainsi que plusieurs lettres de relance pour loyer impayé expédiées par le propriétaire de l'appartement.

Je restai encore quelques minutes dans la chambre, les yeux rivés aux murs de photographies. Un cliché aimantait mon regard : on y voyait Elizabeth, un jour de neige, assise sur le dossier d'un banc en bois à côté d'un lampadaire de Central Park. Elle portait un bonnet de laine, un manteau trop grand pour elle et des bottes en mouton retourné. C'était la photo la moins sexy, mais aussi la seule sur laquelle elle souriait.

Au moment de quitter l'appartement, c'est celle-ci que je décrochai et que je mis dans ma poche.

4.

Deux heures plus tard.

– Je vous laisse avec lui, me dit l'infirmier. A priori, il n'y a aucune raison pour qu'il se montre agressif, mais bon, vous êtes médecin : vous savez mieux que moi qu'il n'y a pas de règles avec ce type de pathologie…

J'étais au septième étage du Blackwell Hospital – le fameux *Pentagone* –, devant la porte de la chambre de mon grand-père. Après avoir quitté l'appartement d'Elizabeth Ames, j'avais pris un taxi jusqu'à l'intersection de la 2e Avenue et de la 60e. Là, pour le prix d'un simple aller de métro, une cabine de téléphérique m'avait emporté au-dessus de l'East River pour me déposer sur Tramway Plazza, au centre de Roosevelt Island. À pied, j'avais rejoint le bâtiment du *Pentagone* à la pointe sud de l'île. L'hôpital avait toujours eu une sale réputation. Construit au milieu du XIXe siècle, il avait d'abord accueilli les malades atteints de variole que la ville souhaitait mettre en quarantaine. Par la suite, il fut transformé en asile et concentra tous les travers de ce genre d'établissement : surpopulation, traitement dégradant des malades, expériences psychiatriques aux limites de la légalité. Dès les années 1960, des articles et des livres avaient dénoncé ces actes et plusieurs membres du personnel avaient été traduits en justice. Au fil du temps, les choses s'étaient améliorées, mais l'endroit n'était jamais vraiment parvenu à se débarrasser de son image désastreuse. Depuis que j'avais commencé mes études de médecine, il ne se passait pas une année sans que l'on annonce sa fermeture prochaine, mais il fallait bien se rendre à l'évidence : le *Pentagone* était toujours debout, et c'est entre ses murs que j'espérais trouver mon salut.

– Je dois vous mettre en garde, dit l'infirmier. Le bouton d'appel d'urgence de la chambre ne fonctionne pas.

J'avais du mal à le regarder dans les yeux. Comme Double-Face, le personnage de comics, il avait une partie du visage totalement brûlée.

– Donc, au moindre problème, n'hésitez pas à hurler, continua-t-il. Comme on est en sous-effectif, ce n'est pas certain qu'on vous entende, mais c'est le plus sûr moyen de faire peur au vieux gâteux.

– Vous êtes en train de parler de mon grand-père !

– Si on ne peut plus rigoler, maugréa-t-il en haussant les épaules.

Double-Face ouvrit la porte de la chambre, m'invita à entrer et n'oublia pas de verrouiller derrière lui. C'était une pièce minuscule, une cellule spartiate meublée d'un lit en ferraille, d'une chaise bancale en plastique et d'une table fixée au sol. Un homme était allongé sur le matelas, le buste redressé, calé contre un oreiller. Un mystérieux vieillard à la barbe argentée et aux cheveux blancs et raides qui lui descendaient jusqu'aux épaules. Immobile, les yeux vitreux, il semblait ailleurs, statufié, absorbé par une rêverie lointaine. Une sorte de Gandalf sous psychotropes.

– Bonjour, Sullivan, dis-je en m'avançant vers lui, un peu intimidé. Je m'appelle Arthur Costello. On ne s'est jamais rencontrés, mais je suis le fils de votre fils, Frank. Vous êtes donc mon grand-père.

Pas terrible comme entrée en matière…

Sullivan resta de marbre, ne semblant même pas s'apercevoir de ma présence.

– Jusqu'à très récemment, j'ignorais tout de votre existence, expliquai-je en m'asseyant près du lit. J'ignorais que vous étiez encore en vie et que vous étiez soigné ici. Si je l'avais su, je serais venu vous voir plus tôt.

Mentalement, je calculai son âge en recoupant les informations données par mon père. Si je ne me trompais pas, Sullivan venait d'avoir soixante-dix ans. Derrière les marques du temps et la barbe qui lui mangeait une partie du visage, on devinait des traits réguliers, un front haut, un nez fort mais harmonieux, un menton volontaire. Je l'imaginai sans mal trente ans plus tôt, tel que je l'avais vu sur des photos de famille : un fringant chef d'entreprise portant des costumes coupés sur mesure, des chemises au col amidonné, des boutons de manchettes et des chapeaux Fedora. Je me souvenais d'une image en particulier : un cigare à la bouche, les pieds sur sa table de travail dans les bureaux de son agence sur Madison Avenue. Une autre époque, un autre homme…

Je rapprochai la chaise du lit et tentai d'accrocher son regard.

– Si je suis là aujourd'hui, c'est pour vous demander de l'aide.

Il ne cilla pas.

– J'ai hérité de votre phare, *24 Winds Lighthouse*, et…

Je laissai ma phrase en suspens, guettant, espérant une réaction qui ne vint pas.

Je soupirai. J'avais sans doute eu tort de venir. D'abord, parce que nous étions des étrangers l'un pour l'autre. Et surtout parce que Sullivan restait muré dans un mutisme profond dont rien ne laissait penser qu'il pourrait sortir un jour.

Je me levai et m'avançai vers la fenêtre, regardant à travers les barreaux les nuages cotonneux qui filaient vers Astoria. Malgré la saison, la pièce était glaciale. J'entendais bien le bruit de l'eau qui circulait dans un radiateur en fonte, mais l'appareil ne diffusait pourtant aucune chaleur.

Je retournai m'asseoir et fis une dernière tentative.

– Frank m'a raconté que, quatre ans après votre disparition, vous l'aviez contacté pour lui demander de murer une porte métallique qui se trouvait dans la cave.

Le vieillard était toujours immobile, les mains croisées sur le ventre à la manière d'une sculpture funéraire. Je continuai :

– Je suis descendu dans la cave. J'ai abattu le mur de briques et j'ai…

Avec une rapidité féline, Sullivan tendit le bras et m'agrippa à la gorge.

Je m'étais laissé surprendre comme un bleu. J'avais baissé ma garde devant sa léthargie et à présent sa poigne de fer se refermait sur mon larynx. La respiration coupée, je le fixais du regard. L'évocation de la porte avait joué comme un électrochoc. Sous l'effet de la révélation, ses yeux avaient retrouvé un éclat argenté et effrayant.

– Pourquoi as-tu fait ça, petit con ? souffla-t-il à mon oreille.

Je cherchai à me libérer, mais il accentua sa domination. Comment pouvait-il avoir une telle force ? Je sentais ses doigts qui s'enfonçaient, me comprimant l'œsophage. Ce dingue allait m'étouffer !

– Tu as poussé la porte métallique ? Tu es entré dans la pièce ?

Je fis oui de la tête. Ma réponse le désespéra. Il relâcha soudain sa prise et je partis dans une longue toux.

– Vous êtes taré ! criai-je en me levant de la chaise.

– Peut-être, acquiesça-t-il, mais toi, tu es sacrément dans la merde, mon gars.

Il y eut un long moment de silence. Pendant plus d'une minute, nous nous regardâmes tous les deux en chiens de faïence. Sullivan s'était métamorphosé. L'air grave et concentré, il donnait l'impression de se réveiller d'un mauvais cauchemar. Comme un voyageur de retour après un très long périple. Le regard vif et affûté, il me détailla des pieds à la tête.

– Comment tu m'as dit que tu t'appelais ?

– Arthur. Arthur Sullivan Costello.

À l'évocation de mon second prénom, un mince sourire éclaira son visage, y creusant deux fossettes.

– Et pourquoi tu m'as piqué ma montre, Arthur Sullivan Costello ? demanda-t-il en désignant la Tank à mon poignet.

– Vous voulez que je vous la rende ?

Il me mit la main sur l'épaule.

– Non, mon pote. Crois-moi, tu vas en avoir plus besoin que moi.

Il se leva, fit craquer ses articulations comme s'il se sentait à l'étroit dans son propre corps.

– Donc tu as poussé la porte et, à présent, tu te demandes ce qui t'arrive…

– Oui, j'ai plein de questions à vous poser. Il faut que vous…

Il leva la main pour m'interrompre.

– On est en quelle année, déjà ?

– Vous vous foutez de moi ?

– Oui, je te fais marcher. On est le 14 septembre 1993.

Je le vis réfléchir, avant de renchérir :

– Tu fais quoi dans la vie, gamin ?

– Je suis médecin, pourquoi ?

– Pour rien. Tu travailles dans un hôpital ?

Alors que j'acquiesçai, son cerveau eut l'air de se mettre en branle à une allure extraordinaire, et ses yeux se mirent à briller d'une lueur nouvelle difficile à interpréter.

– Tu aurais une cigarette ?

– Je ne pense pas que l'on puisse fumer ici, dis-je en pointant le détecteur de fumée.

– T'as pas encore compris ? Il n'y a rien qui fonctionne dans cette taule.

Je soupirai, fouillai dans ma poche et lui tendis le briquet et le paquet de cigarettes mentholées que j'avais volés chez Elizabeth Ames.

– C'est quoi cette merde ? grimaça-t-il. Tu me prends pour une gonzesse ou quoi ? T'as pas des Lucky Strike ?

Sans attendre ma réponse, il lança un juron, mais finit par allumer une clope dont il prit une longue bouffée.

– Quand as-tu ouvert la porte ? demanda-t-il, redevenant soudain sérieux.

– En juin 1991.

– Donc, il s'agit de ton deuxième voyage… Ton dernier réveil date de quand ?

– Neuf heures, ce matin. Qu'est-ce que vous appelez *voyage*, au juste ?

– Tu auras toutes les réponses à tes questions, petit. Mais avant, il faut que tu me rendes un service.

– Quel genre de service ?

– Aide-moi à m'évader de ce trou à rats. Aujourd'hui.

Je secouai la tête.

– Vous plaisantez ? Ce n'est ni possible ni souhaitable, Sullivan, dis-je avec ce ton assuré de médecin dont j'avais usé tant de fois auparavant. Il ne serait pas raisonnable, dans votre état, de…

Il eut un rire goguenard et pointa l'index sur ma poitrine :

– Mais tu ne le feras pas pour moi, mon petit. Tu le feras pour toi. Alors, écoute-moi bien, parce qu'on a peu de temps.

Il se pencha à mon oreille et me donna une série d'instructions. Chaque fois que j'ouvrais la bouche pour parler, il me faisait taire en élevant la voix. Il avait à peine terminé lorsque l'alarme du détecteur de fumée se déclencha.

Quelques secondes plus tard, Double-Face fit irruption dans la pièce.

La vue du mégot et du paquet de cigarettes posé sur la table le mit en colère.

– Ça suffit, monsieur, il faut que vous partiez maintenant !

5.

Je revins à Manhattan par le téléphérique.

Le cerveau en ébullition, mes idées s'embrouillaient. J'étais encore ébahi par la rapidité avec laquelle Sullivan avait mis un plan au point, mais je ne me sentais pas capable de le faire s'évader. Du moins pas tout seul. Je voulus retirer de l'argent à un distributeur, mais cette fois ma carte fut refusée. Sans doute parce que je ne l'avais plus beaucoup utilisée depuis deux ans. Je fis le point sur mes maigres ressources. Il me restait soixante-quinze dollars. Assez pour me payer un billet de train jusqu'à Boston, mais pas grand-chose d'autre. Je regardai ma montre : la matinée touchait à sa fin.

Au pas de course, je rejoignis Penn Station et achetai un aller simple. Un coup d'œil au panneau : il y avait des trains express toutes les deux heures et le prochain partait à 13 h 03. Je me ruai sur le quai et parvins à attraper un wagon.

Pendant toute la durée du trajet, plusieurs questions agitèrent mon esprit. La première, entêtante : comment faire pour stopper cette malédiction et recouvrer ma vie d'avant ? Une seule et unique solution s'imposa à moi : Sullivan. Dans ce cas, la deuxième question s'avérait un vrai cas de conscience : avais-je le droit d'aider un patient à s'échapper d'un hôpital psychiatrique ? Quelqu'un dont j'ignorais tout de l'état de santé réel. Quelqu'un qui m'avait montré être capable de crise de violence. Un être hors de contrôle, susceptible d'agresser des innocents, voire pire.

La réponse était claire : non.

La troisième question était : avais-je d'autre choix ?

Là encore, la réponse était claire…

6.

Boston South Station

16 h 40

Arrivé à la gare, à peine descendu du train, je courus comme un dératé vers le quartier financier. J'avais peu de temps : aucune banque du centre-ville n'était ouverte après 17 heures.

Mon agence était située au rez-de-chaussée d'un immeuble moderne qui bordait Faneuil Hall. À l'entrée, je me heurtai à une porte vitrée qu'un vigile venait de verrouiller. Je frappai trois coups sur la paroi de verre ; il se retourna et me lança un regard agacé. Avec le doigt, je tapotai sur le cadran de ma montre pour lui montrer l'heure : 16 h 59. Il secoua la tête et d'un coup de menton moqueur désigna l'horloge murale digitale qui marquait 17 h 01.

Je soupirai et balançai un poing rageur contre la porte. Piqué au vif, le vigile hésita un moment à sortir de sa planque, mais, prudent, préféra alerter un responsable. Coup de bol, la personne qui se présenta devant moi fut Peter Länge, le banquier qui s'occupait des comptes et de l'épargne de tous les membres de la famille. Il me reconnut et vint lui-même m'ouvrir la porte :

– Arthur, ça fait si longtemps qu'on ne vous a plus vu !

– J'étais en voyage en Europe, mentis-je. J'ai bien conscience de débarquer un peu tard, mais j'ai absolument besoin de votre aide.

– Entrez donc, je vous en prie.

Je le remerciai sans me faire aucune illusion : s'il se montrait aussi mielleux et conciliant, c'était surtout parce qu'il était le banquier de mon père. Je suivis Länge dans son bureau, lui expliquai que ma carte de paiement n'était plus active et lui demandai un état de mes finances. Il pianota sur son ordinateur pour lancer l'impression d'un relevé des dernières transactions. Pendant mes deux années d'« absence », les mouvements financiers avaient continué. Toujours dans le même sens malheureusement. Mon loyer, mon assurance et les remboursements de mon prêt étudiant étaient prélevés avec une régularité de métronome. Comme l'hôpital avait arrêté de me verser mon maigre salaire, la banque avait pioché dans mon compte épargne pour compenser mes dépenses, un bas de laine que ma mère m'avait légué avant de mourir et dans lequel elle avait déposé un pécule de cinquante mille dollars dont il ne restait plus aujourd'hui que neuf mille dollars.

– Je souhaiterais retirer l'intégralité de cette somme.

– C'est faisable, grimaça Länge, mais il va falloir revenir demain et laisser au moins mille dollars sur le compte.

J'insistai, lui racontant que je devais quitter Boston ce soir et que j'avais absolument besoin de cet argent qui m'avait été légué par ma mère. Je n'espérais pas l'émouvoir, mais le fait est qu'il m'écouta et qu'il essaya d'arranger les choses. Une demi-heure plus tard, il me laissa repartir avec mes huit mille dollars de cash. Au moment de se séparer, cette andouille me gratifia même d'un « toutes mes condoléances », comme si ma mère était morte la semaine dernière.

Je pris une mine contrite et m'en allai sans demander mon reste, hélant un taxi pour me rendre à South Dorchester.

7.

Au Massachusetts General Hospital, les internes en médecine urgentiste doivent participer trois fois par mois à une tournée un peu spéciale : un camion médicalisé se rend dans les quartiers les plus défavorisés de Boston pour permettre à toutes les populations d'accéder gratuitement à une offre de soins. En théorie, c'est une belle idée. Dans les faits, c'est souvent un cauchemar. Pendant les quelques mois où je participai à l'aventure, notre camion fut régulièrement l'objet de caillassages en règle de la part de membres de gangs, considérant que notre présence gênait leur business. Tour à tour, nous fûmes braqués, agressés, dépouillés, au point que les ambulanciers alertèrent leurs syndicats pour exercer leur droit de retrait. Néanmoins, la municipalité tenait à ce projet et continua à le faire vivre sur la base du volontariat. Plusieurs fois, je m'étais donc retrouvé à conduire moi-même le camion, que j'allais récupérer dans une zone à la périphérie de la ville qui ressemblait davantage à une fourrière qu'à un garage.

C'est à cette époque, si lointaine et si proche, que je repensais en pénétrant dans l'enceinte de Fitzpatrick's Auto Repair, l'un des plus grands ateliers de réparation de la ville, spécialisé dans l'entretien mécanique des véhicules funéraires, des bus scolaires et des ambulances.

Une forte odeur de cambouis, de gasoil et de gomme de pneu régnait dans le vaste atelier. Dès que je mis un pied dans le local, un bull-terrier blanc et agressif courut vers moi, m'accueillant avec des aboiements puissants.

Les chiens m'avaient toujours effrayé. Celui-là me terrifiait et l'animal le sentait. J'essayai de l'ignorer et m'avançai vers le responsable du garage.

– Salut, Dany.

– Salut, p'tite tête, ça fait un bail. T'as pas peur de ma Zoria, au moins, c'est une gentille fifille, tu sais.

Un tas de graisse d'un mètre quatre-vingt-dix enserré dans une chemise de bûcheron et une salopette crasseuse. Dany Fitzpatrick était encore plus effrayant que sa chienne. Dans son dos, tout le monde le surnommait Jabba le Hutt, mais personne n'avait jamais dû avoir le courage de le lui dire en face.

– Conrad m'envoie chercher une ambulance pour ce soir, lançai-je à Dany comme si je l'avais croisé la veille.

– De quoi tu parles ? J'ai reçu aucune demande.

– Conrad va te la faxer, répondis-je du tac au tac. Tu sais ce que c'est : tournée de dernière minute. Cette nuit, c'est dans les centres sociaux de Mattapan et de Roxbury. Il se peut qu'on ait un ou deux patients à transporter, mais on veut quelque chose de léger. Une petite unité mobile hospitalière, t'as ça en magasin ?

– J'ai bien un Ford Série E, dit-il en désignant une ambulance d'un coup de menton, mais…

Je me dirigeai vers le van transformé en véhicule de soins d'urgence.

– C'est parfait, ça. Te bile pas pour le fax. Tu le contresignes à ma place quand tu le reçois. Tu l'as déjà fait plusieurs fois.

C'est alors que Dany interposa sa graisse pour m'interdire l'accès au véhicule.

– Minute, papillon. Ça m'étonnerait beaucoup que je reçoive un fax de Conrad.

– Et pourquoi ça ?

– Parce qu'il ne travaille plus à l'hôpital depuis six mois.

Je pris un air outré et tentai le tout pour le tout :

– Écoute, Dany, tu crois que ça me fait plaisir, moi, qu'on m'ait collé cette tournée ? Ça fait deux ans qu'on me foutait la paix avec ça. Je te dis que tu vas recevoir un fax de l'hôpital. Qu'est-ce que tu voudrais que je foute de cette ambulance, sinon ? C'est pas la meilleure caisse pour draguer, tu en conviendras.

Dany Fitzpatrick se gratta la tête. Il fallait que je marque le point sans trop lui laisser le temps de cogiter. Quitte à promettre n'importe quoi. Une info que j'avais lue dans le journal remonta à la surface :

– Samedi, les Red Sox jouent contre les Yankees. Viens voir le match à la maison. Je sais que tu craques sur Veronika. Elle sera là avec ses copines, Olivia et Patricia, la petite rousse de chirurgie. Ces filles-là, quand elles ont bu, elles sont pas farouches, si tu vois ce que je veux dire.

Aussitôt, je m'excusai mentalement auprès de Veronika, tout en me disant que je ne faisais pas ça pour le plaisir, mais pour une bonne cause…

– OK pour samedi, approuva Dany en me tendant les clés. Tu crèches où, déjà ?

Cinq minutes plus tard, c'est le sourire aux lèvres que je quittais le garage au volant d'une ambulance.

Je traversai Dorchester avec l'intention de reprendre la route jusqu'à New York. C'était un quartier vaste et excentré qui, sur des kilomètres, déroulait petits immeubles en grès rouge, friches industrielles et palissades recouvertes de graffitis. C'était aussi le Boston que j'aimais : celui du melting-pot, des terrains de basket grillagés et des petites boutiques encore dans leur jus.

Je m'arrêtai à un feu rouge, allumai la radio, tombai sur une chanson de R.E.M. que je n'avais jamais entendue, et dont je sifflotai immédiatement le refrain. Même si tout restait à faire, peu à peu, mon plan se mettait en place. Sur les ondes, un nouveau titre débuta, alors que le feu se prolongeait. Prenant mon mal en patience, je regardai autour de moi. À ma gauche, un panneau indicateur avait été tagué : trois grands Z à la peinture rouge qui tentaient de masquer la direction – le cimetière de Forest Hills – comme pour la conjurer. Je connaissais cet endroit : c'est là qu'étaient enterrées ma mère et ma grand-mère paternelle.

Le feu passa au vert, mais je restai immobile malgré le coup de klaxon de la voiture qui me suivait. *Toutes mes condoléances.* L'évidence venait de me frapper en plein cœur : la phrase de mon banquier ne concernait pas la mort de ma mère.

Mais celle de mon père.

8.

Le cimetière s'étendait sur plus de cent hectares et ressemblait davantage à un parc anglais qu'à un espace funéraire. Après m'être garé sur le parking, je pris l'un des sentiers qui serpentaient dans un paysage vallonné, ponctué de fontaines en marbre, de chapelles et de statues gracieuses et aériennes.

Je n'avais plus mis les pieds ici depuis l'enterrement de ma mère, un jour gris et pluvieux de l'été 1984, et l'endroit avait beaucoup changé. Mais bientôt, en arrivant de l'autre côté du versant de la petite colline, je reconnus le lac dominé par un piton rocheux qui donnait au lieu des airs de tableau gothique.

Je suivis un chemin forestier bordé de murets de pierres sèches. Il était 18 heures. Le soleil déclinait, nappant le paysage d'une belle lumière. Au milieu de la végétation luxuriante, quelques visiteurs venus dans l'intention première de se recueillir prolongeaient leur visite pour profiter du beau temps et de la légère brise qui faisait se trémousser les bosquets et les massifs de fleurs.

À l'ombre des arbres centenaires, je parcourus les allées de gravier au milieu des tombes et des caveaux. À mon tour, je me laissai gagner par la langueur jusqu'à ce que j'aperçoive la pierre tombale de mon père.

FRANK COSTELLO
2 JANVIER 1942
6 SEPTEMBRE 1993
J'ai été ce que vous êtes,
vous deviendrez ce que je suis.

Mon père était mort la semaine dernière. Son inhumation était donc récente : trois ou quatre jours.

J'eus de la peine. Pas pour lui, non, mais plutôt pour tous ces moments que nous n'avions pas partagés. Je tentai néanmoins de trouver un souvenir heureux, mais rien ne vint, ce qui me rendit encore plus triste. Jusqu'au bout, j'avais espéré son amour. Je le revoyais débarquer chez moi ce fameux samedi matin et me faire son numéro de charme : la promesse d'une partie de pêche à la dorade, un après-midi complice entre un père et son fils… Pour m'attirer dans son piège et me traîner jusqu'au phare, il m'avait pris par les sentiments. Et j'avais été assez con pour plonger.

Il y a un an, la dernière fois que nous nous étions parlé, c'était au téléphone. Ses ultimes mots à mon intention avaient été : « Tu m'emmerdes, Arthur ! »

Tu m'emmerdes, Arthur !

Un bon résumé de notre relation.

Alors que j'essuyai une larme sur ma joue, je ne pus m'empêcher de me demander si j'aurais un enfant un jour. Vu la précarité de ma situation, cela paraissait compromis, mais j'essayais néanmoins de m'imaginer avec un bambin en train de jouer au base-ball ou d'aller le chercher à l'école. Là encore, aucune image ne se forma nettement dans mon esprit. Pas étonnant : j'avais des idées noires plein la tête. Et sans doute pas assez d'amour à donner.

Je me rapprochai de la dalle de marbre, souriant malgré moi à la lecture de l'épitaphe.

Non, Frank, j'espère surtout ne jamais devenir comme toi. Regarde un peu dans quel merdier tu m'as foutu…

Il me sembla entendre son rire porté par le vent, puis sa voix suffisante : « Je te l'avais dit, Arthur. Il ne faut faire confiance à personne, pas même à ton père… »

Le pire, c'est qu'il n'avait pas tort. Ce salopard m'avait prévenu, mais je m'étais cru plus malin et j'avais poussé cette putain de porte ! J'étais dans une telle colère que je me mis à parler dans le vide :

– J'ai toujours fait sans toi, Frank. Et cette fois encore, je vais m'en sortir seul.

J'écartai les bras, offris mon visage aux rayons du soleil et, en signe de défi, lançai à mon père une ultime provocation :

– Tu vois, je suis *vivant*, et toi, tu es *mort*. Tu ne peux plus rien contre moi à présent.

Mais comme toujours, il eut le dernier mot :
« En es-tu si sûr, Arthur ? »

9.

23h58

Il était près de minuit lorsque j'arrivai à New York. Je m'étais arrêté en chemin pour acheter des vêtements à ma taille dans une boutique Gap de Boylston Street : un pantalon chino, une chemise blanche et un blouson en toile. Cet excès de coquetterie n'en était pas un. J'avais besoin d'avoir une allure présentable pour mener à bien la suite de mon plan.

Je garai « mon » ambulance dans une allée de l'East Village entre la 3e Rue et la 2e Avenue, puis remontai jusqu'à St. Marks Place.

À cette heure, ce n'était pas l'endroit le plus tranquille de Manhattan. Une vibration malsaine électrisait l'air. Les trottoirs étaient jonchés de détritus, les immeubles décatis, investis par des squatteurs. Sur les escaliers des *brownstones* délabrées, on pouvait voir des corps avachis, immobiles, les yeux clos.

Au pied des arbres qui bordaient les rues, on apercevait des seringues usagées et de vieux préservatifs. Des graffitis obscènes recouvraient la devanture des disquaires ou des ateliers de tatouage. Surtout, la drogue était partout : les dealers qui quadrillaient le quartier distribuaient aux yeux de tous crack, héroïne et pilules. Une faune diverse – vieux punks, yuppies, junkies ayant déjà un pied dans la tombe – venait faire son marché avant de rentrer chez elle pour se défoncer ou d'aller faire la fête dans les clubs des alentours. Dans des lieux comme celui-là, New York était plus que jamais la ville dans laquelle tout pouvait arriver.

Surtout le pire.

0h16

À l'angle de St. Marks Place et de l'Avenue A, je m'arrêtai devant le Frantic, le club dans lequel j'espérais trouver Elizabeth Ames.

Baignant dans une chaleur d'étuve, l'endroit était bondé. Un duo guitare-basse massacrait un tube de Van Morrison. L'alcool coulait à flots. Sur la piste, les épaules s'entrechoquaient. Collés par la transpiration, les cheveux se mélangeaient. Mais le véritable spectacle était derrière le bar. Microshorts en jean, débardeurs échancrés, stetsons vissés sur la tête : les serveuses assuraient le show, jonglant avec les bouteilles, aguichant les clients pour les inciter à consommer. À tour de rôle, elles montaient même sur le comptoir pour se lancer dans des chorégraphies osées qui laissaient peu de place au doute : pour travailler au Frantic, un 95C était plus utile que de savoir préparer une margarita ou un daiquiri.

Je jouai des coudes pour atteindre le zinc et commandai un Jack Daniel's à une rouquine pulpeuse dont les tatouages colorés descendaient jusqu'à la naissance des seins. C'était la plus âgée et la plus charnue des barmaids. Son chignon rond, dressé sur le haut de son crâne, me fit penser à un tableau de Toulouse-Lautrec : *La Goulue arrivant au Moulin-Rouge.*

– Bonsoir, vous savez si Elizabeth est là ce soir ?

– À l'autre bout du bar, chéri. Mais tu m'as l'air d'un bien trop gentil garçon pour avoir une chance avec Lisa…

– Merci du conseil.

Je plissai les yeux et aperçus celle que je cherchais.

– Lisa !

Je lui fis un signe de la main comme si nous étions de vieux amis. J'étais à peu près certain qu'elle ne me reconnaîtrait pas. Du moins, je l'espérais. Notre furtive rencontre de ce matin n'avait duré que quelques secondes. Elizabeth m'avait donné un coup de poing et j'avais immédiatement porté les mains à mon visage pour me protéger.

La jeune femme fronça les sourcils en s'avançant. Peut-être se souvenait-elle de moi après tout… Inquiet, je pris les devants.

– Bonsoir, c'est vous qui êtes à la Juilliard School ?

La référence à son école sembla la rassurer. Tout à coup, elle n'était plus seulement une serveuse embauchée dans un bar glauque pour sa plastique avantageuse, mais une étudiante dans une prestigieuse école d'art dramatique.

– On se connaît ?

Je secouai la tête tout en composant mon sourire le plus engageant.

– Non, mais quelqu'un m'a conseillé de venir vous voir.

– Qui ça, David ?

Je me souvins que c'était le prénom de l'homme à qui elle envoyait des lettres d'amour. Après une hésitation, je décidai de m'engouffrer dans la brèche.

– Oui. David m'a dit que vous étiez une actrice formidable. Et ça tombe bien, parce que j'ai un rôle pour vous.

Elle haussa les épaules.

– Arrêtez votre baratin…

Je devinai qu'elle était partagée entre curiosité et méfiance. On avait dû lui faire le coup tant de fois…

– Attendez, je ne plaisante pas !

– Il y a beaucoup de clients, je dois reprendre mon travail.

Je ne la laissai pas s'éloigner.

– J'ai vraiment un rôle pour vous.

Elle leva les yeux au ciel.

– Quel genre de rôle ?

– Un rôle un peu spécial, concédai-je.

– Laissez tomber, je ne tourne pas de porno, soupira-t-elle.

– Vous n'y êtes pas du tout ! C'est un rôle tout ce qu'il y a de plus *habillé*. Un rôle d'infirmière.

– Une infirmière qui couche avec ses patients ?

La musique était forte. Il fallait presque hurler pour se faire entendre.

– Non !

– Qui couche avec un médecin alors ?

– Non, elle ne couche avec personne. Vous êtes obsédée, ma parole !

– C'est vous qui êtes obsédés !

– Moi ?

– Vous, les hommes.

Je secouai la tête, prenant un air outré. Elle ne put réprimer un sourire.

– Je suis désolée, j'ai passé une mauvaise journée. Un taré est entré chez moi ce matin et a essayé de m'agresser pendant que j'étais sous la douche… Allez, amusez-vous bien quand même, me dit-elle en tournant les talons.

J'essayai de la retenir, mais déjà elle repartait à l'autre bout du comptoir, happée par les clients, servant une nouvelle tournée de shots de tequila à des types de Wall Street venus s'encanailler dans l'East Side.

La Goulue s'approcha de moi et me proposa un autre whisky.

– J'te l'avais dit, p'tit mec. Lisa, c'est pas une fille pour toi.

– Je ne cherche pas à la draguer.

– À d'autres, mon canard ! Lisa, tout le monde cherche à la draguer.

Je sortis une cigarette ; elle craqua une allumette pour me donner du feu.

– Merci. C'est qui, David ? Son mec ?

– Ouais, c'est un peintre.

Elle fit une moue, entre le scepticisme et le dégoût, et ajouta :

– Enfin, si on peut appeler ça de la peinture... En tout cas, on peut dire qu'elle est accro à lui. Et cet abruti, lui, est accro à l'héro...

Je me rappelai tout à coup les découverts bancaires.

– Il lui tape du fric, n'est-ce pas ?

– Comment tu sais ça, toi ?

J'éludai la question en recrachant une bouffée de fumée. Puis j'essayai de contourner le bar pour capter de nouveau l'attention de Lisa, mais une foule de plus en plus dense s'agglutinait autour du comptoir.

La Goulue avait déjà commencé à remplir d'autres verres. Avant de m'abandonner, elle me donna un tuyau :

– La petite en a encore pour une heure. Si tu veux lui parler au calme, va l'attendre chez Damato.

– Damato ?

– C'est une pizzeria ouverte toute la nuit, à l'angle de la 10e et de Stuyvesant Street.

– Vous êtes certaine qu'elle viendra ?

Elle me chassa d'un revers de main.

– Va l'attendre là-bas, j'te dis.

1 h 36

Depuis 1931, le monde a changé, mais
nos pizzas sont restées les mêmes.

Encadrée au-dessus de la caisse enregistreuse, la devise de Damato's Pizza insistait sur l'ancienneté et l'authenticité de l'établissement, un des derniers de la ville à utiliser un four à bois.

C'était un petit restaurant au décor suranné – nappes à carreaux rouges et blancs, chaises bancales de trattoria, lampes à abat-jour déglinguées –, mais à l'atmosphère chaleureuse. Une odeur de tomate et de basilic vous mettait en appétit, dès que vous passiez le seuil de la porte. Depuis une heure que j'étais attablé, j'avais eu le temps de dévorer une pizza à la pâte croustillante arrosée de plusieurs verres de valpolicella. Comme l'endroit était minuscule, la patronne – aimable comme une porte de prison – se faisait insistante pour que les clients ne s'attardent pas dans l'établissement une fois leur repas terminé. Pour conserver ma table, j'avais dû commander une bouteille de bière. On venait de me l'apporter lorsque Lisa entra dans le restaurant. C'était visiblement une habituée. Elle salua la patronne et les deux pizzaïolos par leurs prénoms.

– Qu'est-ce que vous faites là ? lança-t-elle en m'apercevant. Vous me suivez ?

– Si je peux me permettre, c'est plutôt vous qui me suivez, je suis ici depuis une heure, tentai-je pour détendre l'atmosphère.

– Et vous vous croyez malin ? fit-elle en s'asseyant devant moi.

Elle avait changé de tenue et portait à présent des collants sous son short en jean, une petite veste spencer piquée de broches à tête de mort et des bottines cloutées. Couvrant ses mains, des mitaines en dentelle blanche ; autour de ses poignets, des dizaines de fins bracelets en caoutchouc et, autour de son cou, un chapelet porté en sautoir. À ses oreilles, des boucles en forme de crucifix. Un joli clone de Madonna époque Maripol.

Elle commanda un verre de *root beer* et de fines tranches de pain pizza parfumé aux herbes. Je lui laissai l'initiative de la conversation.

– Je ne connais même pas votre nom.

– Arthur Costello. Je suis médecin urgentiste à Boston.

– Cette proposition de rôle, c'est de la foutaise, hein ?

– C'est très sérieux, au contraire, mais il me faut une réponse tout de suite.

– C'est pour un film ou une pièce de théâtre ?

– Une pièce de théâtre. Qui ne connaîtra qu'une seule représentation.

– Écrite par qui ?

– Par personne, justement. Je vous demande d'improviser, de vous adapter à la situation.

– Vous vous foutez de moi ?

– J'imagine qu'on vous apprend l'improvisation dans votre école d'art dramatique.

Elle secoua la tête.

– Moi, ce que j'aime, ce sont les beaux textes, les dialogues bien écrits, les mots d'auteur… Quand un acteur improvise, ça tombe souvent à plat.

– Parfois, mais pas toujours. Certaines des plus belles scènes de cinéma sont improvisées : le monologue devant le miroir de Robert de Niro dans *Taxi Driver*, la scène déchirante de la crème glacée dans *Kramer contre Kramer*. Vous savez, lorsque Dustin Hoffman prévient son fils : « Billy, si tu t'avises de porter cette cuillère de glace à ta bouche…

– … tu auras de très très gros problèmes. » Je connais ce film par cœur. Cette scène n'est pas improvisée.

Elle avait terminé la réplique en plantant ses yeux dans les miens, et l'intensité de son regard pétrole ne me laissa pas indifférent.

– Je suis certain qu'elle l'est, dis-je finalement.

– Admettons, répondit-elle en haussant les épaules. Et ça se jouerait dans quel théâtre ?

– Le théâtre de la vie. « Le monde entier est un théâtre, et…

– … tous, hommes et femmes, n'en sont que les acteurs », je sais. Moi aussi, j'ai révisé mes fiches avant de venir. Bon, arrêtez de tourner autour du pot : c'est quoi, le plan ?

– Vous avez raison, je vais être franc. La vérité, c'est que j'essaie de faire évader mon grand-père d'un hôpital psychiatrique.

Elle leva les yeux au ciel, sans chercher à m'interrompre pour autant.

– Vous voulez connaître le plan, le voici : demain matin, à 7 heures précises, vous entrerez avec moi au Blackwell Hospital habillée en infirmière. Mon grand-père aura simulé une crise cardiaque. On le prend en charge sur une civière, on le met dans une ambulance et on se tire le plus vite possible. Vous serez de retour chez vous une demi-heure plus tard. Vous empocherez le pognon et vous n'entendrez plus jamais parler de moi.

Elle laissa passer quelques secondes, prit une gorgée de *root beer* puis éclata de rire.

– Vous devez carburer à de drôles de substances.

Je la dévisageai avec gravité.

– Je suis très sérieux et totalement clean.

Elle cessa de rire. Ses cheveux blonds s'étaient emmêlés, elle les repoussa et les noua avec un chouchou de tissu sombre.

– Ce grand-père, il existe vraiment ?

Je hochai la tête.

– Il s'appelle Sullivan Costello.

– Et pourquoi cherchez-vous à le faire évader ?

– Pour la seule raison qui vaille.

– Vous pensez qu'il n'est pas fou, devina-t-elle.

– Vous avez tout compris.

– Mais pourquoi moi ? On ne se connaît pas. Vous ne pouvez pas demander ça à un de vos amis ?

– J'ai besoin d'une professionnelle. Et puis je n'ai pas d'amis. Pas ce genre-là, en tout cas.

– Le genre qu'on peut appeler à 3 heures du mat pour qu'il nous aide à nous débarrasser d'un cadavre ?

Cette fois, c'est moi qui lui souris.

– Désolée, mais je ne peux pas vous suivre dans cette galère, dit-elle en mordant dans un morceau de pain pizza.

Je lui tendis l'enveloppe qui contenait les huit mille dollars.

– C'est tout ce que je possède, dis-je, conscient que j'abattais là ma dernière carte.

Elle ouvrit la pochette en papier kraft et regarda longuement la liasse de billets de cinquante dollars. Ses pupilles scintillaient, mais pas de cupidité. Je savais qu'elle voyait dans cet argent un ballon d'oxygène : le règlement de plusieurs mois de loyer et le remboursement de son découvert bancaire. Moins de nuits de galère à faire la serveuse dans des bouges comme le Frantic en se faisant reluquer comme une go-go dancer par des braillards à moitié bourrés. Plus de temps pour rester chez soi à lire des pièces de théâtre de Sam Shepard et des romans de John Irving, pelotonnée sur son canapé avec Remington, le chat, une tasse d'Earl Grey à portée de main.

Elle hésita longtemps, me regardant avec ses yeux brillants de fatigue, se demandant qui j'étais vraiment, essayant de deviner si un diable ne se cachait pas derrière ma bonne tête. Elle avait vingt ans, elle était jeune, un peu crâneuse, un peu fiérote, un peu perdue. Une seconde, un instantané traversa mon esprit : l'image furtive d'une Elizabeth plus âgée, plus assurée, plus proche de moi, mais tourmentée par d'autres problèmes. Puis la vision s'estompa et disparut.

– Tout ça est beaucoup trop risqué, trancha-t-elle en glissant l'enveloppe refermée dans ma direction.

– Je ne vous demande pas de braquer une banque.

– C'est trop dangereux, je vous dis.

– Pas plus dangereux que de partager sa vie avec un drogué.

Ma réponse avait fusé, brutale, intempestive. Elizabeth me transperça du regard.

– Qui êtes-vous pour juger les gens ?

– Ce n'est pas très malin de vous endetter pour payer la dope de votre mec.

– Vous ne pouvez pas comprendre, David en a besoin pour peindre. Il…

– La bonne excuse ! Je suis médecin, et je peux vous assurer que la meilleure chose qui pourrait arriver à votre artiste, c'est de se sevrer. Sérieusement, pourquoi vous vous accrochez à lui ?

– Parce que je l'aime, répondit-elle avec tout le mépris dont elle était capable.

Elle était au bord des larmes. Son menton se mit à trembler d'une rage qu'elle ne put bientôt plus contenir.

– Et je t'emmerde, connard ! cria-t-elle en me jetant son verre de *root beer* au visage.

Elle se leva en renversant sa chaise et quitta le restaurant.

Je ne pouvais pas gagner à tous les coups.

2h21

Lorsque je retrouvai mon ambulance, ses deux rétroviseurs extérieurs étaient cassés. Visiblement, un junkie avait essayé de fracturer le véhicule – pour y piquer du matériel médical ou, mieux, des médocs –, mais il ne devait pas avoir l'esprit suffisamment clair, car le van avait résisté à ses assauts. De rage, le camé avait dû se venger sur les rétros. Le jeu du quartier…

Au volant de mon « bolide », je quittai l'East Village, remontant vers Gramercy, Murray Hill et Midtown. Se rendre à Roosevelt Island en voiture nécessitait de faire un long détour par le Queens pour ensuite revenir sur ses pas et prendre l'embranchement qui menait au Roosevelt Island Bridge, seule voie d'accès pour les véhicules à moteur. J'arrivai au pied du pont à 3 heures du matin.

Je traversai le détroit et garai l'ambulance à proximité de l'hôpital sur un parking grillagé à ciel ouvert qui faisait face à la skyline. Des vieux standards de jazz passaient à la radio. Je baissai la vitre du van. Bercé par le sax langoureux de Stan Getz, je fumai une cigarette en regardant la ligne de gratte-ciel de l'autre côté de la rivière. On était encore à Manhattan et déjà à distance. Les vibrations, les bourdonnements, les lumières de la ville n'étaient qu'à quelques dizaines de mètres, mais semblaient pourtant hors d'atteinte.

Si loin, si proche…

Je trouvai dans cette vue un écho troublant à ce que je vivais: j'étais à la fois dans ma vie et hors de ma vie. À la fois moi et hors de moi.

Je jetai mon mégot sur le bitume, me laissai aller contre l'appuie-tête et fermai les yeux, grappillant à la nuit quelques heures de mauvais sommeil.

10.

Toc, toc, toc!

Un tressaillement. La lumière des premiers rayons de soleil sur mon visage. Puis l'image d'Elizabeth Ames qui tambourinait contre ma vitre.

Affolé, je jetai un coup d'œil à ma montre.

Merde! 6h55.

Je lui ouvris la portière.

– Qu'est-ce qui vous a décidée à venir?

– Le fric, quoi d'autre? répondit-elle tandis que je démarrais. À propos, le paiement s'effectue d'avance.

Je fouillai dans ma poche intérieure et lui tendis l'enveloppe tout en pestant contre moi-même de m'être assoupi.

– Désolé, mais on ne va pas avoir le temps de répéter, dis-je en allumant le deux-tons, le gyrophare, ainsi que la rampe lumineuse fixée sur le toit.

– Pour un adepte de l'improvisation comme vous, ce n'est pas un problème. À propos, vous fournissez les costumes?

– J'ai rassemblé des affaires là-bas, derrière. Vous voulez bien me passer une blouse et un stéthoscope?

Malgré les nids-de-poule qui parsemaient la chaussée, j'accélérai en espérant que tout se déroulait comme prévu au septième étage du Blackwell Hospital. Si Sullivan s'en tenait au plan convenu, il devait être en train de simuler un infarctus. J'imaginais l'infirmière poussant la porte de la chambre pour commencer sa ronde matinale et trouvant mon grand-père, les deux mains agrippées au côté gauche de son thorax, comme foudroyé par une douleur brutale. Il me semblait voir Sullivan, quelques minutes plus tôt, le sourire aux lèvres, s'aspergeant le visage d'eau pour simuler des sueurs puis enchaîner quelques dizaines de pompes dans le but d'augmenter la température de son corps. Si le vieux avait encore toute sa tête, le plan était jouable. En le voyant faire un malaise, l'infirmière avait dû décrocher son téléphone pour réclamer une ambulance.

– Les secours arrivent ! lançai-je en pénétrant toute sirène hurlante sur le parking.

Je garai l'ambulance devant l'entrée de l'hôpital, dépliai les roues du brancard. Accompagné de mon « assistante », je pénétrai en trombe dans le hall.

– Les secours pour le patient du septième étage ! criai-je en me dirigeant vers la batterie d'ascenseurs.

L'un d'eux venait d'arriver. Nous nous y engouffrâmes et Elizabeth appuya sur le bouton. Tandis que la cabine s'élevait dans les étages, je vérifiai mon matériel – sacoche d'examen, défibrillateur, valise circulatoire –, pris une grande respiration censée chasser mon angoisse, et je lançai pour détendre l'atmosphère :

– Ça vous va vraiment très bien, la petite blouse d'urgentiste. Très… émoustillant.

Tout ce que j'obtins en retour fut son majeur dressé, pointé dans ma direction.

Les portes s'ouvrirent dans un feulement rocailleux.

– Au bout du couloir !

En déboulant chambre 712, je découvris Sullivan allongé sur son lit, une infirmière à son chevet. Il avait le visage trempé et crispé, la main droite posée contre sa poitrine.

– On s'en occupe ! dis-je à la femme en blanc en plaçant mon matériel sur une table roulante.

– Mais… qui êtes-vous ? bredouilla-t-elle.

Avant même que j'aie pu ouvrir la bouche, Elizabeth prit la parole :

– Docteur Hayes, docteur Addison.

Je commençai à effectuer les gestes de base sur le « malade » : auscultation rapide, prise du pouls, tension, pose des électrodes pour le scope.

Elizabeth regarda l'appareil et ordonna d'un ton assez convaincant :

– Vous ne voyez pas que c'est un infarctus ? On le mute d'urgence au Mount Sinai !

Nous installâmes Sullivan sur le brancard. Alors que nous traversions le couloir, je couvris son visage d'un masque à oxygène. L'infirmière entra avec nous dans l'ascenseur, ce qui donna à Elizabeth l'occasion de peaufiner son rôle en me criant dessus :

– Addison, installez une voie veineuse et commencez à injecter de l'aspirine !

Les portes s'ouvrirent. En quatrième vitesse, nous traversâmes le hall désert jusqu'à l'ambulance.

Le plus dur était fait !

Je chargeai Sullivan à l'arrière. Je voyais bien qu'il se marrait sous son masque. Il leva même le pouce dans ma direction, et c'est comme si je l'entendais me dire :

« Bien joué, p'tit gars. »

Un sourire se peignit sur mon visage, je me retournai et…

11.

Donné sans aucune retenue, le premier coup de matraque du vigile m'atteint à l'abdomen et me coupa le souffle. Porté au thorax, le deuxième coup me projeta à terre.

Au sol, la tête dans la boue, l'image trouble de l'ambulance ondulait devant mes yeux. Collé sur le fourgon, l'écusson du Massachusetts General Hospital de Boston avait dû alerter le garde qui venait de me bastonner. La voix de Double-Face, l'infirmier au visage brûlé, s'éleva dans mon dos :

– Attention, Greg, il n'est pas seul !

Tandis qu'il se précipitait pour bloquer l'ambulance, le véhicule démarra en trombe. Sur une cinquantaine de mètres, les deux gugusses essayèrent de le stopper, mais ils n'avaient aucune chance face à un moteur V8.

Dépités, ils revinrent dans ma direction et je devinai que j'allais faire les frais de leur colère.

– Toi, dès que je t'ai vu, je t'ai pas senti, fit Double-Face juste avant de me balancer un coup de pied dans les côtes.

– Du calme, on va le foutre dans l'isoloir en attendant les flics.

Ils arrachèrent ma blouse et me soulevèrent par les pans de ma chemise pour me traîner à l'intérieur de l'hôpital. De nouveau, je pris l'ascenseur, mais cette fois sous bonne escorte et en direction du sous-sol. Au bout d'un couloir, je découvris le bien nommé « isoloir » : une pièce minuscule, capitonnée, dans laquelle les deux hommes me projetèrent sans ménagement.

La porte se referma sur moi et je restai seul, prisonnier de ce sarcophage, essayant de ne pas me laisser gagner par la claustrophobie.

Et maintenant ?

Je me consolai en pensant que Sullivan était libre. J'avais eu raison de m'accrocher. J'avais mené mon plan jusqu'au bout et il avait réussi.

À une petite nuance près.

Au bout d'un quart d'heure, j'entendis des bribes de conversation qui venaient dans ma direction. Puis la voix tonnante du gardien :

– Il est enfermé là-dedans, lieutenant.

– OK, Greg. Je l'embarque.

Tandis qu'on déverrouillait la porte, une odeur lourde et sucrée de fleur d'oranger se répandit dans la cabine et me donna un haut-le-cœur. Dans le même temps, je fus saisi de palpitations et une migraine soudaine me vrilla le crâne. Je manquais d'air, j'avais les yeux qui piquaient et cette sensation presque familière que le sol se dérobait sous mes jambes et que je tombais dans le vide.

Le bruit de la porte qui s'ouvrait grinça à mes oreilles, mais je n'étais déjà plus là.

Puis cette dernière exclamation de Double-Face :

– Putain, mais il est passé où, ce con ?

1994

Elizabeth

Aimer est une aventure sans carte et sans compas où seule la prudence égare.

Romain GARY

0.

Le bourdonnement lointain d'un poste de radio ou d'une télévision. Un rideau de mélasse. Un brouillard épais, noirâtre. Une sensation désagréable, mais désormais familière : celle d'avoir les paupières boursouflées, comme lestées par des kilos de plomb. Cette difficulté à respirer. Et cette fatigue accablante proche de l'anéantissement.

J'ouvre les yeux. Je suis allongé sur un sol en bois. Des lattes de parquet qui sentent encore la cire. Il fait sombre. Il fait chaud comme si on avait laissé les radiateurs tourner à puissance maximale pendant plusieurs heures. Je me mets debout avec appréhension. Le craquement de mes articulations me donne l'impression que mes os vont céder. Je frotte mes paupières, jette un regard circulaire autour de moi.

Je suis… dans un appartement plongé dans la pénombre. Un loft en désordre qui ressemble à un atelier d'artiste. Il y a des chevalets, des toiles abstraites, des bombes et des pots de peinture partout sur le sol, un reste de pizza sur une table basse en parpaing.

1.

Sur une étagère, un radioréveil digital indiquait 3 heures du matin. Je m'approchai de la verrière qui s'étirait sur toute la longueur du mur. Au vu de la hauteur, l'appartement devait se trouver au troisième ou quatrième étage. La rue était bien éclairée. L'architecture du quartier privilégiait les immeubles en brique d'avant-guerre et les élégants *cast-iron buildings* avec leurs escaliers extérieurs et leurs arcades ouvragées. En plissant les yeux, je distinguai plusieurs galeries d'art donnant directement sur la rue. L'une d'elles portait une enseigne lumineuse : 18 Mercer Street. Je me trouvais à SoHo.

Dans la pièce à vivre de l'atelier, une télévision branchée sur CNN déversait son flot d'informations continues. Je repérai une télécommande au creux du canapé. Après avoir vérifié d'un coup d'œil circulaire que la pièce était vide, je m'en emparai pour augmenter le volume et me rapprochai de l'écran, barré d'un bandeau rouge *Breaking news*. On y voyait Nelson Mandela, tout juste élu président de la République d'Afrique du Sud, en train de prêter serment devant une foule immense réunie à Pretoria.

« Le temps est venu de panser nos blessures. Le moment est venu de réduire les abîmes qui nous séparent. Le temps de la construction approche. »

La date était visible en bas de l'écran: le 10 mai 1994. Mon dernier souvenir remontant à septembre 1993, j'avais donc fait cette fois un saut dans le temps d'à peine huit mois.

Alors que j'éteignais le téléviseur, un bruit régulier me fit tourner la tête. En tendant l'oreille, je perçus comme un léger clapotis doublé du bruit continu d'un filet d'eau. J'avançai dans un couloir sombre qui devait desservir la chambre et la salle de bains. Clouée sur la première porte, une plaque en émail ancienne annonçait la couleur: *Bath*. Je poussai la porte entrebâillée pour y découvrir…

2.

… l'horreur.

Une lumière chaude et tremblotante enveloppait la pièce. Celle d'une vingtaine de bougies de toutes les tailles, disposées un peu partout dans la salle de bains. Sur le carrelage noir et blanc, des gouttes de sang sombre balisaient le chemin jusqu'à une baignoire rétro posée sur des pieds cuivrés en forme de pattes d'aigle.

Les jambes tremblantes, je m'approchai de la cuve en train de déborder. Le corps nu d'une jeune femme baignait dans l'eau rougeâtre. Inerte, les yeux clos, la tête posée sur le rebord en fonte, elle avait les deux poignets tailladés. De l'eau jusqu'aux narines, les cheveux recouvrant son visage, elle était en train de se noyer.

Eh merde !

Rassemblant mes maigres forces, je la tirai hors de l'eau, l'allongeai sur le sol et l'épongeai avec des serviettes.

Mes doigts sur sa carotide pour lui prendre son pouls. Je sentis un battement très faible : un pouls filant qui traduisait une perte de sang importante.

Calme-toi, Arthur.

Mon cœur cognait dans ma poitrine. Un cœur pour deux corps. Agenouillé à ses côtés, je tentai rapidement d'évaluer son état de conscience, pratiquant les gestes familiers que je faisais tous les jours aux urgences. Je lui parlais, mais n'obtenais aucune réponse compréhensible. Elle réagissait de manière orientée à la douleur, mais j'avais beau la stimuler, elle n'ouvrait pas les yeux. Score de Glasgow : 8 ou 9, ce qui signait une altération de la conscience déjà importante.

Réfléchis !

Je regardai autour de moi. Sur le sol, une bouteille de Jim Beam et une autre de Four Roses. Près de la poubelle, je ramassai deux boîtes en plastique de médicaments. Je plissai les yeux pour déchiffrer les étiquettes : du Lunesta (un somnifère hypnotique) et du Lorazepam (une benzodiazépine anxiolytique).

Nom de Dieu…

Les flacons étaient vides, signe que les doses absorbées devaient être très importantes. La fille n'avait pas fait semblant. Mélangés à de grosses quantités de bourbon, les effets de ce type de substance étaient dévastateurs.

Je mis les deux bras de la jeune femme en position surélevée pour limiter l'afflux sanguin. Sa respiration était très lente, sa tension basse, ses pupilles dilatées, ses extrémités cyanosées.

Je pris quelques secondes pour faire le point. Hémorragie, somnifère, anxiolytique, alcool : un cocktail ravageur qui rendait son état très précaire. Elle était au bord de la dépression respiratoire sévère et de l'arrêt cardiaque.

Je me relevai, fonçai dans le salon à la recherche d'un téléphone. Je composai le 911 pour appeler une ambulance. Dans un placard de la cuisine, je trouvai deux torchons propres et deux foulards dans le dressing que j'utilisai pour effectuer des points de compression aux poignets de la jeune femme.

C'est après avoir noué les pièces d'étoffe que je dégageai son visage et m'y attardai pour la première fois.

C'était Elizabeth Ames.

3.

Les ambulanciers s'affairaient autour du corps de Lisa, suivant la procédure classique de prise en charge d'une tentative de suicide de cette nature : mise en place d'une voie veineuse au pli de chaque coude, intubation avec ventilation assistée, paramétrage du scope, ECG, injection de flumazénil.

Je pouvais anticiper tous leurs gestes, deviner toutes leurs décisions. Je brûlais d'envie de les aider, mais je n'en avais aucune légitimité ; et puis ces gars connaissaient aussi bien leur boulot que moi. Dans la chambre à coucher, je trouvai une robe, des escarpins et une fine pochette en faux cuir qui contenait les papiers d'identité d'Elizabeth, une clé d'appartement, deux billets de vingt dollars et une carte de paiement. Je m'emparai de la clé et de l'argent liquide et remis le sac à l'un des secouristes pour que l'hôpital soit en mesure de connaître son nom.

– Il faut qu'on se grouille ! cria celui-ci. L'hémorragie est sévère.

Ils sortirent le corps de Lisa sur une civière. Je les accompagnai jusque dans la rue.

– Vous l'emmenez où ?

– Bellevue Hospital, me répondit l'infirmier en claquant la porte du véhicule médicalisé.

Je regardai s'éloigner l'ambulance en compagnie d'une voisine de palier, une vieille dame qui était sortie de chez elle en entendant le brouhaha dans le couloir.

– À qui appartient cet appartement ? demandai-je, même si je devinais déjà la réponse.

– Il était loué par le peintre David Fawlkes, mais il est mort d'une overdose il y a quelques jours. La pauvre petite…

En fouillant dans mes poches, je trouvai une dernière cigarette mentholée et le briquet « I LOVE NY ».

– Lisa, vous la connaissez bien ? dis-je en allumant la cigarette.

– On se croisait souvent. Faut dire qu'elle était toujours fourrée chez ce type. Elle était si gentille, chaque fois un mot aimable… Si vous voulez mon avis, il ne méritait pas qu'on veuille mourir pour lui.

La vieille dame s'éloigna en continuant à parler toute seule.

– Pauvre gamine, si ce n'est pas malheureux de vouloir partir à son âge !

Je hélai le premier taxi qui passait dans la rue. Alors que la voiture s'arrêtait à mon niveau, j'observai la vieille qui resserrait sa robe de chambre en frissonnant.

– Moi, je donnerais n'importe quoi pour quelques années supplémentaires…

4.

5 heures du matin

Dès que je poussai la porte de l'appartement de Lisa, Remington, le chat tigré, m'accueillit tel un sauveur. À peine avais-je mis un pied dans le couloir qu'il se frottait déjà contre ma jambe, poussant des miaulements désespérés.

– Comment ça va, toi ? dis-je en lui gratouillant le haut du crâne.

Dans un placard de la cuisine, je trouvai un sachet de croquettes. Je lui en servis un grand bol en même temps qu'une soucoupe d'eau fraîche. J'avais très envie de café, mais la boîte métallique était vide et la seule bouteille de lait qui restait dans le frigo était périmée.

Sur le comptoir se trouvaient de vieux journaux. Des numéros d'*USA Today* des jours précédents. J'avais autre chose à faire, mais je ne résistai pas à la curiosité. Les dernières semaines avaient été meurtrières : le 5 avril, suicide de Kurt Cobain ; le 1er mai, accident mortel d'Ayrton Senna. Sur la table du bar, un numéro de *Newsweek* avec en couverture une photo en noir et blanc du chanteur de Nirvana, barrée d'un titre en forme d'interrogation :

Suicide : why do people kill themselves ?

Je reposai le magazine et me mis en quête de ce que j'étais venu chercher. Une réponse à la question : où était Sullivan ? Je parcourus le deux pièces en espérant trouver un indice. Que s'était-il passé huit mois plus tôt lorsque Elizabeth avait réussi à faire évader mon grand-père ? Où l'avait-elle conduit ? Étaient-ils restés en contact ? J'en doutais fortement. Sullivan n'avait pas d'argent, pas d'endroit où dormir, pas de papiers d'identité et à ma connaissance pas d'amis vers qui se tourner. Objectivement, il y avait toutes les chances pour qu'il soit de nouveau interné à Blackwell. Peut-être même avait-il trouvé la mort. Je chassai cette pensée de ma tête, préférant m'accrocher à la dernière image que j'avais de lui : celle d'un homme à l'œil roublard et à l'esprit assez vif pour élaborer un plan d'évasion performant afin de retrouver la liberté.

Je passai d'une pièce à l'autre ; pas la moindre trace de mon grand-père dans l'appartement. J'allais partir lorsque Remington se faufila entre mes jambes pour rejoindre la chambre de sa maîtresse. Cherchant à l'éviter, je ne réussis qu'à me prendre les pieds dans le tapis et à m'étaler sur le parquet.

Quelle andouille…

Pour me remettre debout, je pris appui sur la commode et c'est à ce moment-là que je l'aperçus : un camée suspendu au bout d'une chaîne en argent, elle-même accrochée au cône métallique d'une vieille lampe de bureau à bras télescopique. Ce bijou n'était pas là, la dernière fois que j'étais venu. Je pris le médaillon dans ma main, observant avec fascination ses délicates sculptures en relief qui représentaient le visage d'une jeune femme aux traits fins, dont le profil nacré se découpait sur un fond bleu en agate. Je retournai le pendentif ; une inscription y était gravée en lettres déliées :

Pour Yvonne
Souviens-toi que l'on a deux vies
Connor, 12 janvier 1901

Mon cœur s'emballa : Connor et Yvonne étaient les prénoms de mes arrière-grands-parents. Comment

Elizabeth avait-elle pu se procurer ce bijou ? La réponse claqua comme une évidence :

Parce que Sullivan le lui avait offert.

Surexcité, j'ouvris tous les tiroirs, toutes les armoires, tous les placards. Je savais à présent ce que je recherchais : le sac à main d'Elizabeth. Dans le loft du peintre, je n'avais récupéré qu'une pochette que l'on porte lors d'une soirée. Pas le bon gros sac dans lequel certaines femmes trimballent quotidiennement la moitié de leur appartement. Bientôt, je dénichai un fourre-tout en cuir grainé qui contenait un poudrier, une trousse de maquillage, un trousseau de clés, une brosse, une paire de lunettes, une boîte de chewing-gums, un stylo-bille, des comprimés d'aspirine, un agenda et… un répertoire téléphonique.

Je le parcourus le cœur battant. Il n'y avait rien à la lettre C, mais à la lettre S, le prénom « Sullivan » était calligraphié, suivi d'un numéro commençant par le préfixe 212, indiquant un endroit à New York.

Avec le stylo, je recopiai le numéro sur mon avant-bras et je filai dans la cuisine, décrochai le combiné du téléphone mural et composai la série de chiffres. Tonalité, puis une dizaine de sonneries qui restèrent sans réponse et qui ne me permirent même pas de laisser un message sur un répondeur.

Merde !

Dans le silence de la fin de nuit, je regardai fixement les cristaux digitaux verdâtres du micro-ondes qui indiquaient 5 h 34.

Soudain, la sonnerie du téléphone me fit sursauter.

– Allô ? fis-je en décrochant.

– C'est pratique, cette fonction de rappel automatique.

– Bordel ! C'est vous, Sullivan ?

– Tu es déjà revenu, p'tit gars ? C'est une sacrée bonne nouvelle, ça ! Je n'attendais pas ton retour avant cet été !

– Où êtes-vous, bon sang ?

– Mais où veux-tu que je sois ? Chez moi, pardi !

5.

Le taxi me déposa à l'adresse que m'avait indiquée mon grand-père : une ruelle pavée située derrière Washington Square. Vissée sur le portail qui protégeait l'entrée de l'impasse, une plaque en cuivre indiquait que MacDougal Alley abritait autrefois les écuries et les dépendances des villas bourgeoises qui bordaient le parc.

Le jour se levait. Une discrète nappe de brouillard planait sur les pavés : des rubans vaporeux s'enroulaient autour du pied des vieux réverbères. Je poussai le portillon et m'avançai jusqu'à une petite maison à deux étages à la façade ocre et rouille. Je frappai à la porte en actionnant un heurtoir en laiton orné d'une gueule de lion rugissant.

– Salut, fiston, m'accueillit Sullivan en passant la tête dans l'entrebâillement.

Alors qu'il ouvrait la porte plus franchement, je l'examinai de haut en bas. Son apparence physique s'était modifiée de façon spectaculaire. Il arborait une coupe propre et travaillée : cheveux dégagés sur les côtés, plus longs et harmonieusement balayés sur le haut du crâne. Sa barbe était courte et bien taillée. Malgré l'heure matinale, il portait un pull à col roulé et un élégant veston en velours côtelé. J'étais médusé : le vieillard léthargique du Blackwell Hospital avait laissé place à un *gentleman farmer* qui paraissait dix ans de moins que son âge.

– Mais tu as du sang partout ! s'inquiéta-t-il.

– Rassurez-vous, ce n'est pas le mien.

– Allez, entre vite, on se gèle les fesses !

Hésitant, je me laissai conduire jusqu'à un salon chaleureux et cossu qui ressemblait à l'intérieur d'un pub anglais avec son parquet couleur miel, son canapé Chesterfield et sa table de billard.

Au fond de la pièce, un grand miroir surplombait un bar en acajou où étaient alignés des verres en cristal épais et une dizaine de bouteilles de whisky de variétés différentes. Sur tout un pan de mur se déployaient une bibliothèque garnie de livres à la reliure de cuir et un buffet en bois marqueté d'ivoire sur lequel étaient posés un antique électrophone et de vieux 33-tours de jazz. Je reconnus les mêmes musiciens que j'aimais moi aussi : Thelonious Monk, John Coltrane, Miles Davis, Frank Morgan…

– Rapproche-toi de la cheminée, m'invita Sullivan en se frottant les mains devant l'âtre dans lequel crépitait un feu clair et vif. À quelle heure as-tu repris connaissance aujourd'hui ?

– Trois heures du matin.

– C'était où, cette fois-ci ?

– Dans un loft à SoHo.

En quelques phrases, je lui racontai la tentative de suicide de Lisa et comment j'avais essayé de la sauver. Il parut profondément affecté par cet épisode. Pendant quelques secondes, son visage s'affaissa, son regard erra dans le vague, puis il chercha du réconfort en tirant de sa poche son paquet de Lucky Strike – la même marque que Frank avait fumée toute sa vie et qui ne devait pas être pour rien dans sa mort précoce. Il me proposa une cigarette et s'en alluma une.

– Je suis certain qu'elle va s'en sortir, affirma-t-il en s'installant dans un fauteuil club en cuir fauve. Tu veux prendre une douche ?

– Attendez, Sullivan, on est où, là ?

– Je te l'ai dit : chez moi.

– J'ai du mal à le croire. Je ne vois pas très bien comment vous auriez pu acheter ou louer un appartement : vous êtes un patient évadé d'un hôpital psychiatrique, ce qui signifie que vous n'avez pas d'argent, pas de compte en banque, pas de papiers d'identité…

– Et pourtant on est bien chez moi, rétorqua-t-il d'un œil malicieux. J'ai acheté cet appartement en 1954. C'était ma garçonnière, mon jardin secret. Un endroit où j'aimais me rendre en dehors de mon travail pour écouter de la musique, me reposer, boire un verre…

– « Y recevoir mes maîtresses sans que ma femme soit au courant », complétai-je.

Je distinguai son sourire à travers la fumée de cigarette.

– Oui, aussi, je te l'accorde. Bref, pour garder cet endroit confidentiel, je l'ai financé à travers un système complexe de prête-noms et de reconnaissances de dette à long terme. En clair, c'est moi qui ai avancé les fonds, mais c'est mon associé de l'époque, Ray McMillan, qui est officiellement propriétaire du bien immobilier.

– Et qui vous l'a restitué après votre évasion de l'hôpital l'année dernière.

– Tu piges vite, p'tit gars.

Je comprenais mieux à présent. Au milieu des années 1950, lorsque Sullivan avait été déclaré mort, on avait procédé à la liquidation de son héritage, mais, l'appartement new-yorkais ne faisant pas partie de son patrimoine, il était passé entre les mailles du filet.

– Et concrètement, comment subvenez-vous à vos besoins ?

Anticipant ma question, il s'était levé de son fauteuil. Devant la bibliothèque, tel un prestidigitateur, il fit pivoter un panneau en bois pour mettre au jour un coffre-fort. Il fit jouer les molettes pour ouvrir l'armoire d'acier : elle contenait trois lingots d'or de taille moyenne qui brillaient de mille feux.

– De tous les conseils que je pourrais te donner, voici le plus précieux, p'tit gars : quoi qu'il arrive, conserve toujours une poire pour la soif. En prévision des sales coups que la vie ne manquera pas de t'infliger.

Mes yeux étaient irrésistiblement attirés par les trois briquettes dorées. Je finis par demander :

– Mais d'où vient tout cet or ?

De nouveau, le regard de mon grand-père pétilla.

– Au début des années 1950, pour des raisons fiscales, un de mes plus gros clients avait pris l'habitude de me régler sous forme de lingots qu'il avait hérités de sa mère. J'en ai ainsi gagné quatre que j'ai entreposés ici. J'en ai revendu un l'année dernière. C'est fou ce que le coût de la vie a augmenté, hein ?

Je ne pris pas la peine de répondre à sa question.

– Donc, vous vivez ici depuis huit mois ?

– Affirmatif.

– Et comment occupez-vous vos journées ?

Il écrasa son mégot dans un cendrier en verre moulé.

– Mais en t'attendant, gamin.

– Comment ça, en m'attendant ?

Il me fixa sans ciller et énonça d'une voix grave :

– Je sais que tu te demandes ce qui est en train de t'arriver. Et je sais que tu es terrifié. Alors voilà, j'ai une mauvaise nouvelle pour toi : la vérité est bien pire que tout ce que tu as pu imaginer.

Je le défiai du regard.

– Et c'est quoi, cette vérité ?

– C'est une histoire complexe et difficile à accepter. Je vais te la raconter, bien sûr, mais d'abord, monte prendre une douche et enfile de nouveaux habits.

– Et où vais-je trouver d'autres vêtements ?

– À l'étage. Il y a deux chambres. La première, c'est la mienne. La seconde, considère que c'est la tienne. Tu trouveras tout ce qu'il te faut dans la penderie. Comme je n'étais pas sûr pour les tailles, j'ai tout acheté en double.

Devant mon étonnement, il ajouta d'un ton satisfait :

– Je te l'ai dit : ça fait des mois que je t'attends, gamin.

6.

La douche me fit du bien. Je ne m'étais plus lavé depuis trois jours. Ou même peut-être depuis trois ans. En fait, je n'avais plus aucune notion du temps. À force de chercher à comprendre l'incompréhensible, mon cerveau tournait désormais à vide, incapable d'élaborer le moindre raisonnement logique.

Une demi-heure plus tard, lorsque je retrouvai mon grand-père dans la cuisine, j'étais rasé de frais, j'avais enfilé un polo et un complet veston en donegal et m'étais aspergé d'une eau de Cologne coûteuse au parfum léger de lavande et de citron.

– Tu cocotes, me taquina Sullivan en me versant une tasse de café fumant.

Il m'avait aussi préparé des pancakes arrosés de sirop d'érable et pressé un jus d'orange. Malgré le stress, la faim me déchirait le ventre, comme si je n'avais plus mangé depuis une semaine. Je me jetai sur les crêpes et en engloutis trois coup sur coup.

– Je connais cet appétit vorace qui s'empare de toi à chaque réveil, mais mange plus lentement, tu vas avoir mal au ventre, me conseilla mon grand-père comme si j'avais six ans.

Tel un adolescent rebelle, je descendis ma tasse de café en deux gorgées. Désormais rassasié, je demandai des explications à Sullivan.

Il hocha la tête, se cala sur sa chaise et prit une longue inspiration.

– Pour comprendre ce qu'il t'arrive, il faut revenir quarante ans en arrière, en 1954. En ce temps-là, tout me réussissait. L'agence de publicité que j'avais créée six ans plus tôt était en plein développement. Nous étions la boîte à la mode et les clients affluaient des quatre coins du pays. J'allais avoir trente-deux ans. Je travaillais seize heures par jour et, en apparence, j'avais tout ce qu'un homme puisse désirer : une femme dévouée, un enfant, une belle maison, plusieurs voitures... J'avais tout, sauf l'essentiel. La vérité, c'est que je m'ennuyais dans la vie. Il me manquait quelqu'un avec qui partager ce succès. Une âme sœur, une complice, une partenaire...

Un peu nerveux, il se leva de sa chaise et se dirigea vers la robuste cuisinière en fonte pour se resservir une tasse de café.

– Cette année-là, je traversais une mauvaise passe, confia-t-il en s'appuyant contre le rebord du fourneau. Je commençais à prendre conscience que j'avais raté un embranchement essentiel dans ma vie : je n'avais pas compris combien il était important de faire des enfants avec une femme que l'on aime *vraiment*. J'étais devenu de plus en plus solitaire, cherchant toutes les occasions possibles pour fuir mon foyer. En semaine, je trouvais refuge ici, dans cette garçonnière, et je passais tous mes week-ends à retaper une vieille bâtisse que je venais d'acheter pour une bouchée de pain, *24 Winds Lighthouse*: le phare des 24-Vents.

Il prit une longue gorgée de café avant de continuer, d'une voix solennelle:

– Ma vie a basculé dans la nuit du 18 septembre 1954. Il était presque 22 heures. J'avais travaillé toute la journée pour colmater plusieurs fuites dans la tour du phare. J'étais fourbu et bien décidé à me coucher tôt. Dehors, le vent soufflait fort. Comme souvent par mauvais temps, la ligne téléphonique était hors d'usage. Une bouteille de bière à la main, j'écoutais la retransmission d'un match de base-ball à la radio en mangeant des sandwichs. Soudain, l'émission sportive fut interrompue par un flash d'informations pour annoncer une catastrophe ferroviaire qui venait de se produire à New York. J'ai monté le son de ma TSF, ce qui explique que je n'aie pas entendu tout de suite les bruits provenant de la cave. Alors que j'étais persuadé de me trouver seul, j'ai vu tout à coup un homme ensanglanté surgir dans le salon et s'effondrer au milieu de la pièce.

À l'évocation de l'accident de train, je fis immédiatement le lien.

– Cet homme, c'était Horowitz, le premier propriétaire du phare?

Il me regarda et je lus dans ses yeux un mélange de stupéfaction et de considération.

– On peut dire que tu es malin, toi. Tu as raison, c'était Horowitz. J'avais vu son visage sur de nombreuses photos dans les archives que m'avait remises l'avocat de sa veuve. Il avait vieilli, mais je l'ai reconnu tout de suite. Je me suis penché au-dessus de lui. Le pauvre homme avait de multiples blessures : des perforations au ventre et sur le thorax, comme s'il venait de traverser un champ de bataille. Nous savions tous les deux qu'il allait mourir. Il s'est accroché à moi et m'a murmuré à l'oreille : « La porte. Ne poussez SURTOUT PAS la porte. »

Le visage grave, Sullivan revint vers la table rustique en chêne et se rassit en face de moi.

– Sous le choc, je suis resté agenouillé à côté d'Horowitz bien après qu'il eut rendu son dernier souffle. J'étais paralysé, incapable de trouver la moindre cohérence à ce qui venait de se passer. Comme le téléphone était coupé, la décision la plus rationnelle aurait été de prendre ma voiture et de faire le trajet jusqu'au commissariat de Barnstable pour y raconter mon histoire, mais…

– Mais vous ne l'avez pas fait.

– Non, car quelque chose ne cadrait pas. Il n'y avait qu'*un seul* moyen de pénétrer dans le phare et dans la maison : la porte d'entrée. Je l'avais moi-même fermée à double tour en début de soirée et elle l'était toujours. Quant aux fenêtres, elles étaient toutes calfeutrées. D'où sortait donc Horowitz ? Pour le savoir, j'ai suivi les traces de sang vers la cave. Le chemin d'hémoglobine m'a conduit jusqu'à la fameuse porte métallique. Ce soir-là, je n'en menais pas large, et j'ai décidé de ne pas tenter le diable. Je me suis donc contenté de nettoyer toutes les taches de sang…

Je l'arrêtai.

– Pourquoi n'êtes-vous pas allé voir les flics ?

– Parce que je les connaissais, figure-toi ! En tout cas, les flics de cette époque. Le scénario était écrit d'avance : on m'aurait accusé d'avoir tué Horowitz.

– Pas forcément. Au moins, il y aurait eu une enquête.

– Mais quelle enquête ? Cette histoire, c'était *Le Mystère de la chambre jaune* : un cadavre dans une maison dont tous les accès sont cadenassés de l'intérieur. Et pour ne rien arranger, j'avais un casier judiciaire : une condamnation récente pour fraude fiscale et une, plus ancienne, après une vieille histoire de bagarre dans un bar lorsque j'avais dix-huit ans.

– Donc qu'avez-vous fait ?

Il marqua une pause et fit craquer ses doigts.

– Officiellement, Horowitz était mort depuis des années. J'ai attendu que la tempête se calme et j'ai décidé d'enterrer le corps au fond de la propriété.

7.

J'étais sidéré. Le visage tendu de Sullivan s'anima comme s'il revivait mentalement la scène.

– J'ai fait ça proprement pendant toute la matinée. Puis je suis retourné dans le phare. Je voulais absolument comprendre ce qu'il venait de se passer. Je suis descendu dans la cave qui était baignée d'une moiteur inhabituelle et inexplicable, car ce matin-là le temps était déjà froid et sec. J'ai ouvert la porte métallique et j'ai regardé l'intérieur de la pièce. J'y étais déjà entré des dizaines de fois dans le passé. Je m'en étais servi de débarras, j'y avais entreposé des outils et j'avais même songé à la transformer en cave à vin. J'ai fait quelques pas à l'intérieur. La chaleur était si intense que j'avais l'impression d'être dans une marmite en ébullition. J'allais ressortir lorsqu'un violent courant d'air a refermé la porte sur moi. Tu connais la suite : des jambes lourdes, une respiration difficile, la sensation d'une chute sans fin…

Sullivan marqua une pause et poussa un soupir consterné.

– Je me suis réveillé sur le toit d'un immeuble du Meatpacking District à côté d'un château d'eau. Je ne savais pas ce que je foutais à New York. Il tombait des cordes, il faisait un froid de gueux. J'avais les muscles engourdis, j'étais épuisé, je crachais mes poumons comme si j'avais couru un marathon. Je suis descendu dans la rue en empruntant l'escalier de service et j'ai trouvé refuge dans un bar. Derrière le comptoir, un poste de télé en noir et blanc diffusait les informations du jour : on était en décembre 1955, en pleine affaire Rosa Parks.

– Vous aviez fait un bond de plus d'un an…

Il approuva de la tête.

– Comme tu as dû l'être toi aussi, j'étais abattu et déboussolé. J'ai erré toute la journée dans Manhattan, essayant de comprendre ce qui m'arrivait. Je me suis même rendu à une consultation psychiatrique d'urgence tant j'avais la certitude d'être devenu fou. Et vingt-quatre heures plus tard, je me suis « évaporé » de nouveau. Lorsque j'ai ouvert les yeux, j'étais à l'arrière d'un taxi. La passagère à côté de moi a poussé un cri en m'apercevant. Elle lisait un journal daté d'octobre 1956.

Je posai la question qui me brûlait les lèvres :

– Et ça a duré comme ça pendant combien de temps ?

Il me regarda droit dans les yeux.

– Pendant vingt-quatre ans, mon garçon.

8.

Sullivan se leva pour arpenter la pièce de long en large.

– Tu voulais la vérité ? Eh bien, la voilà : en poussant cette porte, tu es entré dans une sorte de labyrinthe infernal. Tu vas vivre vingt-quatre ans de ta vie en seulement vingt-quatre jours.

Il me laissa encaisser l'information. Je n'étais pas certain de saisir ce qu'il cherchait à m'expliquer.

– Vous voulez dire que, désormais, mon existence se résumera à ne vivre qu'un seul jour par an ?

– T'as tout compris. Et ce, pendant vingt-quatre ans.

J'avais du mal à rassembler les émotions qui tourbillonnaient dans ma tête. Vingt-quatre ans…

– C'est ce qui vous est arrivé ?

– Exactement, gamin. De 1955 à 1979. J'ai traversé près d'un quart de siècle en ce que l'on pourrait appeler vingt-quatre « voyages » : c'est ça, la malédiction du phare. Et c'est cela qui est en train de t'arriver. Tu es parti pour un voyage qui te conduira jusqu'en 2015.

– Non, c'est impossible…

Mon grand-père poussa un long soupir et resta silencieux pendant près d'une minute. Le soleil s'était levé, se déversant sur les panneaux de la cuisine bardée de bois naturel. Machinalement, Sullivan s'approcha de la table et éteignit le plafonnier.

– Au fil des années, j'ai compris peu à peu les règles régissant la mécanique du phare. Et la plus trompeuse est la suivante : tant qu'il y a quelqu'un dans le « labyrinthe », la pièce de la cave est inoffensive pour les autres. Ne me demande pas de t'expliquer pourquoi, je n'en sais absolument rien, mais c'est pour cette raison que, tant qu'Horowitz était dans la spirale, je pouvais entrer dans la pièce sans courir le moindre risque.

– Pendant les vingt-quatre années de votre voyage…

– … le phare est probablement resté inactif et il l'est encore sûrement aujourd'hui depuis que tu as fait toi-même le grand saut.

Sullivan sortit une cigarette de son paquet, en frappa le bout contre la table pour tasser le tabac et ajouta tristement :

– C'est la seule indulgence du « système » : il ne peut broyer qu'une seule personne à la fois…

Jaillissant d'un briquet à essence, une flamme bleue ondoya devant ses yeux et enflamma l'extrémité de sa cigarette.

– Au fur et à mesure de mes voyages, j'ai fait tout ce qui était en mon pouvoir pour préserver ma famille de ce piège. Lors de ma quatrième réapparition, j'ai fixé rendez-vous à mon fils, Frank, à l'aéroport Kennedy. Il te l'a peut-être raconté : c'est moi qui lui ai demandé de murer l'accès à la porte métallique.

J'acquiesçai en silence. Puis :

– Que se passe-t-il *après* ?

Sullivan s'attendait à la question et, à voir la moue sur son visage, je compris tout de suite qu'il n'avait aucune envie d'y répondre. Il se leva de sa chaise et ouvrit la porte semi-vitrée qui donnait sur une minuscule terrasse fleurie et ensoleillée.

Il resta planté là à terminer sa clope au milieu des boutons-d'or et des géraniums.

– Que se passe-t-il après les vingt-quatre voyages, Sullivan ?

Il écrasa son mégot dans un bac à fleurs.

– Nous aurons le temps de reparler de tout cela. Pour l'instant, je crois que tu devrais prendre des nouvelles de Lisa.

Je n'insistai pas. Peut-être n'avais-je pas plus envie de connaître la réponse que lui de me la donner…

– Vous venez avec moi ? Elle est au Bellevue Hospital.

– Pars devant, je te rejoins plus tard.

9.

Je sortis de la maison et claquai la porte derrière moi. Si, comme me l'avait dit l'infirmier, Lisa avait été conduite au Bellevue Hospital, je pouvais facilement m'y rendre à pied. Je remontais la 5e jusqu'au *Flat Iron*, puis obliquai vers l'East River. En moins de trente minutes de marche, j'arrivai devant la façade monumentale du plus ancien hôpital de la ville.

Les visites ne commençaient qu'à 11 heures, mais, en tant que médecin urgentiste, je savais comment m'y prendre pour contourner la sécurité. À l'accueil, je prétendis être le frère d'Elizabeth Ames. Bouleversé, j'expliquai que je venais d'arriver de Boston par avion et je surjouai l'inquiétude. On me laissa monter à l'étage sans trop de difficultés. Là, je parcourus les couloirs à la recherche de l'interne qui venait de prendre sa garde. Je me présentai à lui comme un collègue du MGH. En discutant, nous découvrîmes que nous avions le même âge et que nous avions tous les deux fait un stage au Northwestern Memorial de Chicago. Il me conduisit lui-même à la chambre d'Elizabeth, se montrant prudent sur son état de santé.

– Dès qu'on l'a prise en charge, on l'a mise en soins intensifs. On a suturé ses plaies et on l'a placée sous assistance respiratoire. Après, tu sais autant que moi comment ça marche : le flumazénil va permettre un sevrage rapide des benzodiazépines, mais l'alcool et la perte sanguine compliquent la situation et retardent le retour à un état de conscience rapide. J'en ai encore pour trente heures de garde. N'hésite pas à venir me voir si tu as des questions.

Je le remerciai et poussai la porte de la chambre.

La pièce baignait dans une lumière tamisée. Le visage de Lisa émergeait d'un drap vert d'eau. Il était figé et livide, recouvert d'un voile diaphane. Ses lèvres, encore violacées, étaient à demi masquées par des mèches de cheveux collées.

Par réflexe professionnel, je vérifiai les perfusions qui partaient de ses bras, la bonne pose des électrodes, les réglages du monitoring cardiaque et les notes du bilan de santé affiché au pied du lit.

Puis j'approchai une chaise et m'assis près d'elle.

Dans cette chambre d'hôpital, je me sentais étrangement à ma place : un peu garde-malade, un peu ange gardien.

La pièce me faisait aussi l'effet d'être un cocon, la gangue protectrice dont j'avais besoin pour me reposer et reprendre mes esprits.

J'étais lessivé. Proche du K.-O. physique et psychique. Surtout, j'étais terrifié parce que j'étais démuni, dépassé par les événements et sans armes pour me défendre. Ce que m'avait raconté Sullivan n'avait ni queue ni tête, pourtant, c'était la seule explication qui tenait la route. Il avait eu le mérite de mettre des mots sur ce que j'étais en train de vivre. Ses explications étaient insensées, mais je n'en avais pas d'autres à lui opposer. Et si mon cerveau me commandait de ne pas le croire, mon intuition me disait au contraire que tout ça était vrai.

J'avais fait des études scientifiques et toutes mes décisions avaient été fondées sur la rationalité. Je n'avais jamais cru en Dieu, j'avais toujours fui comme la peste toutes les élucubrations ésotériques ou pseudo-spirituelles. Et aujourd'hui, je me retrouvais prisonnier d'une malédiction, héros malgré moi de ces histoires fantastiques que je regardais à la télé lorsque j'étais ado : *Au-delà du réel*, *Docteur Who*, *Les Contes de la crypte*, *Creepshow*…

La journée passa comme un souffle, rythmée par les visites des médecins, le ballet des infirmières et des aides-soignants, les bruits réguliers de l'Holter cardiaque et du respirateur artificiel.

Dans la soirée, j'écrivis une lettre à Lisa sur du papier à en-tête de l'hôpital. Je venais de la glisser dans une enveloppe lorsqu'un visage familier fit irruption dans la chambre.

– Sullivan ! Vous en avez mis du temps !

Il ignora ma remarque et, après s'être enquis de la santé de la jeune femme, me lança d'une voix triste :

– Je suis venu te dire au revoir.

Incrédule, je secouai la tête en soupirant.

– Donc je vais « disparaître » comme ça, devant vous ?

Il hocha le menton.

– Je me souviens de toutes les sensations, confia-t-il d'une voix où perçait une sorte de nostalgie douloureuse. Les palpitations, l'odeur de fleur d'oranger, cette impression de désarroi qui te déchire le cœur chaque fois que tu te sens partir…

– On se revoit quand ? demandai-je en essayant de masquer ma peur.

– Je ne sais pas. En moyenne dans un an, ça peut être huit mois comme ça peut-être quinze. C'est ce qui m'était le plus douloureux : l'impossibilité de se donner rendez-vous.

– Je suppose que vous avez essayé de maîtriser le « saut » : en pensant très fort à une date ou à une personne…

– C'est ce qu'on lit dans les romans de science-fiction, malheureusement, dans la réalité, ça ne marche pas comme ça. Tu as noté mon numéro de téléphone ?

Je lui montrai mon avant-bras où j'avais écrit les dix chiffres.

– Mémorise-le, c'est plus prudent. Lorsque tu reviens, appelle-moi dès que tu peux.

Alors qu'il tirait de sa poche son paquet de Lucky, je sortis de mes gonds.

– On ne peut pas fumer ici, bon sang ! Vous vous croyez où ? On n'est plus en 1954 !

Vexé, il coinça sa tige derrière son oreille et me demanda :

– Au fait, comment m'as-tu retrouvé ?

Je sortis de la poche de ma veste le camée bleu et la chaîne argentée que j'avais trouvés dans l'appartement de Lisa.

Sullivan sourit.

– C'est un bijou que mon père a offert à ma mère le jour de ma naissance. Je l'ai retrouvé dans la garçonnière et j'en ai fait cadeau à la petite.

– Vos parents s'aimaient *vraiment*, n'est-ce pas ?

– Ils avaient cette chance, répondit-il pudiquement.

Peu désireux de m'appesantir sur le sujet, je retournai le médaillon pour demander :

– C'est quoi, cette inscription ? « Souviens-toi que l'on a deux vies » ?

– C'est une vieille parole de sagesse chinoise : on a deux vies et la seconde commence lorsqu'on prend conscience qu'on n'en a qu'une.

J'approuvai de la tête.

– J'ai écrit une lettre pour Lisa, dis-je en lui donnant l'enveloppe. Vous pourrez la lui remettre ?

– Tu peux compter sur moi, m'assura-t-il en faisant quelques pas vers la fenêtre. Que lui as-tu écrit ?

Alors que j'ouvrais la bouche pour lui répondre, je fus secoué par un léger spasme. Des picotements coururent au bout de mes doigts. Je lâchai le camée. Puis mon corps se crispa.

Alors que ma vue se troublait, je vis Sullivan en train de déchirer ostensiblement l'enveloppe que je venais de lui remettre.

– Mais qu'est-ce que vous faites ? Espèce de salopard…

Je me levai de ma chaise pour l'empêcher d'aller plus loin, mais, dès mon premier appui, je sentis mes jambes se dérober comme si je m'enfonçais dans des sables mouvants.

– À l'année prochaine, me dit Sullivan en portant la cigarette à ses lèvres.

Un orage électrique s'abattit sur mon cerveau, suivi d'un bruit d'aspiration qui me donna l'impression que mes tympans explosaient.

Puis je disparus.

1995

Une grenade à la place du cœur

> [...] *j'ai songé alors que ce qui est violent, ce n'est pas le temps qui passe, c'est l'effacement des sentiments et des émotions. Comme s'ils n'avaient jamais existé.*
>
> Laurence TARDIEU

0.

Le hurlement bref et agressif d'une sirène.

Un roulement monotone entrecoupé par la respiration d'un soufflet pneumatique. Un froissement de ferraille. Un bruit ferroviaire fracassant.

Mon corps est allongé sur un sol dur, mais vibrant. Je sens un air rance et tiède, brassé par un ventilateur vétuste. Je claque des dents. J'ai le cerveau engourdi et les bronches prises. Mon visage est bouillant de fièvre et mes cheveux trempés de sueur. Je meurs de soif; mes intestins sont en feu.

Comme j'en ai désormais l'habitude, mes yeux sont secs et mes paupières scellées. Les ouvrir me fait un mal de chien, comme si on m'avait injecté un mélange de sable et de colle. J'ai la vue trouble. La première chose que j'aperçois est une barre de fer qui part du sol et s'élève vers le plafond. Je m'y agrippe et soulève ma carcasse courbaturée.

Peu à peu, ma vue devient plus claire. Je distingue une banquette, des graffitis, des portes coulissantes.

Je suis dans une rame du métro new-yorkais.

1.

– Mais d'où tu sors, trouduc ?

Le wagon était vide à l'exception d'un SDF avachi sur son siège et de trois petites frappes black, blanc, latino en train de téter leur bibine planquée dans un sac en kraft. Les lascars étaient des caricatures ambulantes : casquettes snapback, bandanas, dents cerclées d'or, sweats à capuche, kilos de breloques autour du cou, tee-shirts à l'effigie de 2Pac, énorme Ghetto-Blaster diffusant le flow d'un groupe de rap.

– Elle doit valoir du pognon, ta montre, dis-moi !

Ils furent sur moi en moins de deux secondes. Je me tenais toujours à la barre en métal. J'avais la chair de poule, la nuque raide, l'envie d'être dans un lit avec trois couvertures et un grog.

– File-moi ta veste et ton larfeuille !

Le Latino fut le premier à porter la main sur moi : une claque humiliante qu'il me balança par surprise.

Malgré ma petite forme, je n'étais pas décidé à me laisser faire et je levai la main pour lui rendre sa gifle. Pas assez vite cependant. Un coup de poing sournois m'atteignit en plein dans le foie, suivi d'un coup de genou qui me coupa la respiration et me projeta au sol. Une semelle m'écrasa le cou. Incapable de me relever, j'endurai une pénible dérouillée : une pluie de coups de pied, de crachats, d'insultes. Puis une lame jaillit d'un cran d'arrêt et se posa sur ma gorge. Les larmes aux yeux et la rage au ventre, je ne pus faire autrement que de me laisser dépouiller. Tout y passa : mon portefeuille, mon argent, mon passeport, ma ceinture, ma veste et surtout la vieille montre Tank de mon grand-père.

Le supplice dura moins de deux minutes. Dès que la rame entra en gare, les trois voyous décampèrent, me laissant seul dans le wagon avec le clochard, indifférent à mon sort.

Couché sur le sol, je haletai comme un chien, peinant à clarifier mes idées. J'avais mal partout. Mon arcade sourcilière était en sang, le haut de ma lèvre éclatée, mes paupières tuméfiées.

Pas le meilleur de mes réveils…

Je laissai passer une nouvelle station avant de trouver la force de me relever pour m'asseoir sur un strapontin. Un coup d'œil à l'itinéraire plastifié affiché en hauteur. J'étais sur la *blue line*, autrement dit, la ligne A du métro, la plus longue du réseau new-yorkais, qui reliait le Queens à l'extrémité nord de Manhattan. Les trois salopards étaient descendus à la 125e Rue et l'on venait de passer la 116e. Lorsque les portes s'ouvrirent de nouveau, je me traînai sur le quai de Cathedral Parkway. La plate-forme était presque déserte. Je sautai au-dessus d'un portillon et grimpai l'escalier qui débouchait sur la 110e. À quelques pâtés de maisons seulement de l'appartement d'Elizabeth Ames ! Trop gros pour être une coïncidence.

Il faisait froid et encore nuit. Sur le trottoir, un livreur de journaux était en train de recharger le distributeur. Je lui demandai l'heure – bientôt 6 heures du matin – et regardai la date du jour sur le quotidien. Nous étions le 5 novembre 1995. Une manchette imposante barrait la une :

Yitzhak Rabin a été assassiné à Tel-Aviv lors d'une manifestation pour la paix.

Je parcourus l'article rapidement. Le Premier ministre israélien avait été touché par deux balles tirées dans le dos par un militant d'extrême droite opposé aux accords d'Oslo. Rabin avait été transporté à l'hôpital, mais il était décédé quelques heures plus tard. La tonalité de l'article était pessimiste sur le devenir du processus de paix.

C'était trop beau pour durer...

2.

Après avoir vérifié le nom sur la boîte aux lettres, je sonnai à la porte de l'appartement de Lisa.

La jeune femme qui m'ouvrit était radieuse et métamorphosée. Je l'avais quittée dans le coma, à moitié mourante sur un lit d'hôpital ; je la retrouvai enjouée, fraîche et épanouie. Une brosse à dents à la main, elle portait une chemise d'homme et un simple boxer qui ne laissait rien ignorer de la grâce de ses jambes.

– C'est formidable de te voir ! m'accueillit-elle comme si nous étions de vieilles connaissances.

L'appartement sentait bon le café.

– Mais tu es salement amoché ! s'écria-t-elle en remarquant mon visage tuméfié.

– Je me suis fait tabasser dans le métro. Trois types qui m'ont tout piqué.

– Oh là là ! Suis-moi, je vais désinfecter tout ça.

Je l'accompagnai dans la salle de bains, suivi de près par le chat Remington qui essayait de se frotter contre mes jambes.

Avec un coton imbibé d'alcool, elle nettoya le filet de sang qui coulait le long de mon front. Pendant qu'elle jouait à l'infirmière, je respirai son odeur, me laissant éblouir par les mille nuances de blond de ses cheveux et par les mouvements de ses petits seins qui sautaient dans sa chemise au rythme de ses frictions.

– Sullivan m'a dit que tu étais parti au Rwanda avec Médecins sans frontières. C'est terrible, ce qui se passe là-bas.

Je fronçai les sourcils, mais je préférai ne pas la contredire avant d'en apprendre davantage.

– Tu es rentré quand ?

– Euh… eh bien, cette nuit.

– Je suis contente que tu sois venu me voir, dit-elle en jetant le bout de coton dans la poubelle. Je voulais te remercier pour m'avoir sauvée et aussi pour ta lettre.

J'eus du mal à cacher ma surprise.

– Sullivan t'a donné ma lettre ?

– Oui, bien sûr, répondit-elle en levant vers moi ses yeux clairs. Elle m'a fait du bien et je la relis souvent.

Elle avait une trace de dentifrice au coin de la bouche. Pendant une seconde, troublé par la lumière et l'éclat de son visage, je m'imaginai en train de poser mes lèvres sur les siennes.

– Écoute, reprit-elle en passant dans sa chambre pour se préparer, j'ai une journée de folie aujourd'hui : mes cours à Juilliard, puis des photos et un casting pour Calvin Klein, mais on peut se voir ce soir si tu veux ?

– Oui… d'accord.

Elle avait laissé la porte ouverte. Par le jeu d'un reflet de miroirs, j'aperçus sa silhouette gracieuse et dénudée. Visiblement, ce n'était pas la pudeur qui étouffait Mlle Ames, et, par un étrange effet de dédoublement, son « audace » me rendit presque jaloux de moi-même.

– Tu sais ce qui me ferait plaisir pour le dîner ? Un magret de canard au miel ! saliva-t-elle en déboulant dans le couloir, munie de son sac à main et coiffée d'un bonnet de laine.

– Euh…

– J'adorerais que tu cuisines pour moi ! lança-t-elle en nouant son écharpe. On se rejoint ici à 20 heures ?

– D'accord.

– Je laisse un double des clés sous le paillasson. Tu serais un amour si tu pouvais nourrir le chat et claquer la porte derrière toi.

– Je… je le ferai.

– À ce soir, alors ! lança-t-elle en m'envoyant un baiser avec la main.

Puis elle s'évapora dans l'escalier.

Façon de parler, bien entendu…

Je restai seul dans l'appartement, un peu sonné et ébloui par la surprise de cet accueil et par l'enchaînement des deux situations contrastées que je venais de vivre. En quelques minutes, j'étais passé de la violence froide et grise du métro à la blondeur chaleureuse de cette fille imprévisible.

Comme si j'étais chez moi, j'ouvris le placard pour prendre le sac de croquettes.

– C'est une bombe atomique, ta maîtresse, tu le sais, ça ? demandai-je à Remington. Elle a un homme dans sa vie, en ce moment ?

Il me répondit d'un miaulement que j'eus de la peine à déchiffrer.

Je me fis du café en allumant la radio et je flânai un moment dans la maisonnée. C'est en entrant dans la chambre de Lisa que je trouvai la lettre que je lui avais écrite plus d'un an auparavant. Punaisée au milieu du panneau de liège, elle avait été déchirée en quatre, puis recollée avec du ruban adhésif.

Bellevue Hospital
Le 10 mai 1994

Chère Lisa,

Je sais qu'on ne se connaît pas vraiment, pourtant la vie nous a déjà mis deux fois sur la même route.

La première, tu m'as jeté un verre de root beer au visage après m'avoir insulté. Mais quelques heures plus tard, tu as eu le cran de m'aider à faire évader mon grand-père. Bien que tu prétendes que ta seule motivation était financière, j'aime à penser que tu l'as aussi fait parce que cette histoire t'a touchée.

La deuxième, c'était la nuit dernière. Cette fois, ce n'est pas un verre que tu m'as jeté au visage. C'est une image d'horreur. Les poignets tranchés, l'estomac gavé de médicaments, tu te vidais de ton sang dans une baignoire.

Ne compte pas sur moi pour m'excuser d'avoir contrecarré tes projets, même si j'imagine que tu as dû beaucoup souffrir pour en arriver à de telles extrémités.

Je ne vais pas jouer au donneur de leçons. Je sais qu'on porte tous en nous une grenade à côté du cœur. Certains n'osent jamais la dégoupiller, d'autres prennent ce risque et s'exposent au danger. Celui de faire bouger des lignes de faille capables de déclencher un séisme qui détruira leur vie.

À l'hôpital, je vois chaque jour des patients lutter de toutes leurs forces contre des maladies qui les rongent. Des gens qui s'accrochent à la vie, qui donneraient n'importe quoi pour avoir droit à quelques jours de plus. Chacun trouve ses raisons pour continuer à se battre, chacun se fixe une échéance : voir la naissance d'un petit-fils, tenir jusqu'au printemps pour assister encore une fois à la floraison des cerisiers, espérer une réconciliation de dernière minute avec quelqu'un que l'on aime, mais que l'on a blessé. Parfois, on gagne. Mais souvent, l'existence est trop chienne et on y laisse sa peau.

Je sais que l'amour peut tuer. Je sais que les sentiments sont meurtriers. Mais je respecte trop la vie pour cautionner un geste qui consisterait à y mettre fin, même lorsque l'horizon semble bouché.

Prends soin de toi, Lisa,
Cramponne-toi à la vie.
Et dis-toi que la roue tourne vite.

Arthur

3.

Il était près de 11 heures du matin lorsque j'arrivai devant la porte de la maison de Sullivan. J'avais pris mon temps chez Lisa : je m'étais douché, j'avais reconstitué mes forces en dévorant un demi-paquet de Corn Pops, j'avais fouillé dans son dressing à la recherche d'un vêtement susceptible de remplacer ma veste. Le seul habit à ma taille que j'avais trouvé était un manteau doudoune rose vif qui me donnait l'air con : celui d'un bonhomme Michelin tombé dans un pot de peinture couleur framboise. N'ayant plus un dollar en poche, j'avais pris la ligne 1 du métro en passager clandestin. Un trajet interminable pour descendre de Morningside Heights jusqu'à Christopher Street-Sheridan Square.

– Ouvrez-moi, Sullivan ! criai-je en martelant la porte avec le heurtoir à tête de lion.

Aucune réponse, à part celle de la plus proche voisine qui se posta à la fenêtre :

– Vous n'avez pas fini de hurler comme ça !

– Excusez-moi, madame. Je cherche mon grand-père. Il n'est pas chez lui ?

– Je l'ai entendu sortir il y a une heure. Il va souvent au parc le matin.

Je la remerciai et mis à mon tour le cap sur Washington Square. Je traînai plusieurs minutes autour de l'arc en marbre, de la fontaine et des bancs publics en fonte sans parvenir à repérer Sullivan.

Je le trouvai finalement à l'arrière du parc, dans la zone entourée d'arbustes qui abritait les joueurs d'échecs. Emmitouflé dans une épaisse veste en peau retournée, la tête protégée par une casquette en tweed, il était assis derrière une table en pierre, disputant une partie de blitz à cinq dollars avec un étudiant asiatique.

– Laisse-moi terminer ma partie, gamin, lança-t-il en devinant ma présence sans même lever les yeux vers moi.

En colère, je m'approchai de l'échiquier et, d'un geste puissant, le projetai à terre, faisant voltiger les pièces. L'étudiant profita de la confusion pour s'emparer des deux billets qui traînaient sur la table et s'éclipsa prudemment.

– Tu m'as fait perdre cinq dollars, soupira mon grand-père en me regardant enfin.

– Je m'en contrefous, répondis-je en m'asseyant en face de lui.

Un léger sourire éclaira son visage.

– Pas mal, ton manteau… Ça te va bien, le rose.

Cette fois, je me contentai d'un doigt d'honneur levé dans sa direction.

– Moi aussi, ça me fait plaisir de te voir, répondit Sullivan en se grattant la barbe.

Je tentai de recouvrer mon calme.

– Je me suis réveillé dans le métro à 5 heures du matin, on m'a tabassé, piqué tous mes papiers, ma montre et…

– *Ma* montre, me coupa-t-il.

– Vous voulez mon poing dans la gueule ?

– Si on ne peut plus plaisanter…

Il leva la main pour attirer l'attention d'un vendeur ambulant qui poussait un chariot à bretzels et lui commanda deux cafés.

– Ça fait partie des *bad trips*, expliqua-t-il en me tendant l'un des deux gobelets. L'endroit dans lequel tu vas te réveiller est toujours une surprise, bonne ou mauvaise. Un matin, ça sera dans une rame de métro, un autre, dans le lit de Jane Russell…

– Jane Russell ? Elle doit approcher des quatre-vingts ans aujourd'hui…

– Je suis sûr qu'elle est encore très jolie.

Je haussai les épaules avec lassitude.

– Bon, on en parlera une autre fois, si ça ne vous fait rien. Pour l'instant, ce que je veux, ce sont des réponses.

– Quelle est ta question ?

– J'en ai plusieurs. Et la première est la suivante : qu'avez-vous fait pendant les vingt-quatre ans qu'a duré votre grand voyage ? Qu'avez-vous fait entre 1954 et 1978 ?

4.

Sullivan souffla dans ses mains pour se réchauffer et fronça les sourcils.

– La dernière fois qu'on s'est parlé, toi et moi, à quel endroit ai-je arrêté mon récit ?

– En 1956. Vous veniez de vous réveiller à l'arrière d'un taxi, à côté d'une femme.

Il hocha la tête, fouilla dans la poche intérieure de sa veste pour en tirer son portefeuille d'où il sortit une photo jaunie et froissée.

– Cette femme s'appelait Sarah Stuart. Elle avait vingt-six ans. Elle venait de terminer ses études de médecine et travaillait comme épidémiologiste dans les bureaux new-yorkais de l'Organisation mondiale de la santé.

Il me tendit la photographie d'une jeune femme en blouse blanche posant dans ce qui devait être un laboratoire médical. Visage rayonnant, joli nez pointu, regard pétillant à demi masqué par une mèche à la Veronica Lake : elle avait du charme, de l'allure et la promesse d'une personnalité affirmée.

– Entre nous, le coup de foudre fut immédiat, brutal et absolu : une attirance mutuelle physique et intellectuelle comme je n'en avais jamais connu. J'ai fait sa connaissance en 1956, puis j'ai cherché à la retrouver en 1957. La troisième année, en 1958, j'ai fini par lui avouer la vérité sur ma situation.

Il s'empara de la cigarette coincée au creux de son oreille et l'alluma avec son zippo.

– Le destin est cruel, n'est-ce pas ? se désola-t-il. Il me mettait enfin en présence de mon âme sœur, mais dans une situation où il m'était impossible de l'aimer.

– Et donc, qu'avez-vous fait ?

– Nous nous sommes aimés quand même.

Il recracha une bouffée de fumée que le froid matérialisa quelques secondes dans l'air avant qu'elle ne se dissipe.

– Malgré tous les obstacles, Sarah et moi nous sommes aimés pendant plus de vingt ans. En 1965, nous avons même eu la chance d'avoir un enfant : notre petite Anna.

Un ange passa dans le ciel du square. Les yeux brillants, Sullivan fixait par-dessus mon épaule les enfants qui jouaient autour d'un toboggan. Comme le silence s'éternisait, je le relançai :

– Comment peut-on entretenir une relation avec une personne en ne la voyant qu'une seule journée par an ?

– Je ne te dis pas que ça a été facile, au contraire, ce fut infernal et douloureux : pour moi, pour elle, pour notre fille. Ce fut infernal et en même temps magique. Sarah était celle que j'attendais. Celle que j'avais cherchée sans la trouver depuis que j'étais en âge d'aimer.

Je me grattai la tête, dubitatif.

– Et *elle* ? Comment a-t-elle pu accepter de vivre une telle situation ?

– Disons qu'elle s'en est accommodée. Sarah était une femme libre, indépendante, un peu pétroleuse : une féministe qui n'avait aucune envie de s'encombrer d'un mari.

Arrivé au bout de sa cigarette, il en tira une autre de son paquet et l'alluma avec le mégot de la précédente.

– Sarah était aussi une militante. Elle faisait partie d'un groupe d'une vingtaine de femmes médecins, le *Wave Collective* qui, dans les années 1960, pratiquait des avortements clandestins à travers tout le pays. J'admirais son engagement. C'était une autre époque :

beaucoup de femmes vulnérables voyaient leur vie bousillée par une grossesse non désirée.

De nouveau, il tira longuement sur sa cigarette en observant les gamins derrière moi. Les yeux dans le vague, embués par la nostalgie, il confia :

– Ces vingt-quatre ans ont passé comme un battement de cils. Un quart de siècle réduit à quelques jours qui ont été les plus intenses de ma vie. J'étais heureux. Même si c'était dur de ne les voir qu'une journée par an, Sarah et Anna me rendaient plus vivant que je ne l'avais jamais été.

– Pourquoi en parlez-vous toujours au passé ?

Je vis soudain les traits de son visage s'affaisser. Submergée par l'émotion, sa voix s'étrangla :

– Parce qu'elles sont mortes toutes les deux.

5.

Le vent se leva d'un seul coup, balayant la placette, soulevant des nuages de poussière et dispersant les tas de feuilles mortes qu'une équipe de jardiniers venait de ramasser.

Sullivan avait quitté la table en béton. Tandis que je ramassais sur le sol les pièces du jeu pour les ranger dans l'échiquier, je le regardai traverser le parc d'une démarche mécanique.

– Hé ! Attendez-moi, bon sang !

Je décidai de le suivre de loin.

Je pensais qu'il allait chez lui, mais, au lieu de remonter MacDougal Street vers le nord, il traversa Avenue of the Americas et s'enfonça dans Cornelia Street, une rue étroite, typique de Greenwich Village, bordée d'arbres déplumés qui montaient la garde devant des immeubles de briques et des petits restaurants.

En arrivant au croisement de Bleecker Street, Sullivan poussa la porte du Cornelia Oyster Bar, un comptoir à coquillages tel que j'en connaissais des dizaines en Nouvelle-Angleterre, mais que l'on trouvait plus rarement à Manhattan.

Je le suivis jusqu'au restaurant. Lorsque j'entrai dans la salle, je le repérai, assis sur un tabouret. Il me vit lui aussi et, d'un geste de la main, m'invita à prendre place à côté de lui.

– Je suis désolé, dis-je.

Il haussa les épaules.

– Tu n'y es pour rien, gamin. Malheureusement, aujourd'hui, c'est à ton tour d'être victime de cette saloperie.

Après s'être plongé dans la lecture du menu, il commanda d'autorité pour nous deux : un grand plateau d'huîtres et une bouteille de pouilly-fuissé.

Avec dextérité, le serveur derrière le bar nous versa deux verres de vin blanc. Sullivan descendit le sien d'un seul trait et demanda qu'on le resserve. J'attendis qu'il ait pris une nouvelle gorgée pour le questionner :

– Que se passe-t-il après le vingt-quatrième voyage ?

Il me dévisagea d'un air résigné.

– La meilleure et la pire des choses.

On posa devant nous le plateau contenant un assortiment d'huîtres plates et creuses. Sullivan pressa un demi-citron sur ses coquillages. Il aspira l'un des mollusques, puis commença ses explications :

– La meilleure, d'abord : le temps reprend son cours normalement. Tu ne sautes plus d'une année à l'autre. Tu reprends ta place dans le monde, exactement comme avant. Ça, c'est la bonne nouvelle, dit-il en attrapant une huître.

Il me faisait languir.

– Et la mauvaise ? le pressai-je.

– Tu te souviens de la plaque en cuivre dans la cave du phare ?

– Celle avec l'inscription latine ?

Il hocha la tête.

– *Postquam viginti quattuor venti flaverint, nihil jam erit*, déclama-t-il. Après le souffle des vingt-quatre vents, il ne restera rien.

– Et alors ?

– Alors c'est cela, la véritable malédiction du phare : tout se passe comme si tu n'avais vécu ces années que dans ton esprit. Aucune des personnes que tu as croisées ne se souviendra de toi. Tout ce que tu auras construit pendant ces vingt-quatre années sera anéanti.

Sullivan se rendit compte que j'avais du mal à comprendre. Il précisa :

– Après mon vingt-quatrième voyage, je me suis réveillé en 1978. Géographiquement, j'étais revenu à mon point de départ : dans la petite pièce de la cave du phare.

– Sauf que cette pièce était murée, l'interrompis-je.

Il opina du chef.

– J'ai mis un moment à comprendre où je me trouvais et j'ai bien cru y rester. Heureusement, il y avait des outils, et le sol était meuble et humide. J'ai pris une pioche et j'ai commencé à creuser. Je ne sais pas combien de temps cela m'a demandé, peut-être dix heures, mais j'ai réussi à m'extraire du phare. Je me suis lavé avec l'eau du puits et j'ai piqué le vélo du plus proche voisin pour me rendre à la gare de Bourne, où j'ai attrapé le premier train pour New York.

Il posa sa fourchette à coquillage et fit une nouvelle pause. Manifestement, il était aussi difficile que douloureux de convoquer ces souvenirs.

– À l'époque, les bureaux new-yorkais de l'OMS se trouvaient dans le quartier de Turtle Bay, près du siège des Nations unies. Il était 7 heures du soir. J'ai attendu que Sarah sorte du bâtiment, mais, au lieu de se jeter dans mes bras, comme chaque fois que nous nous retrouvions, elle m'a regardé comme si j'étais un parfait inconnu.

Le regard de Sullivan se brouilla. Le timbre de sa voix se modifia.

– J'ai engagé la conversation, mais Sarah a poursuivi son chemin, le visage fermé, prétendant ne pas me connaître. C'était très déstabilisant, car je voyais dans ses yeux qu'elle ne mentait pas. J'ai insisté, je lui ai parlé d'Anna, notre fille, de tout ce que nous avions vécu depuis toutes ces années. À cet instant, je crois que Sarah a dû avoir pitié de moi, car elle s'est arrêtée sur le trottoir et a consenti à me parler. Mais pas comme à un amant. Plutôt comme à un déséquilibré…

Il serra son poing sur la table.

– Elle m'a montré les photos qu'elle avait dans son portefeuille. Des clichés de son mari, un médecin afro-américain, et de ses enfants, de beaux jumeaux métis d'une dizaine d'années. J'étais sidéré, dévasté par la colère autant que par le chagrin.

Il m'attrapa par l'épaule, me secoua et se mit à crier :

– Je ne pouvais pas accepter ça, tu comprends ? J'ai essayé d'expliquer à Sarah que tout ça était faux. Elle a pris peur. Elle s'est enfuie, mais je l'ai rattrapée. Je l'ai immobilisée par le bras pour qu'elle m'écoute. Je lui ai dit que je l'aimais et que j'allais retrouver Anna. Elle a hurlé, s'est débattue. Pour me fuir, elle s'est mise à courir et a traversé la rue… Une voiture qui venait en sens inverse l'a percutée de plein fouet. Et Sarah… Sarah est morte sur le coup. À cause de moi…

À présent, Sullivan pleurait. De grosses larmes qui coulaient sur ses joues et tombaient dans les coquilles d'huîtres. Le corps secoué par le chagrin, il hoqueta :

– Je n'ai aucun souvenir de ce qu'il s'est passé ensuite. Le choc insoutenable d'avoir tué celle que j'aimais m'a fait basculer dans la folie. Lorsque j'ai repris connaissance, j'étais enfermé au Blackwell Hospital, vêtu d'une camisole de force, assommé par des médocs.

Je tendis à mon grand-père le verre d'eau glacée qu'on avait posé devant nous à notre arrivée, mais il ignora mon geste, préférant se resservir du vin. Dès qu'il eut descendu son verre, il agrippa de nouveau mon bras.

– Considère que tout ce que tu vas construire les vingt prochaines années n'est qu'un château de sable qui sera irrémédiablement détruit par les vagues.

– C'est pour cette raison que vous avez déchiré ma lettre à Lisa ?

Il approuva.

– J'avais pris la bonne décision. Mais je la lui ai finalement donnée, parce qu'elle n'avait pas le moral et que j'ai pensé que ça pouvait lui faire du bien. Une faiblesse de ma part qui ne se reproduira plus.

Ses mains tremblaient. Il me regarda dans les yeux.

– Pour ton malheur, tu as été happé par cette spirale infernale. Ne commets pas les mêmes erreurs que moi, gamin ! N'emporte pas les autres dans ta chute !

– L'histoire ne se répétera peut-être pas, tentai-je comme pour m'en convaincre.

Alors Sullivan se leva, rajusta sa casquette et me dit d'un ton glaçant :

– Crois-moi, ça sera pareil. Tu te bats contre le destin. C'est un combat à armes inégales qui est toujours perdu d'avance.

6.

19 heures

Une pluie diluvienne s'abattait sur New York.

Les bras chargés de deux sacs de provisions, je traversai Amsterdam Avenue, portant ma veste au-dessus de la tête pour me protéger du déluge. Au niveau de la 109e, je m'engouffrai dans le hall de l'immeuble où vivait Lisa. Je montai les escaliers jusqu'au dernier étage, trouvai la clé sous le paillasson et pénétrai dans l'appartement qui commençait à m'être familier.

– Salut, Remington.

J'allumai le lampadaire de l'entrée et pris mes quartiers dans la cuisine. Lisa ne devait pas rentrer avant une heure. Ça me laissait le temps de préparer le repas que je lui avais promis.

Après la confession de Sullivan, je l'avais finalement raccompagné chez lui. Je m'étais changé, j'avais récupéré un peu d'argent et, sur les conseils de mon grand-père, j'avais passé une heure chez « Stan le Copiste », un faussaire d'Alphabet City, pour réaliser une photo nécessaire à la fabrication d'un faux passeport et remplacer celui qu'on m'avait volé.

Puis j'avais déambulé dans Manhattan, le moral en berne. Je me sentais seul à en crever. Si ce que m'avait raconté Sullivan était vrai, je n'avais plus ni avenir ni espoir. Mon horizon était bouché. J'étais condamné à être le jouet d'un marionnettiste qui, en trois petites semaines, allait m'amputer des plus belles années de ma vie.

Pour ne pas sombrer, j'avais décidé de me raccrocher à des choses simples. J'avais acheté un livre de recettes de cuisine dans une librairie de SoHo et j'étais passé chez Dean & DeLuca pour réapprovisionner le frigo de Lisa.

– J'ai une surprise pour toi, le chat ! annonçai-je en sortant une boîte de conserve du sac.

Je servis au matou trois cuillères de terrine de poisson, puis je disposai mes autres provisions sur la table : deux ananas Victoria, une gousse de vanille, un bâton de cannelle, deux citrons verts, quelques étoiles de badiane, un magret de canard, des pommes de terre, un pot de miel, des échalotes, une tête d'ail et une botte de persil.

Je regardai tous ces ingrédients avec une certaine appréhension. J'étais un enfant du micro-ondes et des salades sous vide. J'avais beau réfléchir, je n'avais jamais cuisiné de ma vie. J'ouvris le premier livre de recettes à la page « magret de canard et pommes de terre sarladaises » et le second à la page « carpaccio d'ananas ». Pendant une heure, je tâchai de faire de mon mieux. J'avais allumé la radio que j'écoutai avec avidité à la recherche de fragments d'une actualité récente qui m'avait échappé (l'attentat dévastateur d'Oklahoma City, l'acquittement inattendu d'O.J. Simpson, l'échec de Bill Clinton à réformer le système de santé...).

En passant d'une station à une autre, je tombai aussi sur les tubes du moment, découvrant des groupes inconnus (Oasis chantant *Whatever*), ainsi que les nouvelles compositions de mes artistes préférés

(*Streets of Philadelphia* de Bruce Springsteen, *High Hopes* des Pink Floyd…).

– Ça sent bon ici ! s'écria Lisa en poussant la porte.

Elle gratouilla la tête de Remington et vint me rejoindre dans la cuisine. Dégoulinante de pluie, elle retira son écharpe et son manteau qu'elle posa sur une chaise.

Sourire aux lèvres, voix enjouée et yeux de Chimène, elle me fit le récit de sa journée pendant que je faisais cuire mon canard au miel.

Comme si je faisais partie de sa vie depuis toujours.

Je ne sais pas exactement ce que Sullivan lui avait raconté à mon sujet, mais il m'avait fait gagner des points. La légèreté, la jeunesse et l'insouciance de Lisa étaient communicatives. Quelques minutes de sa présence avaient suffi pour que je mette mes soucis entre parenthèses et que je m'abandonne au moment présent.

Dansante et solaire, Lisa tournoya jusqu'à la salle de bains pour revenir dans le salon avec une serviette sur la tête.

– J'ai loué une cassette au vidéoclub, dit-elle en sortant une VHS de son sac : *Quatre mariages et un enterrement*. On peut le voir en mangeant si tu veux ? Il paraît que c'est drôle.

Pendant qu'elle frictionnait ses cheveux, j'observai ses prunelles qui me fixaient : deux reflets adamantins qui miroitaient dans la pénombre de la pièce. Elle s'approcha de moi et, d'un mouvement rapide et inattendu, posa la main sur ma joue. J'écartai les mèches de cheveux humides qui ombrageaient son visage. Mes lèvres trouvèrent les siennes. Elle déboucla ma ceinture ; je dégrafai les boutons de son chemisier. Sa peau était fraîche, ses seins parcourus de frissons.

– Viens…

Devenue plus fougueuse, notre étreinte nous fit basculer sur le canapé et se prolongea tandis que mon magret au miel brûlait dans la cuisine.

7.

Depuis trois quarts d'heure, je me tournai et me retournai dans le lit, essayant sans succès de caler mon souffle sur celui, paisible, de Lisa endormie à côté de moi.

J'étais toujours là.

Le cadran digital du radioréveil affichait 6 h 32.

Et j'étais toujours là !

La veille, je m'étais réveillé dans la rame de métro à 5 h 45. J'avais donc allègrement franchi la barre des vingt-quatre heures !

Je me levai dans la nuit, enfilai un pantalon, remontai la couverture sur l'épaule de la jeune femme et sortis de la chambre à pas de loup.

Remington m'attendait derrière la porte.

La cuisine était figée dans un froid pénétrant. Je vérifiai l'heure sur le micro-ondes en me réchauffant une tasse de café. Dehors, l'orage grondait, tapissant la vitre d'un rideau translucide.

J'ouvris la fenêtre et m'accoudai à la rambarde pour regarder le jour qui perçait. Il tombait des cordes. Le ciel était sale, l'horizon plombé.

La pluie fouettait mon visage. Au croisement de la 110e et d'Amsterdam Avenue, j'observai un vendeur de hot-dogs qui traînait son chariot sous l'averse. Soudain, l'image sauta et se brouilla. Des mouches inquiétantes troublèrent ma vision : des taches sombres flottaient devant mes yeux.

Mon cœur s'emballa quand je reconnus, montant de la rue, l'odeur florale et sucrée des fougasses à la fleur d'oranger que ma mère me préparait lorsque j'étais enfant.

Une décharge électrique me fit tressaillir.

Je lâchai ma tasse de café qui se brisa sur le sol.

Remington poussa un miaulement furieux.

Puis mon corps s'engourdit avant de donner l'impression de se consumer.

Jusqu'à se dissoudre.

Troisième partie

L'homme qui disparaît

1996

Shakespeare in the Park

L'expérience, ce n'est pas ce qui arrive à un homme, c'est ce qu'un homme fait avec ce qui lui arrive.
Aldous HUXLEY

0.

Une atmosphère poisseuse et suffocante.

Des relents écœurants de cuisson, de friture et de lave-vaisselle.

Je suis torse nu, couché sur un sol tiédasse, dans un endroit baigné de lumière. Je sens la sueur qui coule dans mon cou et sous mes aisselles. À cause de la luminosité, j'ai les yeux qui pleurent, comme si quelqu'un émincait des oignons à quelques centimètres de moi.

D'un geste de la main, je chasse les mouches qui volettent autour de mon visage. Je commence à connaître le refrain: les paupières gonflées, le corps ankylosé et perclus de courbatures, la migraine qui me vrille le crâne, les bourdonnements, l'impression désagréable d'avoir les jambes sciées…

J'ouvre les yeux et cherche mes appuis sur le carrelage graisseux. Une fois debout, une odeur de chou rance me prend à la gorge.

Je suis seul… dans une grande pièce rectangulaire écrasée par un soleil de plomb.

1.

De l'avant-bras, j'essuyai la sueur qui perlait sur mon visage. Autour de moi, des plaques de cuisson, un évier gigantesque à six bacs, un comptoir de découpe, une friteuse géante, des marmites de cent litres, une succession de fours électriques, une rôtissoire, un convoyeur. Contre les murs, des armoires en inox ; au plafond, d'énormes hottes aspirantes.

Visiblement, j'étais dans une cuisine centrale. Une sorte de cuisine collective comme celles que l'on trouvait dans les cantines, dans les usines, dans les restaurants d'entreprise.

Qu'est-ce que je fous là, bordel ?

Posé sur une étagère, un réveil démodé en bakélite indiquait 1 heure de l'après-midi.

Je me traînai jusqu'à la première fenêtre, l'ouvris pour faire entrer un peu d'air frais et regardai le paysage. Une chose était certaine : cette fois, je n'étais pas à Manhattan. À perte de vue, je ne voyais que des hangars, des entrepôts, des cheminées d'usines. J'étais au beau milieu d'une zone industrielle ceinturée au loin par une autoroute et par un cours d'eau. J'ouvris la deuxième fenêtre sur le mur opposé. Enfin, je distinguai la ligne de gratte-ciel de Manhattan. En plissant les yeux, je devinai la silhouette de l'Empire

State, la flèche du Chrysler, la structure métallique du Queensboro Bridge.

Je réfléchis un instant. À présent, je pensais savoir où j'étais : dans le sud du Bronx. Sans doute sur la péninsule de Hunts Point, là où étaient situés tous les marchés de gros de New York : fruits, légumes, viande.

Je fis volte-face et me dirigeai vers l'unique sortie de la pièce : une porte coupe-feu en acier zingué qui se trouvait être… verrouillée.

– Hé ! Oh ! Il y a quelqu'un ?

Pas de réponse.

Je cherchai un extincteur pour m'en servir comme d'un bélier, mais n'en trouvai aucun.

« Pull in case of fire »

L'inscription sur l'alarme à incendie me donna une idée. J'abaissai le déclencheur manuel, mais rien ne se passa : ni sirène ni voyant lumineux.

Dépité, je retournai vers les fenêtres. J'étais à environ vingt mètres au-dessus du vide. Impossible d'espérer sortir par là sans me rompre le cou.

Malgré le courant d'air, une chaleur de fournaise persistait dans la pièce, tandis que, dehors, l'air pollué charriait une forte odeur d'engrais chimique. À l'ouest de la Bronx River, des terrains clôturés et des quais de chargement s'étendaient sur des kilomètres. Quelques poids lourds et des semi-remorques allaient et venaient autour de la bretelle autoroutière, mais la zone ne débordait pas d'activité.

Autour de moi, je ne voyais que des parkings déserts et des fenêtres d'immeubles vides. J'étais prêt à parier que nous étions le week-end.

La guigne…

– Hé ! Oh ! Hé ! Oh ! hurlai-je à tue-tête.

Peine perdue. Je comprenais peu à peu que, de là où je me trouvais, personne ne pouvait ni me voir ni m'entendre.

Je déambulai dans la pièce à la recherche d'une idée. Sur le mur était punaisé un calendrier de pin-up. Vêtue d'un simple monokini, miss Août 1996 était une belle brune voluptueuse aux tétons pointus. Accoudée à un bar de plage, elle dégustait un cocktail dans un ananas évidé.

Je ne fus pas long à faire le calcul. Si nous étions au milieu de l'été, j'avais réalisé cette fois un saut de plus de neuf mois.

Je fis un rapide inventaire des autres meubles de la pièce : des rayonnages à plateaux, des chariots de manutention, une grande armoire en inox – semblable à un casier de vestiaire – protégée par une serrure à combinaison.

Pendant l'heure qui suivit, j'essayai de trouver une solution pour sortir de cette prison. Je démontai les faux plafonds, les raccords d'évacuation, je sondai le tuyau de ventilation du vide-ordures, je tentai de fracturer la porte métallique avec une écumoire à friture et une pince à spaghettis.

Sans succès.

À force de me démener, j'avais la gorge sèche. Dans l'un des frigos, je dégotai une canette de soda infâme aromatisé au chewing-gum et une part de cheesecake douteux. Je le reniflai avec méfiance, mais j'avais tellement faim que je n'étais pas en état de faire le difficile.

Il y avait un vieux poste de télévision accroché au plafond dans un coin de la salle. Je trouvai la télécommande posée sur une desserte réfrigérée et allumai l'appareil. Des extraits d'images sportives défilèrent sur l'écran : de l'athlétisme, de la natation et du tennis. Je reconnus distraitement Carl Lewis, Michael Johnson et Andre Agassi. Je regardai la fin du reportage en mangeant mon gâteau, puis un commentateur apparut, casque sur les oreilles et micro à la main.

> *« Ainsi s'achève notre rétrospective de ces vingt-sixièmes Jeux olympiques d'été qui se sont déroulés ici, à Atlanta, du 19 juillet au 4 août. Des Jeux qui se termineront en apothéose avec la cérémonie de clôture retransmise ce soir sur NBC en direct du stade du Centenaire… »*

La date me fit sursauter. Donc, nous étions le 4 août 1996.

Le jour de mon anniversaire.

Le jour de mes trente ans.

Cinq ans s'étaient écoulés depuis ce matin de juin 1991. Ce matin où mon père avait débarqué chez moi pour me gratifier de cet héritage empoisonné que représentait le phare des 24-Vents.

Cinq ans qui avaient passé en cinq jours.

J'observai mon reflet dans le petit miroir pendu au-dessus d'un lavabo d'appoint.

C'était la première fois que je me regardais dans une glace depuis le début de ce cauchemar. J'avais un peu vieilli : mon visage était marqué par la fatigue, mon teint brouillé. J'avais les pupilles dilatées et des poches sous les yeux, comme si j'étais sorti faire la fête toute la nuit. Pour l'instant, j'étais épargné par les rides et j'avais encore une belle gueule, mais mes traits s'étaient durcis et creusés. Mes yeux étaient plus sombres, mes cheveux avaient perdu leurs reflets dorés. Ce qui me frappait le plus, c'était la disparition sur ma figure de toutes les traces d'adolescence. Envolées toute candeur, toute rondeur, toute espièglerie…

Bon anniversaire, Arthur…

2.

15 heures, 16 heures, 17 heures… minuit, 1 heure du matin, 2 heures, 3 heures, 4 heures

Exaspéré et fatigué, je tournai comme un lion en cage. J'avais tout essayé pour me libérer de cette geôle. Comme j'avais compris que je ne pourrais jamais ouvrir la porte coupe-feu, je m'étais rabattu sur l'armoire métallique que j'avais renversée sur le sol. En jouant sur les cinq molettes, j'avais entré une bonne centaine de combinaisons, mais les possibilités se comptaient en milliers, et le code de la fermeture de sécurité tenait bon.

De guerre lasse, j'avais tenté de faire sauter la serrure en utilisant tous les ustensiles que j'avais sous la main : une spatule coudée, une pelle à frites, un affiloir en acier.

– Eh merde !

En hurlant, je balançai ma spatule à l'autre bout de la pièce et, ivre de rage, je me mis à marteler la paroi métallique avec mes poings.

Je vivais un cauchemar dans le cauchemar ! Comment accepter que les seules vingt-quatre heures qui m'étaient accordées se résument cette année à rester prisonnier de cette putain de taule ?

Soudain, j'éclatai en sanglots. Des pleurs que je n'avais pas vus venir, qui traduisaient une souffrance que je ne pouvais plus endurer. Je me sentais horriblement seul. La peur me noyait. La malédiction du phare était en train de me broyer. J'avais vécu ces cinq derniers jours – ces cinq dernières années – la tête sous l'eau, passif, incapable de comprendre et d'agir, de trouver le moindre début de solution pour me sortir de ce guêpier.

De nouveau, je me dirigeai vers la fenêtre. Mon regard était aimanté par les vingt mètres de vide qui me séparaient du sol. Si je sautais, tout serait fini. Instantanément. Plus de douleur, plus de peur au ventre, plus de malédiction.

Mais plus rien d'autre non plus…

Dieu sait pourquoi, je repensai à ce que m'avait dit Frank en me quittant ce fameux samedi : *Ce mystère m'obsède depuis plus de trente ans. Et je crois que tu es la seule personne capable de le résoudre.*

J'essuyai mes larmes. C'était pathétique d'essayer de trouver du réconfort dans les paroles de quelqu'un qui m'avait toujours menti, mais je m'y raccrochai tout de même. À défaut d'autre chose.

Je retournai vers l'armoire métallique, repris un de mes outils de fortune – en l'occurrence un racloir à plancha – et continuai à m'acharner sur le meuble de rangement, catalysant ma fureur pour la transformer en énergie positive. Au bout d'une demi-heure, un premier verrouillage céda. Je profitai de l'espace ainsi créé pour y enfoncer le fusil en acier qui servait à aiguiser les couteaux. En tirant plusieurs fois sur le manche, je réussis à faire sauter les deux verrous restants.

Enfin !

Je regardai le contenu de l'armoire avec appréhension, mais je ne fus pas déçu : de grands torchons, des tabliers en tissu, des vestes de cuisinier, des tee-shirts. J'enfilai un polo, un uniforme de cuistot et trouvai même une vieille paire de Caterpillar presque à ma taille.

Patiemment, je me fabriquai une corde de fortune, nouant entre eux tous les vêtements. Lorsque mon lien me parut à la fois assez long et assez résistant, je l'attachai solidement au vantail de la fenêtre et, sans regarder en bas, me laissai glisser le long de la paroi de l'immeuble. Je tremblais comme une feuille. J'avais le vertige et la nausée. J'évitai de regarder le sol et fléchis les jambes, calant mes pieds contre la façade. Très lentement, je descendis cinq mètres, dix mètres, quinze mètres.

Un craquement…

La corde qui m'avait paru solide était en train de se déchirer. Lorsqu'elle céda, je tombai de plusieurs mètres et roulai en boule sur le goudron. Plus de peur que de mal. Je me relevai et errai un moment dans la zone d'activité, d'où partaient et arrivaient les camions. Je commençai à faire du stop à l'entrée de la bretelle d'autoroute. Il fallut une vingtaine de minutes pour qu'un véhicule s'arrête enfin : un énorme pick-up conduit par deux frères blacks dont j'appris qu'ils tenaient un commerce de fruits et légumes dans le Spanish Harlem. Les types étaient sympas. Ils écoutaient du reggae à fond dans leur poste de radio en tirant joyeusement des bouffées d'une substance indéterminée. Je refusai une taffe, mais acceptai volontiers une bouteille d'eau et des nectarines. En arrivant dans le nord de Manhattan, ils firent un crochet par

Morningside Heights pour me déposer à l'angle de la 109e et d'Amsterdam Avenue.

Il était 7 heures du matin.

3.

– Comment oses-tu te pointer ici, espèce de salaud ? Dégage ! Je ne veux plus te voir ! m'insulta Lisa avant de me claquer la porte au nez.

Nos retrouvailles avaient duré moins de dix secondes.

Je m'étais présenté devant chez elle, le cœur battant, la fleur au fusil, mais elle ne s'était pas pressée pour venir m'accueillir. En tendant l'oreille, j'avais perçu très clairement une voix masculine dans l'appartement, ce qui m'avait planté une première flèche dans le cœur.

Tu t'attendais à quoi, au juste, mon petit Arthur ?

Lorsqu'elle s'était enfin décidée à m'ouvrir, j'avais retrouvé sa présence solaire avec soulagement. Vêtue d'une troublante nuisette bleu pâle, elle avait changé de coiffure et portait une frange bien coupée. Ses cheveux longs étaient raides comme des baguettes. Mais ses yeux turquoise avaient viré au marine charbonneux et me dévisageaient avec autant de mépris que d'animosité. Je m'apprêtais à lui dire combien j'étais heureux de la revoir lorsqu'elle m'avait traité de salaud.

Sans me décourager, je laissai le doigt appuyé sur la sonnette pendant plus d'une minute.

– Tu vas te calmer, mon gars !

Torse nu, un grand type baraqué apparut dans l'entrebâillement de la porte.

– T'es peut-être un peu dur de la feuille, mais Lisa t'a demandé de foutre le camp, dit-il en me toisant avec dédain avant d'esquisser un sourire moqueur en avisant mon accoutrement de cuistot.

Beau comme une gravure de mode, le type faisait deux têtes de plus que moi. Il ne portait qu'un caleçon serré, censé mettre en valeur ses attributs virils, et arborait des abdominaux sculptés en tablettes de chocolat.

– Toi, reste en dehors de ça, répondis-je sans me laisser impressionner.

Je voulus forcer le passage, mais il m'empoigna par le cou et me projeta dans les escaliers avant de refermer la porte.

C'est pas gagné, me désolai-je en m'asseyant sur les marches.

Dans ma chute, je m'étais blessé à l'avant-bras. Je me massais le poignet, adossé à la rambarde, lorsque j'aperçus Remington qui sauta dans mes bras.

– Hello, mon vieux complice !

Alors que le félin approchait la tête pour recevoir son lot de caresses, une idée germa dans mon esprit.

– Elizabeth, je détiens ton chat en otage ! criai-je suffisamment fort pour être entendu. Si tu veux le récupérer, viens me rejoindre dans la rue.

Je tendis l'oreille et perçus quelques bribes d'une conversation qui me donnait à espérer. « Je t'avais dit de faire attention au chat ! » lança Lisa à son bellâtre qui lui répondit par des bougonnements.

– Si tu tiens à la vie de ce pauvre Remington, ne t'avise pas de m'envoyer ton garde du corps ! prévins-je en descendant l'escalier.

Moins d'une minute plus tard, Lisa apparut sur le perron. Elle avait enfilé un jean troué, de vieilles Air Max et une brassière.

– Rends-moi mon chat !

– Bien entendu que je vais te le rendre, mais d'abord, tu dois m'écouter.

– Non, tu ne le mérites pas ! Il y a un an, tu t'es tiré au petit matin comme un voleur, sans laisser de message, et tu ne m'as jamais rappelée.

– C'est vrai, mais j'ai une bonne raison.

Elle ne me demanda pas laquelle. À la place, elle continua à déverser sa rancœur :

– Tu as l'air de l'avoir oublié, mais on s'était beaucoup parlé cette nuit-là. Parce que tu m'avais sauvé la vie, je t'avais confié des choses très intimes. Parce que j'avais confiance en toi. Parce que je croyais que tu étais différent.

– En un sens, je suis différent…

– Ça, oui, tu es encore plus minable que les autres. Mais qu'est-ce que tu crois ? Que je me jette au cou de tous les types qui passent ?

– En tout cas, tu n'as pas mis longtemps pour me remplacer !

– Quel culot ! s'insurgea-t-elle. C'est toi qui n'es jamais revenu !

Elle leva le bras pour m'envoyer une gifle que je bloquai de justesse. Remington en profita pour sauter sur le trottoir. Lisa le prit dans ses bras et fit demi-tour pour rentrer chez elle.

– Attends ! Laisse-moi t'expliquer ! ordonnai-je en la suivant.

– Te fatigue pas, Arthur, Sullivan m'a déjà tout raconté.

Je remontai à son niveau.

– Comment ça ? Qu'est-ce qu'il t'a dit ?

– Ce qu'il aurait dû m'avouer bien avant : que tu agissais comme ça avec toutes les femmes, que tu étais marié, que tu avais des enfants et que…

Le salopard…

Je lui barrai la route avec le bras pour l'empêcher d'entrer dans l'immeuble.

– Laisse-moi passer !

– Je te jure que tout cela est faux.

– Pourquoi ton grand-père m'aurait-il menti, alors ?

– Parce qu'il est fou.

Elle secoua la tête.

– Ah non, tu ne me feras pas croire ça. Je suis restée en contact avec Sullivan. Je passe le voir deux fois par semaine et, crois-moi, il a bien toute sa tête.

– Écoute, Lisa, c'est une longue histoire…

– Peut-être, mais je n'ai ni l'envie ni le temps que tu me la racontes.

4.

MacDougal Alley
9 heures du matin

– Salut, gamin, m'accueillit Sullivan sur le pas de la porte de sa maison.

– Arrête avec ça ! Je ne suis pas un gamin !

Il ouvrit les bras pour m'embrasser, mais je n'étais pas d'humeur. Je refusai ses effusions et entrai dans le hall sans le saluer.

– Fais comme chez toi, soupira-t-il.

C'est en effet ce que je fis. Je montai dans la salle de bains et me débarrassai de mes loques ridicules. Il me fallait une douche d'urgence. Je puais la transpiration et l'odeur de chou dans laquelle j'avais trop longtemps macéré. Sous le jet d'eau brûlant, je vidai un demi-flacon de gel douche pour décaper mon corps et me défaire des effluves de la cuisine du Bronx. Je m'aspergeai ensuite de l'eau de Cologne désuète de Sullivan dont j'aimais les notes de lavande.

Enfin, dans « ma chambre », j'enfilai un pantalon en coton, une chemise à manches courtes et une veste en lin. Sur la commode, je trouvai quatre billets de cinquante dollars sans doute laissés par mon grand-père à mon intention.

J'empochai l'argent et, sans perdre de temps, je descendis au rez-de-chaussée. Des enceintes de l'électrophone jaillissaient des notes de Bill Evans : *You Must Believe in Spring*, la célèbre composition de Michel Legrand.

Un cigare à la bouche, Sullivan était assis à la table du salon devant un ordinateur portable. De petites lunettes sur le nez, il scrutait son écran rempli de données boursières.

– Qu'est-ce que c'est ? demandai-je en pointant le moniteur. Un CD-ROM ?

– C'est un site Web de courtage en ligne.

Je fis des yeux ronds.

– Un site Web ?

– Une connexion à un service informatique, si tu préfères. Grâce à Internet, tu peux passer des ordres de Bourse directement de chez toi.

– C'est quoi, Internet ?

Il ne put réprimer un sourire.

– J'ai soixante-quinze ans et c'est moi qui vais t'expliquer ce qu'est le Web…

– Épargne-moi tes remarques ironiques.

– Quel susceptible ! Eh bien, Internet, c'est un réseau informatique mondial qui permet d'échanger des informations et d'accéder à plusieurs services tels que…

Je le coupai :

– Tu t'y connais en Bourse, toi ?

– J'ai fait quelques transactions lucratives au début des années 1950, répondit-il, faussement modeste.

Puis il tourna vers moi son écran où s'affichait une série de graphiques.

– Et en ce moment, nous sommes à l'aube d'une période incroyable : les valeurs technologiques ont le vent en poupe et ce n'est que le début. Depuis un an que je boursicote, j'ai déjà doublé mon capital, tu te rends compte ! Si un jour on m'avait dit que ce serait si simple que ça de gagner de l'argent !

Je passai derrière le bar et posai ma veste sur le dossier d'une chaise haute. À côté des bouteilles de whisky se trouvait un vieux percolateur de marque italienne. Pour me remettre de mes émotions, je me préparai un double expresso agrémenté d'une larme de brandy.

– Comment peux-tu acheter ou vendre des actions alors que tu n'as même pas de compte bancaire ?

Il haussa les épaules.

– Grâce à un prête-nom, c'est un jeu d'enfant. Figure-toi que j'utilise les coordonnées financières de Lisa et qu'en échange je lui reverse un pourcentage de mon gain.

Je faillis exploser.

– Parlons-en, justement, de Lisa ! Pourquoi lui as-tu raconté un tissu de mensonges à mon sujet ?

– Parce qu'un bon mensonge vaut mieux qu'une mauvaise vérité. Sérieusement, que voulais-tu que je lui dise d'autre ?

Il se leva à son tour et se servit directement un cognac sans passer par la case café.

– Je continuerai à te savonner la planche, me prévint-il.

– Mais putain, pourquoi ? Tu ne crois pas que j'en bave assez comme ça ?

– Il ne faut plus que tu voies Lisa, c'est tout. Si tu as envie de tirer ton coup, prends cinq cents dollars dans le coffre : les bars des hôtels chic pullulent de call-girls.

– Tu vas vraiment finir par te prendre mon poing dans la gueule !

Sullivan but une lampée d'alcool.

– Je ne veux que le bonheur de Lisa. Et le tien aussi.

– Mêle-toi de tes affaires, dans ce cas. Je suis assez grand pour savoir ce qui est bon pour moi.

Il secoua la tête.

– Pas dans ta position. N'oublie pas que j'ai déjà expérimenté ce que tu es en train de vivre…

– Justement, j'attendais plutôt un coup de main de ta part.

– C'est ce que je fais en te dissuadant de voir cette fille. Tu vas lui faire du mal et tu vas te faire du mal à toi aussi.

Il me mit la main sur l'épaule et articula d'un ton grave :

– Tu as vu où tout cela m'avait mené : j'ai tué la femme que j'aimais et j'ai passé plus de dix ans dans un hôpital psychiatrique.

– Merci pour tes conseils, mais ça ne te donne pas le droit d'interférer dans mes choix ! D'ailleurs, c'est à cause de toi si je suis dans cette situation !

Il s'insurgea :

– Tu ne peux pas me rendre responsable de toutes tes erreurs. Ce serait trop facile.

– Je n'avais rien demandé à personne, moi ! Je menais ma vie tranquille. C'est Frank qui est venu me trouver. Frank ! Ton fils ! Ton fils qui est devenu un sale type, parce que tu l'as abandonné pour aller vivre avec cette Sarah. C'est ça, la vérité !

Il me prit par le col de mon polo. Malgré son âge, il avait encore une force de taureau.

– Fais très attention à ce que tu dis, petit.

– Tu ne me fais pas peur, répliquai-je en le plaquant contre une boiserie. N'oublie jamais que si tu es dans cette pièce, si tu peux écouter tes disques de jazz, boire ton whisky, fumer tes cigares, jouer en Bourse derrière ton écran, n'oublie jamais que c'est grâce à moi. C'est moi qui suis venu te délivrer de cet hôpital. Moi ! Pas ton fils, pas tes copains, pas mon frère, pas ma sœur ! Moi !

Alors qu'il baissait les yeux, je le libérai de mon emprise.

– Je ne veux plus jamais te voir, Sullivan, dis-je en enfilant ma veste. Je vais essayer de rattraper le coup avec Lisa, mais ne t'avise plus de lui parler de moi.

J'étais déjà dans le hall. Avant de m'en aller, je ne pus m'empêcher de lui balancer :

– Si tu t'opposes encore à moi, la prochaine fois, je te jure que je te ramène à l'asile.

5.

– Lisa, si tu es là, ouvre-moi !

Un taxi m'avait déposé au pied de l'immeuble d'Amsterdam Avenue. Depuis une minute, je tambourinais à la porte, mais l'appartement était silencieux, à l'exception du chat qui miaulait de temps en temps.

Il était presque midi. Où pouvait-elle bien être, au cœur de l'été, le premier dimanche du mois d'août ?

Pas à la Juilliard School en tout cas, ni au bar de l'East Village.

Je redescendis les marches. Mon chauffeur de taxi – un Indien sikh coiffé d'un turban – avait garé sa Ford Crown dans la contre-allée et prenait sa pause-déjeuner à l'ombre d'un ginkgo. Adossé au capot de son véhicule, il dévorait à pleines dents un pain pita.

Déconfit, je me tournai de tous les côtés, cherchant l'inspiration, guettant un signe.

Les boîtes aux lettres…

Dans la cage d'escalier, les boîtes aux lettres avaient toutes un imprimé rose coincé dans leur fente. Les prospectus n'étaient pas là lorsque j'étais venu ce matin et celui ou celle qui les avait distribués les avait volontairement laissés en évidence.

Je pris l'un des flyers et reconnus la silhouette stylisée de Shakespeare avec son crâne dégarni, ses moustaches et sa barbiche pointue. Un court texte en forme d'invitation annonçait :

> *À l'occasion de la 34e édition du festival Shakespeare in the Park, les élèves de dernière année de la Juilliard Drama School donneront une représentation exceptionnelle de la pièce de William Shakespeare :*

Le Songe d'une nuit d'été
le dimanche 4 août à 13 h 30 à l'auditorium
du Delacorte Theater.
Entrée gratuite

Je bénis le ciel : c'est là que se trouvait Lisa !

Mon chauffeur ayant terminé son sandwich, je lui montrai le prospectus et il alluma son moteur. En ce début d'après-midi, l'atmosphère était étouffante. Les trottoirs de Manhattan étaient écrasés par le soleil et la circulation ne m'avait jamais paru aussi fluide. En moins de dix minutes, nous descendîmes le long de Central Park West jusqu'au musée d'Histoire naturelle. Le sikh me déposa au niveau de la 79e Rue et m'expliqua comment rejoindre l'auditorium. Je réglai ma course, le remerciai et traversai la rue pour m'aventurer dans Central Park.

Plusieurs banderoles annonçaient la représentation du *Songe d'une nuit d'été*. Je connaissais la pièce pour l'avoir jouée au lycée. En suivant les indications du chauffeur, j'arrivai bientôt devant un théâtre en plein air, situé au milieu des arbres à quelques pas du Belvedere Castle. C'est dans ce cadre champêtre que chaque été depuis plus de trente ans, des troupes théâtrales organisaient des représentations gratuites des pièces du maître de Stratford.

Je parcourus les alentours de l'auditorium. Il y avait foule dans le parc : des touristes, des amateurs d'art dramatique, des enfants qui prenaient d'assaut les marchands ambulants de glaces et de sodas.

Je repérai Lisa en compagnie des acteurs de sa troupe, sous une grande tente installée en plein air qui servait de loge collective. Je reconnus la gravure de mode – Monsieur Tablettes de chocolat – qui m'avait projeté dans les escaliers. Il avait troqué son caleçon de marque pour le costume à peine plus vêtu de Démétrius. Quant à Lisa, elle portait avec grâce le diadème scintillant et la robe enchanteresse de Titania, la reine des fées. Un titre qui lui allait à merveille.

Dire qu'elle ne fut pas ravie de me voir serait un euphémisme. Tablettes de chocolat voulut s'interposer, mais cette fois j'étais sur mes gardes, et c'est moi qui ouvris les hostilités en lui balançant un coup de genou dans les parties qui le cloua au sol.

Alors qu'on attaquait un des leurs, Thésée, Égée et Lysandre voulurent fondre sur moi, mais la reine des fées s'interposa.

– Arthur ! Qu'est-ce que je t'ai fait ? Pourquoi as-tu décidé de me gâcher la vie ?

Il y avait tellement de dépit dans ses paroles que, pendant un bref instant, je me demandai effectivement pourquoi je m'accrochais à cette fille.

– Il faut vraiment que tu m'écoutes, Lisa.

– J'ai autre chose à faire, là ! On va entrer en scène dans quelques minutes. Je répète cette pièce depuis six mois. C'est très important pour moi !

– Je sais, mais ça ne peut pas attendre. Alors voilà ce que je te propose : tu m'écoutes un petit quart d'heure et ensuite, si tu décides de ne plus me revoir, je te promets que tu n'entendras plus jamais parler de moi.

– D'accord, soupira-t-elle au bout de quelques secondes. Je te laisse dix minutes.

On s'éloigna de ses amis pour pouvoir discuter en paix. Comme sa robe était longue et qu'elle portait de grandes ailes d'ange en fil de fer accrochées dans le dos, nous ne pûmes pas aller très loin. Nous nous assîmes donc sur l'un des bancs publics, dans une zone ombragée à une dizaine de mètres de la tente.

À côté de nous, un rouquin à lunettes de cinq ou six ans suçait une glace italienne en se pâmant devant Lisa, alors que sa mère était plongée dans le dernier roman de John le Carré.

– Bon, qu'est-ce que tu as de si important à me dire ? s'agaça-t-elle.

– Tu ne vas jamais me croire. Ce qui m'arrive est inimaginable, et pourtant bien réel…

– Accouche, tu veux ?

Je pris ma respiration comme si j'allais effectuer une plongée en apnée et, pendant dix minutes, sans lui laisser la possibilité de m'interrompre, je lui balançai tout : mon père, le phare, la porte métallique de la cave, comment je m'étais retrouvé dans la cathédrale Saint-Patrick, la première fois où j'étais apparu sous sa douche, comment je l'avais sauvée en me réveillant dans l'atelier de son ancien petit ami, le drame de Sullivan, la malédiction des vingt-quatre vents…

Arrivé au bout de mon tunnel d'explications, je guettai sa réaction avec appréhension.

– Donc, si je comprends bien, ton excuse pour ne pas m'avoir rappelée, c'est que tu ne vis qu'un seul jour par an ? demanda-t-elle, impassible.

– Voilà. Moi, je t'ai vue hier, mais pour toi ça fait presque un an.

– Où es-tu lorsque tu n'es pas là ?

– Je ne suis nulle part, justement. Je n'existe pas.

– Et ça se passe comment, lorsque tu t'évapores ? demanda-t-elle ironiquement. Comme dans *Star Trek* ?

– Je me volatilise, c'est tout. Ce n'est ni un pouvoir de super-héros ni un tour de magie à la David Copperfield.

Elle eut un rire nerveux.

– Tu as fait évader ton grand-père d'un hôpital psychiatrique, mais tu as bien conscience que c'est toi qui devrais t'y trouver, n'est-ce pas ?

J'encaissai le sarcasme, mais je constatai une curiosité. Une inquiétude.

– Donc, là, tu vas disparaître ? Devant moi ?

– J'en ai bien peur.

J'en étais même certain. Depuis quelques secondes, je sentais les picotements dans mes membres, les taches noires devant mes yeux, l'odeur douce de la fleur d'oranger. De toutes mes forces, j'essayai de nier ces sensations, de les repousser, de les refouler. Il fallait que je tienne encore un peu.

Lisa était toujours là, pensive. Je devinai un trouble dans son regard. Logiquement, elle aurait dû prendre peur et filer fissa, mais quelque chose la retenait.

– Je dois te dire un truc, commença-t-elle. Ça n'a peut-être pas d'importance…

Elle avait éveillé ma curiosité, mais elle s'arrêta aussi soudainement.

Mon corps s'était mis à trembler. Des soubresauts incontrôlables. Je regardai autour de moi, craignant les conséquences si quelqu'un me voyait. Mais personne ne faisait attention à moi, à l'exception du petit rouquin à lunettes.

– Lisa, continue, s'il te plaît, qu'est-ce que tu veux me dire ?

Mais la jeune femme restait muette, tétanisée par ce à quoi elle assistait.

Mes oreilles bourdonnèrent. Il y eut le bruit désormais familier de l'aspiration et cette impression toujours déstabilisante de se dissoudre.

– Arthur ! cria-t-elle.

Mais mon corps avait déjà disparu.

Toujours en léger décalage, je m'en rendis compte alors, mon « esprit » demeura sur les lieux une ou deux secondes supplémentaires.

Juste le temps de voir Lisa, dans sa belle robe, s'évanouir sur la pelouse.

Sur le banc, à côté, Poil de Carotte lâcha son cornet de glace et secoua sa mère.

– T'as vu, maman ? T'as vu, dis ? La reine des fées, elle a fait disparaître son amoureux !

1997

Une journée particulière

> *Où pouvait donc mon cœur s'enfuir loin de mon cœur ? Où pouvais-je m'enfuir en me fuyant moi-même ?*
>
> SAINT AUGUSTIN

0.

Cette fois, le réveil est plutôt doux. Presque moelleux.

Je reprends conscience au milieu des effluves de pain chaud. Lorsque j'ouvre les yeux, je suis allongé sur le ventre, le nez sur un carrelage rustique en terre cuite. J'ai moins mal aux articulations, ma migraine est plus légère, mon souffle plus clair. Je me mets debout facilement et regarde autour de moi.

Je distingue un pétrin mécanique, une façonneuse, une armoire de fermentation, un four à chariot dans lequel cuisent des viennoiseries. Des sacs en toile de jute, des sachets en papier sur lesquels on peut lire : Au croissant chaud – French Bakery Since 1974.

J'époussette la farine sur ma veste et mon pantalon : je me trouve dans le fournil d'une boulangerie artisanale.

1.

J'entendis des voix et du mouvement à l'étage. À la hâte, je remplis un sac de croissants et de pains au chocolat avant de m'éclipser par un escalier maçonné qui me permit de rejoindre la rue.

J'étais dans une impasse étroite et pavée, perpendiculaire au Bowery, à la limite entre Little Italy et Nolita. Le jour venait de se lever. Une lune argentée s'éclipsait entre les buildings. Dans la vitrine d'un soldeur, un panneau lumineux indiquait 6 h 25.

À présent, j'avais mes rituels et j'essayais de m'y accrocher : une pièce dans le distributeur de journaux, la découverte de la première page du *New York Times*. Elle était datée du… 31 août 1997.

Treize mois s'étaient écoulés depuis mon précédent voyage. J'avais beau m'y attendre, chaque fois le choc était dur à encaisser : ouvrir les yeux et se prendre un an dans la gueule en un claquement de doigts.

Ce matin, c'était la photo de la princesse Diana qui faisait la une.

Diana killed in a car accident in Paris

Je hélai un taxi et profitai du trajet pour parcourir les premières lignes de l'article :

> Diana, princesse de Galles, est décédée cette nuit peu après minuit dans un accident de voiture sous un tunnel des bords de la Seine, à Paris. […]

Plusieurs stations de radio françaises ont rapporté la réaction d'un des porte-parole de la famille royale britannique exprimant sa colère et considérant qu'un tel accident était prévisible au vu du harcèlement que subissait la princesse de la part des paparazzis, quel que soit l'endroit où elle allait.

Lorsque j'arrivai devant l'immeuble d'Amsterdam Avenue, j'étais bien décidé à tenir ma promesse. Si, cette fois, Lisa refusait de me voir, je n'insisterais plus jamais.

Je vérifiai que son nom figurait toujours sur la boîte aux lettres, grimpai les escaliers et appuyai fermement sur la sonnette. Après quelques secondes, j'entendis des bruits de pas se rapprocher et je devinai que quelqu'un m'observait à travers l'œil-de-bœuf. Lorsque la porte grinça, j'étais prêt à tout accepter, même un uppercut de Tablette de chocolat ou un coup de rouleau à pâtisserie (bien que Lisa ne soit pas précisément le genre de femme à avoir un rouleau à pâtisserie chez elle…).

Ce fut elle qui m'ouvrit. Pendant un instant, son beau visage resta impassible. J'agitai alors mon sac en papier.

– Je ne savais pas si tu étais plutôt croissant ou pain au chocolat, donc je me suis permis de prendre les deux.

Après quelques secondes de trouble, Lisa se jeta à mon cou. S'agrippant à moi, entourant ma taille de ses jambes. Je lâchai mes viennoiseries, saisis ses hanches et claquai la porte avec mon pied.

2.

J'avais la tête posée sur son ventre nu.

Une heure s'était écoulée depuis mon arrivée dans l'appartement.

Alors que nous reprenions notre souffle, Lisa baladait sa main sur ma nuque et dans mes cheveux.

– Tu te souviens, la dernière fois qu'on s'est parlé, juste avant que tu disparaisses ?

– Oui. Tu t'apprêtais à me révéler quelque chose.

– Arthur, je crois que j'étais présente dans la cathédrale Saint-Patrick, lorsque tu as fait ton premier voyage.

Je me redressai d'un bond et m'assis sur le matelas.

– Tu es sérieuse ?

Elle remonta le drap sur sa poitrine.

– C'était le 16 juillet 1992, n'est-ce pas ?

J'approuvai de la tête.

– Je venais à peine d'emménager à New York dans un appart bien crade de Mott Street. Ce jour-là, en fin d'après-midi, j'étais sortie me balader sur la 5e Avenue avec ma colocataire, une catho de chez catho, t'imagine même pas !

Elle se pencha pour attraper une bouteille d'eau minérale posée sur le parquet.

– À l'époque, moi, les églises, c'était pas tellement mon truc, mais, juste en face de Saint-Patrick, il y avait une chouette boutique Victoria's Secret… Pendant que j'essayais de la lingerie, ma copine a insisté pour visiter la cathédrale, mais, comme elle ne revenait pas, c'est moi qui suis allée la rejoindre. De loin, j'ai aperçu un attroupement autour du chœur. Juste au moment où je remontais la travée principale, deux flics ont fait irruption et se sont lancés à la poursuite d'un type seulement vêtu d'un caleçon à pois roses. J'en suis certaine aujourd'hui : ce type, c'était toi !

J'étais abasourdi par cette révélation. Lisa, elle, semblait ravie.

– C'est dingue, non ? fit-elle avec un large sourire. J'étais tellement impatiente de te raconter ça !

– C'est trop gros pour être une coïncidence, répondis-je.

– Évidemment que ce n'est pas une coïncidence ! Je vais te dire ce que ça signifie : que je fais, moi aussi, partie de ton histoire ! Que c'est le phare qui nous a réunis, toi et moi, comme il a réuni Sullivan et Sarah !

Cette idée semblait l'enthousiasmer. Moi, elle me faisait peur.

– Sullivan t'a aussi raconté le tragique épilogue de son histoire ?

– Oui, mais nous, nous briserons cette malédiction ! répondit-elle, très sûre d'elle.

Soudain, je commençais à avoir des doutes, et je me dis que Sullivan n'avait peut-être pas eu tort de m'adresser toutes ces mises en garde.

Mais Lisa souleva le drap, offrant son corps à mon regard. Elle s'allongea et tendit les mains pour effleurer mon torse et m'attirer contre elle. Ses lèvres papillonnèrent sur ma poitrine et mon cou. Ses doigts glissèrent le long de mon dos, épousant la courbe de mes vertèbres, me caressant les flancs, les fesses, m'invitant à la pénétrer de nouveau.

Au moment où j'entrai en elle, tous les avertissements de Sullivan étaient loin derrière moi.

3.

Sans que nous l'ayons évoqué, je compris que nous étions d'accord sur un point : vivre au présent.

Ne pas laisser la beauté de l'instant être contaminée par la lourdeur du passé ou l'incertitude de notre avenir.

Toute autre occupation nous paraissant être une perte de temps (et Dieu sait que nous en manquions), la journée se résuma donc à faire la seule chose qui vaille : s'aimer.

Accrochés l'un à l'autre, nous ne quittâmes guère le lit.

9 heures

Je préparai notre petit déjeuner. Deux tasses de café au lait. Les excellentes viennoiseries chapardées Au croissant chaud. Des miettes sur les draps. Du soleil dans nos œufs *sunny-side up.*

10 heures

Lisa avait réuni tous ses CD sur son lit et me faisait écouter ses chansons préférées grâce à une minichaîne hi-fi installée sur sa table de nuit. J'entendis ce jour-là pour la première fois le riff de guitare de Radiohead sur *No Surprises*, la reprise de *Killing Me Softly* par les Fugees, le refrain entêtant de *Bitter Sweet Symphony.*

11 heures

Découverte de séries télévisées du moment : une mise en bouche gentillette avec *Friends*, deux épisodes hilarants de *Seinfeld* et un d'*Urgences* qui me donna la sensation fascinante et nostalgique d'être au boulot.

14 heures

Je fis répéter à Lisa une pièce de théâtre qu'elle devait jouer prochainement au Lincoln Center. « L'amour est une fumée de soupirs ; dégagé, c'est une flamme qui étincelle aux yeux des amants, comprimé, c'est une mer qu'alimentent leurs larmes. » *Roméo et Juliette*, acte I, scène 1.

16 heures

Sur l'étagère de la cuisine, je retrouvai avec émotion mon livre de recettes. Mon fidèle allié qui m'avait permis de réaliser presque sans dommage mon désormais fameux magret de canard au miel. Je demandai à Lisa ce qui lui ferait plaisir pour déjeuner, puis, dans un effort surhumain pour m'extraire de notre cocon, je descendis acheter des provisions à l'épicerie du coin de la rue. De retour dans la cuisine, je me lançai dans la préparation de lasagnes gratinées à la bolognaise. Pour être honnête, je ne les réussis qu'à moitié, mais comme l'amour est aveugle, Lisa m'assura que c'étaient les meilleures lasagnes qu'elle eut mangées de toute sa vie.

18 heures

La baignoire en sabot était trop petite pour deux personnes. Mais collés l'un à l'autre, nous ne faisions qu'un. À la radio, Texas, Alanis Morissette et les Cranberries. Dans la vapeur d'un bain moussant, Lisa compulsait le dernier numéro de *Vogue*, tandis que je parcourais des vieux *Newsweek* et *Time Magazine*, picorant, sans recul, dans l'actualité des derniers mois, un échantillon des obsessions et des héros de l'époque : Bill Gates nouveau maître du monde, les inquiétudes à propos du réchauffement climatique, l'étrange et nouvel univers de l'Internet, la mort de Tupac Shakur dans une fusillade à Las Vegas, la réélection de Bill Clinton, les conséquences révolutionnaires de la puce Intel sur l'économie, le retour d'une forte croissance dans le pays accompagnée de toujours plus d'inégalités.

20 heures

L'heure des devoirs. J'avais préparé du thé vert. Lisa avait enfilé ma chemise. Couchés côte à côte dans le lit, armés d'un stylo, nous nous livrions chacun à des travaux différents.

Pour elle, établir une liste autour de la symbolique du nombre 24 dans l'espoir un peu fou de percer l'énigme du phare (24 heures dans une journée, 24 carats dans l'or pur, 24 images par seconde dans un film de cinéma, 24 guérisons du Christ dans la Bible, 24 éléments atomiques composant le corps humain…).

Pour moi, répondre à une sorte de questionnaire de Proust qu'elle m'avait concocté pour mieux me connaître.

23 heures

Situé à deux pâtés de maisons de l'appartement, l'Empañada Papas était un bar à tapas bondé et bruyant, mais qui servait de fabuleux chaussons de viande cuits au four. Assis à une table, je regardais Lisa qui fendait la foule avec dans les mains deux bouteilles de Corona qu'elle était allée chercher au comptoir.

Son sourire, sa grâce, son éclat de diamant. Pourquoi n'avais-je pas eu la chance de la rencontrer avant ? Pourquoi n'avions-nous pas le droit de mener une vie normale ? Sous la lumière tamisée, les reflets caramel du cuir de son perfecto se mêlaient à sa chevelure couleur de miel. Elle posa les bouteilles sur la table et vint s'asseoir à côté de moi.

Pendant toute la journée, j'avais été fasciné que nos gestes s'accordent, que nos rires se complètent, que nos cerveaux fonctionnent au même carburant.

Mais, accrochée au mur, une horloge mexicaine en forme de tête de mort égrenait les secondes, me rappelant que l'heure du départ approchait.

Souviens-toi que le Temps est un joueur avide
Qui gagne sans tricher, à tout coup ! C'est la loi.

Surgis d'un lointain cours de français, les vers de Baudelaire ne m'avaient jamais paru aussi appropriés. Comment le destin pouvait-il être suffisamment cruel pour m'infliger ce châtiment ?

5 heures du matin

La chambre baignait dans la lumière pâle du clair de lune. Coup d'œil désespéré au réveil. La peur au ventre, je me levai sans faire de bruit.

Ma chemise, ma veste, mon pantalon, mes chaussures. Mieux valait être paré au départ.

Je sentis la présence de Lisa derrière moi ; je la croyais endormie. Sa main sur mon ventre. Ses baisers qui remontaient de mes épaules à ma nuque.

– Je n'arrive pas à croire que tu vas vraiment partir, dit-elle en me poussant sur la chaise en osier de son petit bureau.

Elle grimpa sur moi et se débarrassa de sa nuisette.

Mes mains effleuraient les courbes de sa poitrine que le demi-jour découpait dans la pénombre bleutée. Ses doigts ébouriffaient mes cheveux, elle chercha mes lèvres et souleva ses fesses pour s'empaler sur mon érection. Elle se cambra et remua dans un va-et-vient régulier.

Cramponnée à mon torse, elle rejeta la tête en arrière, ondulant sur moi, les yeux clos, la bouche entrouverte.

Mes doigts glissèrent de ses lèvres à ses seins. Et soudain, mes idées se brouillèrent. Je manquai d'air.

Des picotements de plus en plus prononcés figèrent mes mouvements. Ma vision se dédoubla et les effluves redoutés de fleur d'oranger me chatouillèrent les narines.

Non, pas maintenant!

Alors qu'elle me chevauchait sur un rythme de plus en plus rapide, j'agrippai ses hanches, essayant de me raccrocher à tout ce que je pouvais: à ses gémissements, à l'odeur poudrée de sa peau.

N'importe quoi pour demeurer quelques minutes supplémentaires.

Ici et maintenant.

Lisa accrocha mon regard. Je sentis son corps frémir. La vague de plaisir la secoua et déferla sur elle.

Au moment de jouir, elle ouvrit la bouche pour crier mon nom.

Mais je n'étais déjà plus là.

Quel crime avais-je commis qui méritait d'être payé d'un prix si élevé ?

Quelle faute impardonnable fallait-il donc que j'expie ?

1998

L'homme qui disparaît

Sur les chemins sans risques, on n'envoie que les faibles.
Hermann HESSE

0.

Il est des réveils plus difficiles que d'autres. Celui-ci s'effectue tout en douceur. Dans des senteurs de colchiques, de bruyères et de roses. Lorsque je reprends conscience, je suis allongé dans l'herbe fraîchement coupée d'une pelouse.

Je me frotte les yeux, me mets debout, me masse les épaules. Il fait jour, un peu froid. Mon argent est toujours là, dans la poche de ma veste, mais mon pantalon est déboutonné, baissé sur mes chevilles. Je me rhabille à la hâte. Le soleil n'est pas très haut. L'automne a jeté sur les arbres une teinte de feu. Je suis dans le jardin d'une belle maison de ville.

Sur les marches du perron, je ramasse un journal protégé d'un film plastique qu'un paper boy *a dû livrer quelques minutes plus tôt. Je regarde l'adresse – proche de Gramercy Park – et la date – nous sommes le 31 octobre 1998. Le jour d'Halloween.*

Ce cadre idyllique et rassurant ne le reste pas très longtemps. Soudain, le calme est rompu par les aboiements furieux de deux dogues au poil ras. Les molosses sur mes talons, je prends mes jambes à mon cou et escalade la grille. Je retombe lourdement de l'autre côté de la clôture. J'ai échappé aux chiens, mais une estafilade m'entaille le mollet.

1.

Un taxi jusqu'à Amsterdam Avenue. Les escaliers. Un coup de sonnette qui se prolonge. La stupeur dans le regard de Lisa lorsqu'elle m'ouvre la porte. Mon soulagement égoïste en constatant qu'il n'y a pas un autre homme dans l'appartement. La difficulté que nous avons à nous retrouver. À surmonter ce décalage qui bousille notre vie. À dépasser la violence de la situation. Chaque fois, j'ai du mal à me mettre à sa place. Je sais pourtant que je dois lui laisser le temps d'encaisser le choc, mais nos perceptions sont condamnées à ne jamais être synchrones : alors qu'elle ne m'a plus vu depuis plus d'un an, j'ai l'impression de ne l'avoir quittée que depuis quelques heures…

Car je suis l'homme qui disparaît. L'homme sans avenir. L'homme en pointillé. Celui qui a faim de vie, mais qui ne peut pas faire de promesses. Celui qui doit vivre vite. Qui doit donner à chaque journée l'intensité d'une montagne russe. Celui qui doit étirer le temps pour multiplier le bouquet de souvenirs qu'il laissera derrière lui en partant.

2.

Je suis l'homme qui disparaît, mais qui se souvient de tout.

Comme les autres, cette journée est passée en un éclair. Dans la douleur, dans l'urgence, dans l'anticipation du manque qu'elle nous laisserait à tous les deux.

Je me souviens des citrouilles grimaçantes d'Halloween qui décoraient les fenêtres et les jardins.

De cette librairie près d'Union Square où nous avions lu des poèmes d'Emily Dickinson.

De ce saxophoniste qui jouait *Bye Bye Blackbird* devant Bethesda Fountain.

Je me souviens que nous avons fait la queue à Madison Park pour déguster un hamburger au Shake Shack.

Sur un terrain grillagé de Mulberry Street, je me souviens d'avoir défié au basket un ado qui me dépassait de vingt centimètres.

Je me souviens de ce couple qui se déchirait dans le métro aérien pour Brooklyn, mais qui donnait pourtant l'impression de s'aimer.

Je me souviens du rire de Lisa sur la grande roue de Coney Island.

D'avoir replacé une mèche de cheveux derrière son oreille.

Des rafales de vent sur la promenade en bois qui longeait la mer.

De ce marchand de glaces qui plongeait ses cornets à la vanille dans une sauce au chocolat chaud.

Je me souviens des cigarettes que nous fumions sur la plage de Brighton Beach pendant que le soleil se couchait.

De notre retour vers Manhattan.

Des enfants déguisés qu'on croisait dans les rues et qui frappaient aux portes en criant : « *Trick or treat !* »

Je me souviens de ce *deli* près de l'université de Columbia qui prétendait servir les meilleurs sandwichs au pastrami de la ville.

De ce vieux cinéma de l'Upper West Side qui projetait des films de Chaplin.

Je me souviens que l'on se faisait du mal à tenter de croire que cette journée n'aurait pas de fin.

Au petit matin, au moment où le temps m'arrachait de nouveau à elle, au moment où une décharge toujours plus violente électrifiait mon cerveau, je me souviens d'avoir pensé que ma vie ne pourrait plus continuer longtemps comme ça.

Ni la sienne.

1999

Les bateaux fantômes

> [...] *la plupart de ceux qui ont un peu de jugeote savent* [que l'amour] *change au fil du temps. Selon l'énergie qu'on lui consacre, on le garde, on s'y accroche ou on le perd.*
>
> Colum McCann

0.

D'abord, le froid.

Un souffle polaire qui me mord le visage et congèle mes membres. Une vague glaciale qui transperce mes vêtements, ma peau, et attaque jusqu'à mes os.

L'odeur ensuite.

Des effluves de poisson séché, d'algues et de gasoil. Des exhalaisons tellement écœurantes qu'elles me prennent à la gorge et me donnent envie de vomir. Avant même de me relever, je suis secoué d'un haut-le-cœur qui me fait cracher un flot de bile. Je tousse, m'étrangle et finis par me redresser. J'ai le ventre serré par l'angoisse. À chaque réveil, c'est la même trouille, la même terreur de ne pas savoir où je vais reprendre connaissance et à quel danger je vais être confronté.

Je décolle mes paupières et découvre un paysage à la fois grandiose et désolé.

Il fait encore nuit, mais la couleur du ciel commence à s'éclaircir. À perte de vue, je ne distingue que des épaves. Des embarcations de toutes les tailles prises dans la rouille : de vieux rafiots à vapeur, des cargos, des voiliers dont les mâts s'entrechoquent, des chalutiers, des bateaux-taxis, des péniches et même un brise-glace.

Des centaines, des milliers d'embarcations tombant en décrépitude dans un cimetière de bateaux.

1.

J'étais bien incapable de dire où je me trouvais.

Au loin, pas la moindre ligne de gratte-ciel familiers : je devinais quelques grues à l'arrêt, des cheminées industrielles et la torche rougeoyante d'une raffinerie.

L'endroit n'était pas le plus hospitalier du monde. Pas la moindre présence humaine à la ronde. Un silence qui n'était troublé que par les clapotis de l'eau, les grincements, les craquements des cordages et les cris des mouettes qui planaient en tournoyant dans le ciel bleu nuit.

Je grelottais et claquais des dents. Le froid était insupportable. Je n'avais que mon pantalon de toile, un polo et une veste trop légère pour endurer de telles températures. Les morsures de l'hiver brûlaient mon visage. Des larmes coulaient sur mes joues.

Pour me réchauffer, je me frictionnai les épaules et soufflai dans mes mains, mais ce n'était pas suffisant.

Si je restais immobile plus longtemps, je risquais de geler sur place.

Mes pieds s'enfonçaient dans un terrain tourbeux. Il n'y avait pas le moindre quai. Ce n'était pas un chantier naval, juste un dépotoir maritime dans lequel des embarcations abandonnées pourrissaient dans une eau stagnante.

Un paysage de fin du monde, apocalyptique, effrayant.

Le seul moyen de quitter ce lieu était de longer la plage. Je laissai derrière moi les silhouettes des bateaux fantômes et parcourus cent mètres dans la boue jusqu'à l'unique ponton maçonné qui permettait de rejoindre un rivage de sable.

Le corps transi, je baissai la tête pour protéger mon visage du souffle glacé qui m'attaquait de face et me mis à courir.

Au bout de quelques foulées, je ne sentais plus mon corps. J'avais les poumons en feu et, chaque fois que je reprenais mon souffle, mes narines, ma gorge étaient brûlées par le froid. Il était si vif qu'il engourdissait tous mes membres.

J'avais même du mal à penser, comme si mon cerveau se trouvait figé lui aussi.

Je courais depuis vingt minutes lorsque j'arrivai enfin à l'entrée d'un lotissement constitué de petites maisons à deux étages revêtues de bardeaux en bois peint. Je m'arrêtai devant la première habitation. Emmitouflé dans sa parka, un vieil homme incendiait un tas de feuilles mortes au milieu de sa pelouse.

– Z'êtes perdu ? demanda-t-il en m'apercevant.

Il portait un stetson de cow-boy et de longues moustaches jaunies par le tabac.

Penché en avant, les mains sur les genoux, je crachais mes poumons. J'avais des vertiges et mon cœur battait la chamade.

– Où sommes-nous ? haletai-je entre deux respirations.

Le vieux se gratta la tête et tira sur sa chique comme dans un western.

– Où on est ? Eh ben, au cimetière des bateaux de Witte Marine.

– Ça se trouve où, précisément ?

– À Rossville, Staten Island.

– Manhattan, c'est loin ?

– La grande ville ? Bah, faut compter une bonne heure en bus jusqu'au ferry. Puis après, le temps de la traversée et tout le toutim.

Désemparé, je gelais littéralement sur place.

– T'as pas l'air très en forme, mon gars, remarqua-t-il. Tu veux pas venir te réchauffer les fesses autour d'un bon vin chaud ?

– Je vous remercie, monsieur.

– Je m'appelle Zachary, mais tu peux m'appeler La Chique, comme tout le monde.

– Arthur Costello…

Alors que je le suivais dans la maison, il proposa :

– Je peux te donner des vêtements à ta taille aussi. J'en ai une armoire pleine. Ils appartenaient à mon fiston. Lincoln, qu'il s'appelait. L'était bénévole à la

Croix-Rouge. S'est foutu en l'air y a deux ans dans un accident de moto. Y te ressemblait un peu…

Je le remerciai une nouvelle fois.

– Quel jour sommes-nous ? demandai-je en arrivant sur le perron.

– Vendredi.

– Quelle date ?

Il cracha le jus de sa chique et haussa les épaules.

– Bah justement, si on écoute tous ces journaleux, paraîtrait que c'est le dernier jour du monde.

Je fronçai les sourcils. Il continua :

– À minuit, toutes les machines vont d'venir folles. Une erreur de date dans les circuits, qu'ils disent. Moi, m'est avis que tout ça, c'est du pipeau.

J'avais du mal à saisir ce qu'il me disait. J'entrai dans le salon où un poste de télé était resté allumé. En regardant le bandeau, en bas de l'écran, je compris tout de suite.

Nous étions le 31 décembre 1999.

La veille de la « fin du monde ».

2.

Je trouvai porte close en arrivant chez Lisa. J'avais mis un temps fou à quitter Staten Island et à traverser Manhattan jusqu'à Morningside Heights. Comme chaque année au moment des fêtes, des hordes de touristes déferlaient sur New York. Ce 31 décembre, les célébrations du millénaire n'arrangeaient pas les choses. La ville était quadrillée par les flics. Autour de Times Square, plusieurs rues avaient été bloquées à la circulation, créant des embouteillages importants dans tout Midtown.

Et la femme que j'aimais n'était pas là.

Ou plutôt, elle était partout. En cette fin d'année 1999, la silhouette de Lisa, photographiée en noir et blanc pour une campagne Calvin Klein, s'affichait sur tout ce que New York comptait d'espaces publicitaires. Je l'avais croisée sur les panneaux en plexiglas des abribus et des cabines téléphoniques, je l'avais vue virevolter sur le flanc des bus et sur les toits des taxis. Une photo minimaliste et esthétisante : les cheveux mouillés, les seins nus en partie cachés par un bras faussement pudique, Lisa déployait sa silhouette de liane sur une plage des Hamptons.

Je tendis l'oreille, essayant de capter un miaulement de Remington. Mais le chat ne semblait pas être non plus dans l'appartement.

Pour en avoir le cœur net, je martelai la porte de plusieurs coups.

– Pas la peine de vous exciter comme ça ! Vous voyez bien que la petite demoiselle n'est pas chez elle !

Des bigoudis sur la tête, du venin au coin des lèvres, Lena Markovic, la vieille voisine de palier, venait d'apparaître sur le pas de sa porte. Dans son sillage, Remington pointa la tête, puis vint se frotter contre mes jambes.

– Bonjour, madame Markovic. C'est vous qui gardez le chat de Lisa ?

– Quelle perspicacité, jeune homme !

– Vous savez où elle se trouve ? demandai-je en prenant l'animal dans mes bras.

– Elle a la chance de pouvoir partir en vacances, elle. Moi, ce n'est pas avec ma pension que…

– Où est-elle partie ? la coupai-je en me plantant devant elle.

La vieille eut un mouvement vague de la main.

– Dans les îles.

– Les îles ? Quelles îles ?

– Ce que j'en sais, moi !

Cette femme me hérissait. C'était une espèce de double féminin maléfique de Zachary, le gardien du cimetière des bateaux qui, lui, n'avait pas ménagé sa peine pour m'aider.

– Elle vous a bien laissé un numéro ? insistai-je.

Markovic secoua la tête, mais je savais qu'elle me mentait. D'autorité, je fis un pas en avant pour pénétrer dans son logement. Elle essaya de m'en empêcher, mais je n'hésitai pas à la bousculer et à refermer la porte derrière moi, la laissant sur le palier en robe de chambre et en pantoufles.

L'appartement était un deux pièces qui macérait dans son jus. Cinquante mètres carrés figés dans les années 1970 : dalles de linoléum jaunies, papier peint à motifs géométriques, meubles en formica, canapés en skaï fauve. Le téléphone était posé sur une étagère en mélaminé marron installée dans le hall d'entrée. Près de l'appareil, un calendrier, un bloc-notes, un carnet répertoire et plusieurs post-it. Sur l'un des papillons autocollants, le renseignement que je cherchais : *Elizabeth Ames, Blue Lagoon Resort, Moorea.* Suivi d'un numéro à douze chiffres.

Moorea. Je fixai le nom de l'île et mis un moment à comprendre ce que cela signifiait concrètement : que Lisa était en Polynésie française et que je ne pourrais pas la voir cette année.

Non.

Je décrochai le combiné et composai le numéro.

– Blue Lagoon Resort, que puis-je faire pour vous ? demanda une voix en français.

– Je souhaiterais parler à Mlle Elizabeth Ames.

– Bien sûr, monsieur, mais... Vous appelez des États-Unis, n'est-ce pas ? Parce que ici, avec le décalage horaire, il n'est que 5 heures du matin et...

– Réveillez-la, c'est très important. Dites-lui qu'Arthur Costello la demande.

– Bien, monsieur, je vais voir ce que je peux faire.

Tandis que la réceptionniste me mettait en attente, je voyais la porte d'entrée vibrer sous les coups de boutoir. Je risquai un regard dans l'œil-de-bœuf : comme je le craignais, Lena Markovic avait rameuté une bonne partie de l'immeuble devant chez elle. Je tendis l'oreille : tous n'avaient qu'un seul mot d'ordre à la bouche : « Appelez la police ! »

– Arthur ? Tu es à Manhattan ?

Je fermai les yeux. Entendre la voix de Lisa était tout à la fois un réconfort et une souffrance.

– Je suis chez toi, ou plutôt chez ta charmante voisine. Je me suis réveillé il y a quatre heures dans l'un des coins les plus paumés de l'État de New York. J'avais tellement envie de te voir ! Je suis si déçu !

– Écoute, je...

Je perçus tout de suite dans la voix de Lisa que quelque chose clochait. Aucun enthousiasme, aucune excitation. Mes sentiments n'étaient pas partagés, j'en étais presque certain. Je sentis la colère monter en moi.

– Je peux savoir ce que tu fais en Polynésie ?

– Je suis avec une partie de ma troupe de théâtre. On est allé fêter le Nouvel An au soleil.

Je bouillais intérieurement : elle s'offrait des vacances à l'autre bout du monde alors qu'elle savait que je pouvais débarquer à tout moment ? Elle prenait donc sciemment le risque de me manquer. Ce constat me fit sortir de mes gonds.

– Je ne comprends pas : tu es partie te faire dorer la pilule en sachant très bien que j'allais revenir bientôt ? Tu aurais pu m'attendre, quand même !

Elle haussa la voix à son tour.

– Mais qu'est-ce que tu veux, au juste ? Que je mette mon existence entre parenthèses ? Que je renonce à avoir une vie sociale ? Que je reste cloîtrée chez moi en patientant sagement qu'arrive le seul et unique jour dans l'année où on pourra être ensemble ? Ça fait quatorze mois que je t'attends, Arthur ! Quatorze mois !

Je soupirai. Mon cerveau comprenait parfaitement son raisonnement, mais mon cœur, lui, était en miettes.

Soudain, j'entendis – ou crus entendre – une voix d'homme derrière elle.

– Tu n'es pas seule dans ta chambre ? Il y a un mec avec toi ?

– Je crois que ce ne sont pas tes affaires.

Cette jalousie excessive était un sentiment nouveau pour moi. Jamais je n'avais été possessif. J'explosai.

– Comment ça, ce ne sont pas mes affaires ? Je croyais qu'on était ensemble. Je croyais que tu m'aimais !

Lisa laissa passer un long silence.

– Je ne t'ai jamais dit que je t'aimais, Arthur. Et même si c'était le cas, je ne vois pas d'issue à notre histoire. T'aimer, ça n'est que souffrir. C'est pire que d'être la femme d'un prisonnier à qui je pourrais rendre visite au parloir. Pire que d'être l'épouse d'un soldat dont je pourrais au moins attendre les permissions !

Une sirène hurla juste sous la fenêtre. Je me penchai pour observer deux voitures de police qui se garaient le long du trottoir. Plusieurs flics en tenue jaillirent des véhicules et s'engouffrèrent dans le hall de l'immeuble.

Hors de moi, je rappelai à Lisa les paroles qu'elle avait prononcées quelques mois plus tôt.

– C'est toi-même qui prétendais que le phare nous avait réunis et que tu faisais *toi aussi* partie de mon histoire !

Elle s'exaspéra.

– Eh bien, je me suis trompée, qu'est-ce que tu veux que je te dise ? Ce n'est pas la première fois que je m'enthousiasme pour un mec au-delà de la raison. Ça a déjà failli me tuer, tu es bien placé pour le savoir.

Un bruit de roulement me fit lever la tête. Alors que les flics martelaient la porte en m'ordonnant de leur ouvrir, Lisa m'assena le coup de grâce.

– Arthur, tu ne peux pas me demander d'arrêter de vivre en t'attendant. Je ne veux plus qu'on se voie. Plus jamais. Je ne peux pas t'aider et je ne veux plus souffrir, dit-elle avant de raccrocher.

De rage, je brisai la coque en plastique du téléphone contre le cadre de l'étagère. Dans la même seconde, la porte céda et deux officiers du NYPD se jetèrent sur moi.

Je me laissai interpeller sans résistance. Après m'avoir menotté, ils me traînèrent dans les escaliers puis sur le trottoir.

– Encore un qui va passer le réveillon en prison, lança l'un des flics en me projetant à l'arrière de la Ford Crown.

Il n'avait pas tort : la partie était terminée pour cette année.

2000

La chambre russe

> *Il embrassa la mer d'un regard et se rendit compte de l'infinie solitude où il se trouvait. Toutefois, il continuait à apercevoir des prismes dans les profondeurs ténébreuses.*
>
> Ernest HEMINGWAY

0.

De nouveau le froid.

Un air glacial qui vous perfore, vous traverse, vous paralyse.

Je tremble des pieds à la tête. J'ai la respiration coupée, les lèvres gelées, les cheveux trempés, le visage recouvert d'une poudre glacée.

Je décolle péniblement les paupières, j'essaye de me mettre debout, mais je glisse et me retrouve le nez… dans un tapis de neige.

Je me redresse en prenant appui sur la rambarde d'un escalier et je plisse les yeux pour déchiffrer le nom des rues.

Je suis sur le trottoir d'une rue déserte de l'East Side. À l'angle de l'Avenue A et de Tompkins Square Park.

Je suis abasourdi par le silence si rare à Manhattan. Autour de moi, la ville ploie sous un drap de nacre. Sur l'épaisse couche neigeuse se réverbère un ciel gris perle dans lequel tournoient encore quelques flocons.

1.

Heureusement, j'étais bien couvert. J'avais toujours la parka de la Croix-Rouge, le pull et les bottes fourrées que m'avait donnés Zachary, le gardien du cimetière des bateaux. Mon dernier souvenir n'était pas très gai : j'avais passé la nuit du jour de l'An dans une cellule du 24e precinct en compagnie de pochards et de drogués. Je n'avais pas bu de champagne, mais j'avais mal à la tête et la nausée comme si j'avais pris une bonne cuite.

Je fis quelques pas prudents dans une rue perpendiculaire. Équipé d'une pelle, un coiffeur était en train de dégager l'entrée de son salon. Je tendis l'oreille pour écouter le flash d'informations diffusé dans le poste de radio qu'il trimballait avec lui.

> « *Le blizzard qui vient de s'abattre sur le nord-est du pays s'annonce comme la pire tempête depuis cinq ans. À New York, où il est tombé plus de trente-cinq centimètres de neige dans la matinée, les pelleteuses commencent à dégager les principales artères. Le maire, Rudolph Giuliani, vient d'annoncer la réouverture imminente des trois principaux aéroports de la ville, mais de nombreux habitants de Brooklyn et du Queens restent encore*

privés d'électricité. Une neige qui risque aussi de perturber les célébrations du Nouvel An, demain... »

Tout à coup, je marquai un temps d'arrêt. Sur le trottoir d'en face, un homme, emmitouflé dans un duffle-coat, m'adressa un signe de la main. D'abord, je ne le reconnus pas. Il portait une chapka en fourrure et une écharpe enroulée autour du cou lui remontait jusqu'aux yeux, à la manière d'une cagoule. Puis il cria dans ma direction :

– Salut gamin, ça me fait bien plaisir de te revoir !

2.

Notre accolade dura deux bonnes minutes. Ça faisait du bien de retrouver Sullivan. Ces trois dernières années, mon grand-père m'avait manqué plus que je voulais bien me l'avouer.

– Quand es-tu revenu ? demanda-t-il, les deux mains posées sur mes épaules.

Il avait dépassé les quatre-vingts ans, mais il paraissait toujours en forme : démarche souple, silhouette de catcheur, regard clair et affûté, barbe fournie mais bien taillée.

– Juste à l'instant, répondis-je. Je viens de me réveiller couché sur le trottoir, au bout de la rue.

– Tu vois, il n'y a pas de hasard ! se félicita-t-il dans une formule un peu sentencieuse. Viens avec moi, il fait froid ici !

– Où va-t-on ?

– Dans le seul endroit de New York où on est certain de ne pas se geler les miches aujourd'hui !

Je l'accompagnai jusqu'à une enseigne discrète de la 110e Rue : Russians & Turkish Baths.

Les « Bains russes et turcs » étaient un établissement centenaire réputé du Lower East Side. J'en avais déjà entendu parler, mais je n'aurais jamais eu l'idée d'y mettre les pieds. Sullivan, à l'inverse, semblait y avoir ses habitudes. En russe, il salua Igor, l'employé qui accueillait les clients : un échalas de deux mètres au physique sec et anguleux. Vêtu d'une chemise traditionnelle en lin brodé, le géant sculptait un morceau de bois à l'aide d'une lame de vingt centimètres. Lorsqu'il aperçut mon grand-père, il planta son couteau dans le bois de son comptoir et vint à notre rencontre.

Il nous donna un peignoir, des serviettes et deux paires de claquettes, puis nous conduisit à notre vestiaire. À cause de la tempête, les bains étaient presque déserts. Une fois en tenue, je suivis Sullivan à travers un dédale de couloirs et d'escaliers tarabiscotés. Nous dépassâmes le hammam, le jacuzzi, la salle de sudation et de physiothérapie pour atteindre la pièce qui faisait la renommée de l'établissement : la « chambre russe ». C'était une grande pièce équipée d'un four gigantesque aux pierres brûlantes. Dès les premières secondes, la chaleur – aride et râpeuse – me fit du bien. Sous l'effet de la température, je sentis les pores de ma peau se dilater, mes sinus se déboucher, le sang irriguer mon corps avec une vigueur nouvelle.

Sullivan s'assit sur la plus haute – et la plus chaude – des marches rocheuses.

– Je préfère te le dire tout de suite, commença-t-il en m'invitant d'un geste de la main à m'installer à côté de lui. Lisa n'est pas à New York en ce moment.

Je ne cherchai même pas à cacher ma déception.

– Elle fait des photos à Venise pour une marque de bijoux.

Venise... Même si Lisa ne voulait plus faire partie de ma vie, la savoir à sept mille kilomètres de moi me mettait un sacré coup au moral. Alors que je me massais les tempes en silence, mon grand-père précisa :

– Elle m'a tout raconté. Crois-moi, c'est une sage décision que vous avez prise.

– On ne peut pas dire qu'elle m'ait vraiment laissé le choix...

La chaleur montait dans la chambre russe. Je regardai le thermomètre sur le mur : il indiquait près de quatre-vingt-dix degrés.

– Cette fille, elle m'a plu tout de suite, repris-je en me frottant les paupières. Versatile, chieuse, capricieuse, impétueuse...

Sullivan – qui la connaissait mieux que moi – ne put réprimer un sourire. Mais je fondis en larmes d'une façon aussi soudaine qu'inattendue.

– Putain, je n'arrive pas à croire que je ne la verrai plus !

Un peu mal à l'aise, mon grand-père me tendit une serviette.

– Tourne la page, Arthur.

– C'est dur, fis-je en m'essuyant le visage.

– Je sais, mais réfléchis : tu ne peux pas lui demander de t'attendre. Tu ne peux pas lui demander de te rester fidèle. Ce n'est pas humain d'exiger ça de quelqu'un.

Pour la première fois, je rendis les armes.

– Tu as sans doute raison.

Je fermai les yeux quelques minutes, m'abandonnant à l'atmosphère régénératrice du sauna.

– Mais toi, tu as bien réussi à conserver l'amour de Sarah, remarquai-je.

Sullivan haussa les épaules et poussa un profond soupir. Comme chaque fois qu'il évoquait son passé, ses yeux brillaient, son visage s'affaissait.

– C'était une autre femme, une autre époque, une autre génération. Et puis, regarde où cela m'a mené. J'ai tué celle que j'aimais et je n'ai rien été capable d'entreprendre pour sauver ma fille.

Je connaissais son histoire, sa fin tragique, mais ce jour-là, en l'entendant pour la énième fois, quelque chose me chiffonna.

– Mais comment as-tu fait pour persuader Sarah de t'attendre ? Comment t'es-tu débrouillé pour qu'elle parvienne à t'aimer en te voyant si peu ?

Il se leva et s'éventa avec les deux mains. Je crus qu'il allait me répondre, mais, à la place, il prit un baquet en bois rempli d'eau glacée et me le vida sur le corps.

– Revigorant, n'est-ce pas ?

Je poussai un hurlement tandis qu'il partait dans un éclat de rire prolongé.

Alors que je le fusillais du regard, deux colosses firent irruption dans la pièce. Deux Russes au crâne rasé, tatoués des pieds à la tête et seulement vêtus d'un short et d'un marcel.

– C'est l'heure du massage, m'annonça Sullivan.

Méfiant, j'acceptai tout de même de me plier au rituel. En fait de massage, il s'agissait d'un vigoureux savonnage à l'huile d'olive suivi d'une sorte de flagellation avec des rameaux de chêne et de bouleau. D'abord rétif, je me laissai finalement « fouetter », porté par l'odeur fraîche et sylvestre, tout en continuant ma conversation avec mon grand-père, allongé sur la table d'à côté.

– Qu'est-ce que tu as fait ces trois dernières années ?

– J'ai gagné beaucoup d'argent.

– Vraiment ? Grâce à la Bourse ?

Il émit un grognement d'approbation.

– J'ai vendu mes trois lingots d'or en 1995. Et j'ai placé l'intégralité de la somme sur les marchés. En cinq ans, la valeur du Nasdaq a été multipliée par cinq. J'ai tout revendu au début de l'année avant l'effondrement des cours.

– Il y a une crise économique ?

– Non, simplement une bulle technologique qui se dégonfle. Rien que du prévisible. Tu sais ce que disait Keynes : « Les arbres ne montent jamais jusqu'au ciel. » La purge va se poursuivre un long moment, et, pour beaucoup d'investisseurs moutonniers, tout va partir en fumée.

Il ricana :

– Les cons ! Il leur a quand même fallu cinq ans pour comprendre qu'ils n'achetaient et ne revendaient que du vent ! Des start-up qui ne deviendraient jamais rentables, de belles promesses qui…

– Et toi, tu as été plus malin que les autres ?

– Parfaitement, dit-il d'un ton satisfait.

– Et ce fric, qu'est-ce que tu en as fait ?

– Je l'ai gardé pour toi.

J'eus un rire triste.

– J'aurais bien du mal à le dépenser.

– Ne crache pas sur l'argent, Arthur. C'est le thermomètre de la liberté. Ta vie est loin d'être finie, et crois-en mon expérience : il y a toujours un moment dans l'existence où le fait d'avoir quelques économies s'avère décisif pour mener à bien un projet.

3.

– Ça, c'est pour toi, m'annonça mon grand-père en me tendant un passeport.

En ouvrant le document orné de ma propre photo, je me souvins tout à coup de Stan le Copiste, le faussaire d'Alphabet City.

– C'est un « vrai faux », n'est-ce pas ?

– Tout à fait, approuva Sullivan. Très joli travail. Presque aussi vrai que le vrai.

Il était 18 heures. Nous faisions la queue chez Russ & Daughter, un *appetizing shop* yiddish d'East Houston Street qui, d'après Sullivan, faisait les meilleurs bagels de la ville.

Après les bains, nous étions rentrés « à la maison ». J'avais passé l'après-midi devant la cheminée à écouter la télé et à feuilleter de vieux journaux. J'avais appris la mort de Frank Sinatra, de Stanley Kubrick, de Joe DiMaggio, de Yehudi Menuhin. J'avais lu avec effroi des articles sur la fusillade du lycée de Columbine. J'avais compris que Bill Clinton avait évité une destitution après l'affaire Lewinsky et que, depuis quelques jours, au terme d'un recomptage de voix qui avait duré cinq semaines, le pays avait un nouveau président élu : George W. Bush, le fils de l'autre…

– Client suivant, s'il vous plaît !

Je m'avançai vers le comptoir. J'avais du mal à masquer les gargouillements de mon estomac tellement j'étais affamé. Je commandai deux bagels au sésame garnis de saumon, de câpres, d'oignons et de *cream cheese*, et m'installai avec Sullivan sur l'une des consoles près de l'entrée.

À peine attablé, il déplia un vieux plan de *24 Winds Lighthouse*.

– Ces dernières années, j'ai fait des recherches sur l'histoire du phare, sa construction, son architecture. J'ai tout compulsé pour essayer de comprendre la malédiction qui nous touche.

– Et tu as trouvé quelque chose ?

– Strictement rien, malheureusement. Ce qui confirme ce que j'ai toujours pensé : que l'on ne peut pas briser la malédiction.

– Moi, je refuse de me résigner, dis-je en mordant dans mon bagel.

– Tu fais ce que tu veux, mais tu te lances dans un combat perdu d'avance, et je ne suis pas sûr que gaspiller ton temps soit la meilleure des options.

Il engloutit un hareng au vinaigre avant de continuer :

– Je pense que le phare est une métaphore de la vie. Une métaphore du destin, plus exactement. Or tu ne peux pas lutter contre le destin.

Je terminai mon premier bagel et picorai les graines de sésame sur le pain de mon deuxième sandwich.

– Je ne crois pas au destin.

– Je te parle plutôt d'un « ordre des choses » immuable. Tu sais comment les philosophes de l'Antiquité définissaient le destin ?

Je secouai la tête. Il énonça :

– « La cause éternelle des choses, en vertu de laquelle les faits passés sont arrivés, les présents arrivent et les futurs doivent arriver. »

– Je ne pourrai jamais penser que la vie est écrite d'avance. Ce serait trop facile : pas de responsabilité individuelle, pas de culpabilité, pas d'incitation à l'action…

Sullivan se fit sentencieux.

– Certaines choses arrivent parce qu'elles doivent arriver, et le seul moyen de ne pas les subir, c'est de les accepter et de t'en accommoder.

J'étais sceptique. J'avais l'impression qu'avec ses belles phrases, Sullivan cherchait surtout à noyer le poisson.

Je lui soumis une autre idée.

– Tu n'as jamais pensé que ce qui nous arrivait était plutôt une sorte de châtiment ?

– Un châtiment ?

– Une punition pour nous faire expier une faute.

Il détourna les yeux et regarda la ville blanche à travers la vitre, figée dans son élan, encalminée sous une croûte de neige.

– Mais quelle faute ? demanda mon grand-père.

Je n'en avais pas la moindre idée.

4.

De retour à la maison, Sullivan remit une grosse bûche dans la cheminée, nous servit un verre de sherry et s'alluma un cigare.

Pendant toute la soirée, il entreprit de m'initier aux charmes d'Internet. Sur un ordinateur compact et coloré, revêtu d'une coque en plastique en forme d'œuf, il m'apprit à surfer et à envoyer des mails.

Puis il se servit un autre verre et finit par s'assoupir dans son fauteuil. Un casque sur les oreilles, je passai la nuit à explorer le cyberespace. Je me créai ma propre adresse de courriel, j'écoutai les tubes du moment (l'entêtant *Maria Maria* de Carlos Santana, *Californication* des Red Hot Chili Peppers, le *Beautiful Day* de U2 et la chanson *Stan* d'un rappeur qui s'appelait Eminem), je restai des heures sur les sites des journaux en ligne et sur les forums de discussion où l'on parlait aussi bien du phénomène Harry Potter que du dernier article scientifique sur le décodage du génome humain. J'étais en train d'explorer le site des Red Sox (mon équipe de base-ball préférée), lorsque je vis le soleil se lever.

Sullivan se réveilla. Je pris le temps de déjeuner avec lui. Puis je me douchai, enfilai des habits propres, de bonnes chaussures et ma grosse parka de la Croix-Rouge.

– N'oublie pas de prendre du fric ! On ne sait jamais où tu peux atterrir, conseilla mon grand-père en ouvrant son coffre-fort et en me fourrant dans la poche une liasse de billets de cinquante dollars.

J'étais fin prêt au départ, assis sur le canapé, comme un explorateur avant de se lancer dans une ascension.

– On se voit l'année prochaine, d'accord ? À mon âge, le temps est compté, maugréa Sullivan.

– Sans faute, promis-je. À mon âge, il passe trop vite.

– Cette parka rouge, tu y tiens absolument ? me taquina-t-il pour contrer l'émotion des adieux qui menaçait de nous submerger.

– Je l'aime bien…

Alors que l'odeur de fleur d'oranger commençait à chatouiller mes narines, je sentis mon estomac se nouer. La tristesse inhérente à chaque départ, l'angoisse de ne pas savoir où j'allais me réveiller…

– C’est quoi l’endroit le moins agréable dans lequel tu aies atterri ? demandai-je à Sullivan.

Il se gratta la tête, puis me répondit :

– Été 1964, au beau milieu des émeutes d’Harlem. Un con de flic m’a balancé un coup de matraque dont je porte encore la cicatrice.

Tandis que tout mon corps commençait à trembler, je l’entendis me reprocher :

– Mais tu t’es coiffé avec un pétard ? Tu sais, Arthur, le fait d’enjamber le temps ne te dispense pas d’avoir une certaine élégance…

2001

Les deux tours

> [...] *il est très rare que deux personnes veuillent la même chose à un moment précis de l'existence. Quelquefois, c'est l'aspect le plus dur de la condition humaine.*
>
> Claire KEEGAN

1.

Je suis réveillée par une remontée acide qui enflamme mon œsophage.

Foutues brûlures d'estomac !

J'ouvre les yeux, regarde ma montre. Un peu plus de 6 h 30. Le soleil darde ses premiers rayons à travers les persiennes. J'entends les ronflements du type qui dort à côté de moi.

Philip, je crois... ou peut-être Damian.

J'ai la nausée et la migraine. Les pensées embrouillées. Je m'extrais du lit avec précaution, ramasse mon soutien-gorge, mon jean, mon haut, mon blouson. Je quitte la chambre pour la salle de bains. Là, je m'inflige une douche presque glacée : un ersatz d'électrochoc pour reprendre mes esprits.

Je me savonne vigoureusement le visage. J'ai besoin de retrouver du tonus et de l'énergie. Besoin surtout de retrouver les idées claires. En ce moment, ma vie s'effrite. Je dérive, je déraille, je fais n'importe quoi. Trop d'alcool, trop de sorties, trop de baise avec des mecs tous plus cons les uns que les autres.

Je sors de la cabine, me sèche dans un peignoir propre que j'ai dégoté dans un placard. Je m'habille en quatrième vitesse et repasse dans la chambre sur la pointe des pieds. Aucune envie d'avoir une discussion matinale avec Machin qui heureusement ronfle toujours.

Dans le salon, je m'approche de la baie vitrée et aperçois l'enseigne colorée du restaurant The Odeon. Je suis à TriBeCa, à l'angle de Thomas Street et de Broadway. Tandis que j'attrape mon sac à main, je retrouve peu à peu le fil de la soirée de la veille : une invitation à un vernissage dans une galerie d'art suivie d'un dîner chez Nobu et d'une succession de cocktails dans les bars du coin.

Dans l'ascenseur, je sors mon téléphone portable et consulte mes SMS.

Bon anniversaire Lisa chérie !
Je pense fort à toi. Maman

Putain, ça aussi je l'ai oublié : aujourd'hui, j'ai vingt-huit ans.

2.

Jamais le bleu du ciel n'a été si éclatant.

Un gobelet de cappuccino dans la main, je descends le long de Church Street.

Je me recoiffe dans le reflet des vitrines. Ce matin, j'ai rendez-vous à Battery Park pour une séance photo organisée par un magazine féminin. Si je continue à faire du théâtre et à courir les castings, je ne gagne ma vie que grâce aux shootings. J'ai bien conscience que ça ne va pas durer toujours et cet anniversaire est là pour me le rappeler. Cette dernière année, mon téléphone a sonné moins régulièrement : la mode a besoin de chair fraîche et j'approche dangereusement de la date de péremption.

C'est l'heure de pointe et les trottoirs sont noirs de monde : des milliers de personnes qui rejoignent leur lieu de travail. Des hommes, des femmes, des Blancs, des Blacks, des Asiatiques, des Latinos. Un flux, un brassage, une énergie.

Je laisse traîner une oreille et capte quelques bribes de conversation. Le boulot, les enfants, la famille, les problèmes de cœur, les problèmes de cul. À 8 heures du matin à New York, chaque vie est un roman.

J'arrive en avance à mon lieu de rendez-vous. Le bleu métallique du ciel et la brise légère donnent à la pointe sud de Manhattan une beauté à couper le souffle.

– Hello, Lisa !

Je reconnais Audrey Swan, la photographe qui doit diriger la séance. C'est une fille que j'aime bien. Je sais que nous partageons la même tranquille résignation. À vingt ans, elle se rêvait reporter de guerre et je voulais devenir Meryl Streep. Aujourd'hui, nous faisons toutes les deux des photos pour Ralph Lauren.

Nous nous précipitons dans les bras l'une de l'autre.

– Tu es tombée du lit ? me demande-t-elle. Les filles n'arriveront pas avant une demi-heure !

Je l'accompagne jusqu'à la tente de maquillage que son équipe a installée au centre du parc. Elle me débarrasse de mes affaires tout en me proposant un café.

Elle s'en sert un aussi et nous allons le déguster sur un banc de la promenade où circulent les passants et les joggeurs.

Nous papotons au soleil pendant quelques minutes avec, pour toile de fond, les ferrys, la statue de la Liberté et Ellis Island.

Nos problèmes de cœur, nos problèmes de cul. Nos vies.

Soudain, un jeune type sur ses rollers s'arrête à notre niveau. La main en casquette pour ne pas être ébloui par la luminosité, tourné vers le nord, il fixe le ciel d'une drôle de façon.

Au bout d'un moment, nous nous retournons nous aussi.

L'une des tours du World Trade Center est en flammes.

3.

– Ce n'est rien. Sûrement un petit avion de tourisme qui s'est encastré dans l'immeuble, assure maladroitement un cycliste.

Pendant un quart d'heure, nous ne faisons rien d'autre que de regarder la colonne de fumée noire qui s'élève dans le ciel. Audrey a récupéré son appareil et mitraille le sommet de la tour, située à moins de deux cents mètres de nous. Une joggeuse évoque ses souvenirs de l'attentat de 1993 qui avait tué six personnes, mais à cet instant la plupart des gens pensent encore qu'il s'agit d'un accident.

Puis un autre avion apparaît dans le ciel. Un avion qui ne devrait pas être là, ni voler à une si faible altitude. Un avion dont la trajectoire improbable marque un virage pour venir percuter la deuxième tour.

Une clameur de désespoir parcourt la promenade. La catastrophe à laquelle nous assistons est tellement surréaliste qu'elle nous laisse un moment désemparés. Puis, en moins d'une minute, nous comprenons que nous ne sommes plus seulement spectateurs, mais aussi acteurs du drame qui se joue devant nos yeux. Une prise de conscience qui déclenche un vrai mouvement de panique.

Alors que la plupart des gens se mettent à courir vers l'est en direction du Brooklyn Bridge, je décide de suivre Audrey vers le lieu de l'attentat.

Armée de son objectif, dans le foisonnement des gyrophares, elle immortalise la stupeur, l'effroi, la peur. L'angoisse palpable des secouristes, les regards perdus, la foule sans repères, errante, déboussolée, fuyant une ruche incendiée.

Sur les trottoirs, au milieu des rues, un kaléidoscope de l'horreur : des corps ensanglantés, déchirés, brûlés, tordus par la douleur. La brutalité d'une scène de guerre. Beyrouth en plein cœur de Manhattan.

Partout des éclats de verre, des gravats, des débris de métal. Des milliers de feuilles de papier qui voltigent dans les airs. Partout le chaos, la fumée, l'apocalypse. Partout les hurlements, la désolation, les appels à Dieu.

Puis une rumeur se répand dans la foule : un troisième avion vient de s'écraser sur le Pentagone. Dépassés par la situation, les policiers nous incitent à fuir vers le nord.

Je cherche Audrey du regard, mais elle a disparu. Je crie son nom, elle ne me répond pas. Alors qu'elle m'avait épargnée, la peur m'envahit à mon tour. Je m'élance sur Church Street lorsqu'un ronflement monstrueux se déclenche. Le râle du Léviathan, la colère du dragon.

Je me retourne et je me fige en découvrant l'impensable : l'une des tours est en train de s'effondrer. Comme fracassé par la foudre, le gratte-ciel s'affaisse, avalé par le sol dans un nuage de béton et de poussière.

Je suis terrifiée, tétanisée. Autour de moi, les gens hurlent, courent, halètent, cherchent n'importe quel moyen pour sauver leur peau et échapper à l'avalanche de cendre et d'acier qui ensevelit tout sur son passage.

Une déflagration continue. Je vois la vague de débris, de gravats et de poutres métalliques qui déferle, un gargouillis terrible.

Je sais que je vais mourir.

Putain, ça n'aura été que ça, ma vie…

4.

Pourtant, je ne suis pas morte.

Il est 8 heures du soir, ce 11 septembre. Je suis assise au comptoir de l'Empañada Papas, le bar à tapas situé à deux blocs de mon appartement.

Au moment où la tempête s'est abattue sur moi, j'ai senti la main d'Audrey qui attrapait la mienne pour me tirer à l'intérieur d'une épicerie. Réfugiées derrière un congélateur, les genoux serrés, les mains sur la tête, le corps recroquevillé, nous avons laissé frapper le cyclone. Comme une coque de noix au milieu de la houle, la boutique a été secouée puis engloutie par le déluge, ensevelie sous un flot de gravats. Lorsque je me suis relevée, j'étais au cœur d'une nuit nucléaire. L'air était gris, noir, plombé. Mon corps était recouvert d'une épaisse croûte de cendre.

Je fais signe au serveur de renouveler ma consommation. Ici, au nord de Manhattan, on est loin du World Trade Center, mais ce soir toute la ville oscille entre état de siège et couvre-feu.

Habituellement bondé et festif, le bar est aux trois quarts vide. Les rares clients ont les yeux rivés sur les écrans : celui de leur téléphone pour prendre et donner des nouvelles ; celui du poste de télévision où les journalistes et les « experts » lancent des premières pistes pour décrypter l'attentat.

Je prends une gorgée d'alcool.

Aujourd'hui, comme beaucoup de New-Yorkais, j'ai failli tout perdre. Mais perdre quoi au juste ?

Quelle vie ? Quel amour ?

Si j'étais morte, à qui manquerais-je vraiment ce soir ?

Mes parents, peut-être. Mais à part eux ?

Un souvenir étrange continue à trotter dans ma tête. Ce matin, lorsque la vague de béton a déferlé, au moment où j'étais persuadée que j'allais crever, c'est son image à *lui* qui a surgi dans mon esprit.

Le visage d'Arthur Costello.

Pas celui de ma mère ou de mon père. Ni celui d'aucun autre homme.

Pourquoi lui ? Ça fait trois ans que je ne l'ai plus vu, mais son souvenir occupe sans cesse mon esprit.

Avec lui, j'étais bien. En confiance, stabilisée, élevée.

Lorsque son regard était posé sur moi, j'avais cette impression rare d'être à la bonne place. Je devenais la fille, la femme que j'avais toujours voulu être.

Mais comment vivre avec un homme qui n'existe qu'un jour par an ?

Un homme que vous ne pourrez jamais présenter à vos parents.

Un homme avec qui vous ne pourrez jamais faire de véritable projet.

Un homme contre lequel vous ne pourrez pas vous blottir les soirs de solitude.

Holy shit !

Je termine mon verre d'un trait.

Ce soir, j'ai tellement besoin de lui que je donnerais n'importe quoi pour le voir de nouveau débarquer dans ma vie.

Alors, de façon un peu puérile, j'entrelace mes doigts, ferme les yeux et me mets à prier comme lorsque j'avais dix ans. *Mon Dieu, s'il vous plaît, ramenez-moi Arthur Costello ! Mon Dieu, s'il vous plaît, ramenez-moi Arthur Costello !*

Bien entendu, rien ne se produit. Résignée, je lève la main pour commander un autre cocktail.

Tout à coup, venu des cuisines, un bruit de verre brisé fait sursauter tout le restaurant. Comme si quelqu'un venait de laisser tomber une pile d'assiettes. Puis un cri jaillit, qui fige toutes les conversations. Des regards inquiets se tournent vers l'arrière du bar. Tandis que la porte des cuisines s'ouvre avec fracas pour laisser place à un homme surgi de nulle part.

Un homme aux cheveux hirsutes qui porte une parka de la Croix-Rouge.

Quatrième partie

Le clan Costello

2002

Le troisième souffle

L'essentiel, nous ne savons pas le prévoir. Chacun de nous a connu les joies les plus chaudes là où rien ne les promettait. Elles nous ont laissé une telle nostalgie que nous regrettons jusqu'à nos misères, si nos misères les ont permises.

Antoine DE SAINT-EXUPÉRY

0.

Le bruit familier de la circulation.

Un souffle tiède, printanier. Un réveil plutôt confortable.

J'ouvre les yeux. Je devine la lumière du petit matin. Je suis allongé sur un banc vert foncé en bois et en métal. Sur le trottoir d'une large avenue bordée de platanes.

Malgré la douceur de l'air et le cadre agréable, je devine tout de suite que quelque chose est inhabituel.

Saisi par l'inquiétude, je regarde les plaques d'immatriculation des voitures, je déchiffre le nom d'un restaurant entouré de verdure – La Closerie des Lilas –, je contemple la colonne Morris plantée à côté du banc

– elle annonce la sortie prochaine d'un film ayant pour titre L'Auberge espagnole *–, je braque les yeux sur le panneau indiquant le nom de la rue – boulevard du Montparnasse.*

Enfin, en tendant l'oreille, je constate que toutes les conversations autour de moi sont en français.

Pour la première fois, je ne me suis pas réveillé à New York.

Mais à Paris !

1.

Je remontai le boulevard en courant, cherchant une cabine téléphonique pour appeler Sullivan. J'en trouvai une devant l'église Notre-Dame-des-Champs, mais un SDF dormait à l'intérieur. En jetant un coup d'œil à l'appareil, je pris conscience que je n'avais de toute façon pas de carte de crédit. Je laissai tomber le téléphone et entrepris de héler un taxi. J'expliquai au premier qui s'arrêta que je n'avais que des dollars, mais que je doublerais la valeur de sa course s'il voulait bien m'amener jusqu'à l'aéroport. Le chauffeur redémarra sans prendre la peine de me répondre. Heureusement, le second était plus sympathique et accepta de me charger.

Je regardai l'horloge du tableau de bord : il était 7 h 30. Il y avait un exemplaire du *Monde* posé sur la banquette. Le journal était daté du mercredi 12 juin 2002. Un gros titre barrait la une surmontant une photo du footballeur Zinedine Zidane.

Mondial : la France éliminée.
Champions du monde en 1998,
les Bleus ont été sévèrement battus
par le Danemark 2 buts à 0.

Cette fois, je ne m'étais pas contenté de faire un saut dans le temps de neuf mois. Je m'étais carrément réveillé sur un autre continent.

À travers la vitre, je regardai les panneaux qui défilaient, indiquant des lieux dont je n'avais jamais entendu parler : porte de Bagnolet, Noisy-le-Sec, Bondy, Aulnay-sous-Bois, Villepinte… La circulation n'était pas trop dense. En moins de trois quarts d'heure, nous fûmes à Charles-de-Gaulle. Sur les conseils de mon chauffeur, je descendis au terminal 2E, là où je pourrais, d'après lui, trouver un comptoir de vente Delta Airlines. Grâce à la prévoyance de Sullivan, j'avais des dollars plein les poches et un passeport que j'espérais valide.

Il restait des places sur le vol de 10 h 35. Je payai mon billet en liquide et passai sans difficulté les contrôles de l'immigration. Dans la salle d'embarquement, je m'offris un café et un pain aux raisins. Puis je changeai quelques dollars en euros pour acheter une carte téléphonique. Mieux valait s'assurer que Lisa était bien à New York avant de monter dans l'avion. Je composai plusieurs fois le numéro de Sullivan, mais tous mes appels restèrent sans réponse. D'autant plus étrange qu'avec le décalage horaire, il était 3 heures du matin à New York. Soit mon grand-père dormait à poings fermés, soit il n'était pas chez lui.

Dans un Relay, j'achetai des magazines américains : la « guerre contre le terrorisme » de George W. Bush et son « axe du Mal » saturaient l'actualité. Puis on appela les passagers à embarquer. Rapidement, je me retrouvai assis sur mon siège, coincé entre une mère essayant de calmer son marmot et un ado puant la transpiration qui écoutait son baladeur à plein volume.

Pendant une bonne partie du voyage, je me remémorai les événements de la veille. Enfin, de l'année dernière…

Ce funeste 11 septembre 2001, je m'étais matérialisé dans les cuisines de l'Empañada Papas et j'avais eu la surprise de découvrir Lisa assise au comptoir comme si elle m'attendait. En m'apercevant, elle s'était jetée à mon cou en larmes. Les attentats lui avaient donné une insatiable faim de vie. Malgré ce jour chaotique, nous nous étions retrouvés et nous nous étions aimés. Dans l'urgence, sans retenue, sans promesse de lendemain.

Lorsque j'étais « reparti », elle était endormie dans son lit et j'avais disparu sans que nous ayons abordé la question de notre avenir. À quoi devais-je m'attendre désormais ? Allait-elle m'accueillir avec un sourire ou avec une paire de claques ?

Le vol me parut interminable. Lorsque l'Airbus se posa à JFK, je sautai dans un taxi et lui donnai l'adresse de l'appartement de Morningside Heights.

Il était presque midi lorsque j'arrivai au coin de la rue. Je demandai au chauffeur de m'attendre et montai les escaliers à pas de loup. J'appuyai sur la sonnette, mais personne ne vint m'ouvrir. Malgré mes précautions, Lena Markovic, la voisine hargneuse, avait dû m'entendre car elle sortit sur le palier armée d'une bombe lacrymogène. Elle essaya de m'en asperger, mais je déguerpis sans demander mon compte. Ce n'était vraiment pas le moment d'être pincé par les flics. Je repris mon taxi en direction de Washington Square. Je tapai à la porte de Sullivan, sans plus de succès que chez Lisa. J'allais rebrousser chemin lorsque je vis une enveloppe avec mon prénom écrit dessus, coincée entre les griffes du heurtoir en forme de lion.

Salut gamin,

Je n'ai jamais cru en Dieu.

Mais peut-être que je me trompe.

Peut-être qu'il existe effectivement une sorte de Grand Architecte qui présiderait à nos destinées. Peut-être même lui arrive-t-il parfois d'être miséricordieux.

J'aimerais tant que tu reviennes aujourd'hui…

J'aimerais tellement que tu assistes à ça comme j'ai pu y assister moi-même il y a presque quarante ans.

Je ne crois pas en Dieu et pourtant, depuis plusieurs semaines, j'adresse des prières tout seul dans mon coin. Sans coreligionnaire, sans savoir quels mots employer, sans même savoir ce que je pourrais promettre en échange.

Donc, s'il y a effectivement un Dieu sur cette foutue planète et si tu reviens aujourd'hui, ne perds pas une minute ! Viens nous retrouver à la maternité du Bellevue Hospital.

Dépêche-toi !

Tu vas être papa !

2.

Je cours.

Accompagné d'une infirmière, je cours dans les couloirs de l'hôpital.

La dernière fois que je suis venu ici, c'était il y a huit ans. Lisa avait avalé un cocktail de somnifères avant de s'ouvrir les veines. Pour essayer de se donner la mort.

Aujourd'hui, elle donnait la vie.

La roue tourne. Il faut savoir encaisser les coups. Il faut faire preuve d'endurance. Faire le dos rond. Laisser passer l'averse. Survivre au déluge. La plupart du temps, le balancier finit par s'inverser. Pas toujours, mais souvent.

Et généralement au moment où on s'y attend le moins.

J'ouvre la porte de la chambre 810.

Lisa est allongée sur la table de travail. Une sage-femme et Sullivan veillent sur elle. Elle est ronde, superbe, épanouie. Totalement métamorphosée. En me voyant, elle pousse un cri et fond en larmes.

– Je t'ai tant espéré ! dit-elle alors que nous nous embrassons.

Puis je tombe dans les bras de Sullivan.

– Bon sang, je le savais ! rugit-il en m'étreignant avec force.

Lui aussi a des larmes plein les yeux. Je ne l'ai jamais vu si heureux.

– D'où tu viens ?

– De Paris. Je te raconterai.

Je regarde le ventre énorme de Lisa. Je n'arrive pas à croire que tout ça est réel. Je n'arrive pas à croire que c'est notre tour de devenir parents.

– Je suis médecin, dis-je à la sage-femme. Comment ça se présente ?

– Les contractions ont commencé à 10 heures. Et votre femme a perdu les eaux il y a une heure. Son col était à six.

– L'anesthésiste a posé la péridurale ?

– Oui, mais elle était trop dosée et elle a ralenti les contractions, me dit Lisa. Je ne peux plus du tout bouger les jambes.

– Ne t'inquiète pas, chérie. On va attendre qu'elle ne fasse plus effet, puis on te fera une autre injection plus légère.

Puis Betty, la sage-femme, nous laisse seuls quelques instants. Lisa en profite pour me montrer les photos des différentes échographies.

– C'est un garçon ! annonce-t-elle fièrement. Et tu as bien fait de venir aujourd'hui, parce que figure-toi que je t'attendais pour choisir son prénom !

Nous passons une bonne heure à proposer chacun nos préférences. Sullivan ajoute son grain de sel, et finalement nous nous mettons d'accord sur Benjamin.

– Au fait, la prochaine fois que tu daigneras venir me voir, ne te trompe pas d'adresse, m'avertit Lisa.

– Je ne comprends pas…

– Tu n'imaginais quand même pas que j'allais élever ton fils dans mon minuscule appartement ? J'ai déménagé !

Cette fois, c'est au tour de Sullivan de sortir des polaroids de sa poche. Il me tend des clichés d'une belle maison de briques dans Greenwich Village. Je reconnais l'angle de Cornelia Street et de Bleecker, près de l'Oyster Bar où il m'avait emmené manger des huîtres en 1995. Sur les clichés, je découvre avec émotion une chambre d'enfant déjà équipée : un lit, une table à langer, une commode, une poussette, un cosy, un transat…

En parcourant les photos, je comprends à quoi a servi l'argent gagné en Bourse.

Le thermomètre de la liberté.

– Le docteur arrive, me dit Betty.

– Mais c'est moi, le docteur.

– Peut-être, monsieur, mais ce n'est pas vous qui allez accoucher votre femme.

– Ça, n'y pense même pas ! renchérit Lisa.

En attendant le gynéco, la sage-femme installe Lisa, pieds aux étriers, tout en lui rappelant les consignes pour gérer les contractions et se concentrer sur sa respiration. Alors que Lisa pense « s'entraîner », progressivement, elle comprend tout à coup que la course a commencé.

– Allez, on profite de chaque contraction pour pousser, lance le gynéco en débarquant dans la pièce comme une *guest star.*

Les dix minutes suivantes, je tiens la main de Lisa, l'encourageant par un clin d'œil, un signe de tête, une plaisanterie.

D'après mon expérience de médecin, je vois que les choses se déroulent bien. La tête du bébé se présente rapidement.

J'ai pratiqué quelques accouchements à l'hôpital, et je sais que les poussées à venir sont les plus douloureuses. Lisa lâche ma main et pousse un hurlement. Hors d'haleine, elle hoquette, suffoque, semble renoncer, puis rassemble l'énergie qu'il lui reste et jette ses dernières forces dans la bataille.

Soudain, la délivrance. Un apaisement. Une pause dans le temps.

Ça y est, le reste du corps est passé… et déjà notre bébé gigote et hurle sur la poitrine de Lisa. Tout violet, tout recroquevillé et déjà plein de vie.

Je coupe le cordon ombilical et je me penche vers lui. Lisa me regarde. L'émotion me submerge. Des larmes, de la transpiration, du sang. Le champ de bataille d'une guerre à laquelle nous avons survécu.

Désormais, nous sommes trois.

3.

Sous l'œil de la sage-femme et de mon grand-père, je donne à mon fils son premier bain. Je prends le temps de le regarder vraiment. Il est grand et mince, son torse est tout bombé, ses doigts sont minuscules, bien que longs et fins. Il a déjà une touffe de cheveux noirs, des yeux fendus, magnifiques.

– Merci pour la maison, dis-je en séchant le nourrisson.

– Pas de quoi, répondit Sullivan. Ne t'inquiète pas. Je vais prendre soin de ta famille pendant ton absence.

– Et toi, ça va ? La santé, tout ça ?

Il part dans un éclat de rire.

– Te bile pas pour moi, gamin. Ce bébé va me donner une deuxième jeunesse !

Tandis que Betty et mon grand-père s'éclipsent, je pose le petit Ben contre mon torse et je m'assois dans un fauteuil près de la fenêtre qui donne sur les toits ensoleillés de la ville.

Je sens sa peau contre ma peau.

Et je pleure doucement.

Je reste un long moment seul avec mon fils, ce petit gars conçu dans le chaos d'un jour de cendre et de peur.

Quel sera son caractère ? Comment se débrouillera-t-il dans ce monde plein de dangers ? Comment pourrai-je l'aimer, le protéger, moi qui ne suis jamais là ?

J'essuie mes larmes avec mon bras. Je sens le poids de la responsabilité qui se mélange au bonheur.

Je sais que, dans quelques heures, je serai reparti.

Et, pour la première fois, je me sens plus solide, plus structuré.

Je regarde le petit bonhomme qui s'est endormi, je puise des forces dans sa présence et je souris.

Quelle aventure, putain !

Je repense à tout ce que j'ai traversé pour en arriver là.

Il faut que je continue à encaisser les coups. Pour lui.

Un jour, le cycle infernal finira par s'arrêter.

Aujourd'hui marque une étape. La guerre est encore longue, mais je pressens que je viens de remporter une bataille importante.

Plus rien ne sera comme avant.

Je savoure encore un peu cet instant.

Une nouvelle vie commence.

2003 - 2010

La marche du temps

Il était encore trop jeune pour savoir que la mémoire du cœur efface les mauvais souvenirs et embellit les bons, et que c'est grâce à cet artifice que l'on parvient à accepter le passé.

Gabriel GARCÍA MÁRQUEZ

1.

Le temps a repris son cours.

J'ai continué à me réveiller une fois par an, toujours à Manhattan ou dans l'État de New York. Parfois dans des endroits agréables (le marché aux fleurs de la 28e Rue ; un canapé moelleux du Campbell Apartment ; la plage de Rockaway Beach un matin d'été...), parfois dans des lieux plus rugueux (Hart Island, la fosse commune de New York ; piétiné par la foule sur la 5e Avenue lors du défilé de la Saint-Patrick ; sur une scène de crime, dans la chambre d'un hôtel miteux de Bedford Stuyvesant, avec un cadavre encore chaud qui se vidait de son sang...).

J'avais mis au point une routine. D'abord, veiller à porter tout le temps des vêtements chauds, de bonnes chaussures, une montre, et avoir suffisamment d'argent sur moi au moment de mon départ. Puis, lorsque c'était possible, à mon réveil, je sautais immédiatement dans un taxi et je rentrais retrouver ma famille.

Benjamin grandissait vite. Trop vite.

Pendant toute l'année, Lisa confectionnait de volumineux albums photo et des films qui me permettaient à chaque retour de me faire croire que je rattrapais un peu du temps perdu. En les visionnant, je découvrais, les yeux brillants, les premiers sourires de mon fils. Ses premiers « papa », « bravo », « coucou », « au revoir ». Ses deux premières quenottes qui le faisaient ressembler à Bugs Bunny, ses petits pas hésitants, ses livres d'images, ses peluches, ses puzzles, ses caprices, ses colères, ses déhanchements trépidants chaque fois qu'il entendait de la musique.

Plus tard, ses premières phrases, ses premières frappes dans un ballon, ses dessins de bonhomme ou de maison, son déguisement de cow-boy, son tricycle.

Je n'étais pas là lors de ses rentrées des classes, je n'ai vu aucun de ses spectacles de fin d'année. Ce n'est pas moi qui lui ai appris les couleurs ou à compter. Pas moi non plus qui lui ai fait réciter son alphabet, qui lui ai retiré les roues arrière de son vélo ou ses brassards à la piscine.

Lorsque je rentrais à la maison, je faisais mon possible pour enfiler mon costume de « père ». Un père en pointillé qui revenait toujours à l'improviste, qui tombait parfois mal et qui repartait aussi vite qu'il était arrivé.

2.

Pourtant, nous avons connu des journées parfaites. Des journées où, pendant quelques heures, nous devenions ce que nous souhaitions le plus au monde : une famille comme les autres.

En 2006, à Coney Island, le jour de la fête de l'Indépendance. Ben a quatre ans. Je le porte sur mes épaules. Le soleil est au zénith. Avec Lisa, nous flânons main dans la main sur la promenade de bois qui longe la plage en nous rappelant avec nostalgie que nous sommes venus ici en plein hiver neuf ans plus tôt. Nous allons nous baigner en famille, manger un hot-dog au Nathan's Famous, faire un tour de grande roue et de montagnes russes. Le soir, nous rejoignons Sullivan pour assister au feu d'artifice tiré depuis les rives de l'East River.

Un dimanche d'octobre 2007, j'ai repris connaissance à quelques dizaines de mètres de la maison, sous un lampadaire de Christopher Street. Il est un peu plus de midi lorsque je sonne à la porte. C'est mon grand-père qui m'ouvre. Comme chaque fois, nous nous étreignons longuement.

– Tu tombes bien, me dit-il.

Alors que je fronce les sourcils, il m'entraîne vers la salle à manger. Autour de la table, je rencontre pour la première fois les parents de Lisa.

– Je vous avais bien dit qu'il existait ! lance-t-elle en se jetant dans mes bras. Papa, maman, je vous présente « l'homme qui disparaît ».

Et la journée se passe avec mes « beaux-parents » comme si je les connaissais depuis toujours.

Fin mai 2008, 8 heures du soir. C'est le Manhattanhenge : le « solstice de Manhattan ». Il y a foule dans les rues pour assister au coucher du soleil qui, deux fois par an, s'aligne impeccablement dans l'axe est-ouest des grandes artères de la ville.

Lisa et Ben sont devant la maison. Mon fils est sur son vélo et sa mère, qui me tourne le dos, ne me voit pas arriver.

– C'est papa ! hurle-t-il en m'apercevant. Papa !

Alors qu'il pédale comme un dératé, je vois Lisa qui se retourne. Elle est enceinte de bientôt huit mois.

– C'est une petite fille, me dit-elle en nichant sa tête au creux de mon épaule.

Je suis aussi ému que la première fois.

– Mais cette fois, j'arrive trop tôt pour l'accouchement…

Elle écarte les bras pour me signifier que ce n'est pas grave.

– Je t'attendais pour choisir le prénom, mais j'ai ma petite idée. Que penses-tu de « Sophia » ?

Un samedi matin de l'été 2009, dans le cocon protecteur de notre maison. Tandis que Lisa succombe au plaisir décadent d'une tartine au beurre salé et au

Nutella, je prends ma guitare sèche et je plaque les accords d'une chanson de Leonard Cohen.

So Long Marianne.

Sur sa chaise haute, la petite Sophia, ma belle princesse, m'accompagne en battant la mesure avec une cuillère qu'elle frappe avec ferveur contre son assiette en plastique. Déguisé en Indien, Benjamin fait la danse de la pluie autour de la console de la cuisine.

Sur le plan de travail est posé un exemplaire de *Time Magazine* avec en couverture la photo d'un tigre du Bengale barrée d'un titre inquiétant.

Changements climatiques : vers un nouvel âge de disparition des espèces.

Je regarde mes enfants et les trouve magnifiques. C'est grâce à eux que je tiens debout. Ils m'aident à ne pas renoncer, à garder la foi en l'avenir. Mais chaque fois que je pose les yeux sur eux, je me souviens de l'inscription sur la plaque de cuivre : « Après le souffle des vingt-quatre vents, il ne restera rien. » Chaque fois, une petite voix me rappelle la mise en garde de Sullivan : *Considère que tout ce que tu auras construit n'est qu'un château de sable qui sera emporté par les vagues. C'est cela, la véritable malédiction du phare : au matin du vingt-quatrième jour, tout sera anéanti. Aucune des personnes que tu auras croisées ne se souviendra de toi.*

Je ne l'oublie pas, mais j'ai décidé de vivre comme si l'histoire ne se répétait pas forcément. Comme le prisonnier qui compte les jours avant sa libération, je compte les années qui me séparent du vingt-quatrième voyage. Mon Jugement dernier.

Un soir du printemps 2010, je porte Ben dans mes bras jusqu'à son lit. Il s'est endormi devant le Blu-ray d'*Avatar* que nous avons regardé en famille dans le canapé de notre salon.

Je le couche, le borde, l'embrasse fort. Je fais surtout provision de son odeur jusqu'à l'année prochaine. Alors que je m'apprête à quitter la chambre, il me retient par la manche.

– Tu t'en vas, papa ?

– Oui, mon grand, dis-je en m'asseyant sur le lit.

– Tu vas où, déjà ?

– Je ne vais nulle part, Ben. Tu le sais très bien. On en a déjà discuté.

Mon fils se redresse dans son lit et remonte son oreiller.

– Tu ne vas pas voir ton autre famille ? demande-t-il, la voix teintée par l'angoisse.

– Non, Ben, je n'ai pas d'autre famille, voyons ! Je n'ai que vous : maman, grand-père, Sophia et toi. Il n'y a personne d'autre.

Je lui ébouriffe les cheveux. Il insiste, presque en colère :

– Mais pendant que tu n'es pas avec nous, tu es forcément quelque part ! C'est pas possible sinon !

Je pose la main sur son épaule.

– Je sais que c'est très difficile à comprendre, mais, pour moi, le temps s'écoule différemment. Maman te l'a expliqué plusieurs fois.

Il soupire et demande :

– Un jour, les choses vont devenir normales ?

– Je l'espère.

– Quand ?

– Dans cinq ans, dis-je. En 2015.

Il fait un calcul mental.

– En 2015, j'aurai treize ans.

– Je suis d'accord, c'est encore loin… Allez, recouche-toi, maintenant.

– Je peux te regarder disparaître ?

– Non, non. Ce n'est ni un jeu ni un tour de magie. Et puis je ne repars pas tout de suite. Je vais encore rester un peu avec maman.

De nouveau, je le borde et l'embrasse.

– Pendant mon absence, je compte sur toi pour être gentil avec ta sœur et surtout avec maman.

Il hoche la tête et affirme :

– Lorsque tu n'es pas là, c'est moi, le chef de la maison !

– Non, Ben. Le chef, c'est maman. Toi, tu es l'homme de la maison. On est d'accord ?

– On est d'accord.

3.

Le temps filait à toute vitesse.

Déjà, la décennie 2010 touchait à sa fin.

L'Amérique en avait terminé avec la famille Bush et les années Obama se profilaient.

À chacun de mes retours, je continuais d'observer les mutations du monde. L'Internet envahissait tout, cannibalisait tout : la musique, les livres, le cinéma. Les gens vivaient avec un téléphone portable greffé à la main, qu'ils consultaient d'un regard distrait toutes les trois minutes. iPhone, Facebook, Google, Amazon… Tout devenait virtuel, numérique, immatériel : les correspondances, les échanges, les amis, les loisirs.

Dans les conversations, beaucoup de références culturelles m'échappaient. Je ne connaissais pas les nouveaux acteurs, les nouveaux groupes de rock, les nouvelles célébrités dont je ne comprenais même pas toujours *pourquoi* elles étaient célèbres.

Je me souvenais des remarques de mon père au début des années 1980 lorsque je passais des heures à écouter mon walkman à cassettes : « Cet appareil va créer des générations de tarés et de sourdingues », « Madonna est une pute, David Bowie un travelo, Eric Clapton un drogué ». À mon tour, je me faisais l'effet d'être un de ces vieux cons réactionnaires que je détestais lorsque j'étais ado.

J'étais un voyageur qui ne faisait que traverser l'époque sans y vivre vraiment.

Je n'avais plus les mots, je n'avais plus les codes.

J'étais largué, déphasé, dépassé par ce monde qui était de moins en moins le mien et qui me faisait peur.

Désormais, ma famille était mon seul ancrage.

Et mon seul horizon.

2011

Les cœurs défaits

Ce n'est pas l'amour qui dérange la vie, mais l'incertitude de l'amour.
François TRUFFAUT

0.

La chaleur ouatée d'une salle bien chauffée.

Un toucher de velours contre ma joue.

Une assise confortable. Un dossier moelleux pour supporter ma nuque.

Puis des notes de musique, une voix claire, une ballade qui évoque la séparation d'un couple, la mélancolie d'un amour perdu. Pendant quelques secondes, je me laisse porter par le rythme de la chanson. Je connais ce morceau. Abba. The Winner Takes it All.

J'ouvre les yeux. Je suis assis dans un fauteuil au milieu d'une salle de théâtre. Autour de moi, des centaines de personnes absorbées par le spectacle : la comédie musicale Mamma Mia !

Je tourne la tête, lève les yeux. L'exceptionnelle largeur de la scène, la hauteur des plafonds, la forme de la mezzanine… Je suis déjà venu ici il y a longtemps.

Je suis à Broadway, au Winter Garden Theater. Ma mère m'y avait emmené voir Cats *peu de temps avant sa mort.*

Je me lève et, sous une clameur de réprobation, bouscule mes voisins pour m'extraire de la rangée de sièges. Je remonte la travée de l'auditorium, descends les escaliers et quitte le théâtre.

1.

Broadway, le soir.

Je fis quelques pas et, déjà, j'étais dans la frénésie de Times Square, encerclé par la foule, les autobus, les chariots à hot-dogs. Les écrans publicitaires enchaînaient des spots romantiques pour des marques de bijoux. Sur les trottoirs, des vendeurs à la sauvette essayaient de refourguer des ballons en forme de cœur gonflés à l'hélium et des bouquets de fleurs déjà flétris. Il était un peu plus de 19 heures. On était le 14 février 2011, le soir de la Saint-Valentin.

Alors que je hélais un taxi, je me remémorai ce matin de juillet 1992 où Jeffrey Wexler m'avait fait libérer de prison. J'avais loué une voiture tout près d'ici et je n'y étais pas vraiment revenu depuis. En vingt ans, l'endroit s'était transformé une vaste zone d'*entertainment* à ciel ouvert. Les Disney Store et les boutiques familiales avaient remplacé les peep-shows et les cinémas porno. Les SDF, les drogués et les prostituées avaient laissé la place aux touristes.

Un Ford Escape Hybrid s'arrêta à mon niveau. Je sautai dans le taxi et, dix minutes plus tard, j'étais chez un fleuriste de Bleecker Street pour acheter à Lisa une composition florale sophistiquée d'orchidées blanches et de roses.

Mon bouquet à la main, je toquai à la porte, excité et heureux de retrouver ma femme et mes enfants.

Mais ce ne fut pas Lisa qui m'ouvrit.

– Bonsoir, que puis-je pour vous ? me demanda une blondinette d'à peine vingt ans qui portait un sweat-shirt trop grand aux couleurs de la Stockholm School of Economics.

– Où est ma femme ?

– Qui êtes-vous, monsieur ?

– Vous, qui êtes-vous ? demandai-je en élevant la voix.

Elle prit peur et referma légèrement la porte.

– Je suis la baby-sitter. C'est moi qui garde Benjamin et Sophia lorsque madame…

– Papa ! Papa ! s'écria Ben en se jetant dans mes bras.

Je le soulevai et le fis tournoyer en l'air.

– Salut, mon grand ! Qu'est-ce que tu as poussé, dis donc !

Ignorant la Suédoise, je rentrai en force dans la maison.

Sophia n'était pas dans le salon. Je posai mon bouquet sur la table et montai dans sa chambre. Ma petite fille était profondément endormie dans son lit.

– Elle est déjà couchée ? m'étonnai-je à voix basse.

– Sophia était un peu malade aujourd'hui, expliqua la baby-sitter, mal à l'aise.

– C'est-à-dire ?

– Bronchite, rhino et otite. La totale.

Sans la réveiller, j'embrassai ma fille et posai la main sur sa tête.

– Elle a de la fièvre.

– J'ai vu, répondit-elle, mais j'ai préféré ne pas la réveiller. Je lui donnerai du paracétamol plus tard.

Je descendis à la cuisine.

– Tu sais où est maman, Ben ?

– Elle est sortie.

– Je vois bien, mais tu sais où ?

Mon fils secoua la tête.

– Où est ma femme ? demandai-je à la jeune fille.

– Je n'en sais rien. Je ne savais même pas que Lisa était mariée et, de toute façon, elle ne me dit pas où elle va quand elle sort…

Déjà, je ne l'écoutais plus. Lisa avait forcément laissé une adresse au cas où. Je regardai près du téléphone, puis dans la coupelle qui servait de vide-poches et enfin sur le frigo. Retenue par un magnet, une feuille arrachée d'un carnet portait l'inscription manuscrite : Restaurant Bouley, 163 Duane Street, suivie d'un numéro de téléphone.

Un restaurant. Le soir de la Saint-Valentin…

– C'est là qu'elle dîne ?

– Je ne sais pas, je vous ai dit !

– Bordel…, grognai-je en la fusillant du regard.

Mon fils m'agrippa par la manche.

– Tu ne dois pas dire de gros mots, papa !

Je m'agenouillai pour être à sa hauteur.

– Tu as raison. Écoute, je vais chercher maman et je reviens, d'accord ?

– Je peux venir avec toi ?

– C'est inutile, on sera tous là dans une demi-heure. Si tu es sage, je te préparerai des lasagnes.

– Mais j'ai déjà mangé.

– Un dessert, alors ? Un bon sundae avec de la sauce au caramel et des amandes grillées !

– Maman n'aime pas que je mange de crème glacée. Elle dit que c'est gras et sucré.

Je soupirai en lui ébouriffant les cheveux.

– À tout à l'heure, mon grand.

2.

Je renonçai à prendre un taxi. La circulation était trop dense, TriBeCa n'était pas très loin et courir me permit de me dérouiller les jambes.

Cap au sud : MacDougal Street, la 6e Avenue et Broadway jusqu'à Duane Street.

– Vous avez une réservation, monsieur ?

Essoufflé, transpirant, je débarquai dans le restaurant gastronomique comme un chien dans un jeu de quilles. Ma parka rouge et mon jean détonnaient au milieu des costumes et des robes de soirée.

– Je désire simplement vérifier si ma femme est ici.

– Je peux aller la chercher, monsieur, répondit-il en consultant l'écran de son ordinateur. À quel nom la réservation a-t-elle été effectuée ?

– Je vous remercie, mais je préfère aller voir moi-même.

– Mais enfin monsieur, vous ne…

Je dépassai le corridor d'entrée pour arriver dans la salle principale.

En cette soirée de Saint-Valentin, la clientèle était exclusivement constituée de couples.

Bouley était le restaurant romantique par excellence : cadre chic, ambiance enveloppante, chandeliers, plafond voûté, toiles au mur qui évoquaient la Provence.

Je repérai Lisa assise à une table près de la cheminée en pierre qui trônait au centre de la pièce. Apprêtée, élégante et détendue, elle faisait face à un homme qui me tournait le dos.

Lorsqu'elle m'aperçut, son visage se crispa. Elle plia sa serviette, se leva et se précipita vers moi avant que j'aie pu atteindre sa table.

– Arthur, qu'est-ce que tu fais là ?

– C'est plutôt à moi de te poser la question, non ?

– Je travaille. J'essaie de gagner ma vie pour nourrir notre famille.

– En dînant aux chandelles un soir de Saint-Valentin ? Tu te fous de moi ?

Les conversations s'arrêtèrent et des dizaines de paires d'yeux nous fixèrent avec réprobation. Le maître d'hôtel intervint pour nous demander de terminer notre discussion dans le hall.

– Écoute, Arthur, de ma vie, je n'ai jamais fêté une seule Saint-Valentin. Je suis ici pour un dîner professionnel. Ne fais pas de scène, je t'en supplie.

– Ne me prends pas pour un idiot ! C'est qui, ce type ?

– Nicolas Hull, un écrivain et un scénariste renommé. Il voudrait me confier un rôle dans une série télé qu'il prépare pour AMC.

– Donc il suffit qu'un type te fasse miroiter un rôle pour que tu te laisses inviter au restaurant habillée comme une pute ?

– Je t'interdis de m'insulter !

Remonté, je l'accablai de reproches, l'accusant de sortir pendant que sa fille de trois ans était malade. Mais Lisa refusa d'endosser le rôle de la mauvaise mère.

– On est en février. Sophia a un rhume, comme 90 % des enfants de cette ville. C'est normal, en hiver. Mais ça, tu ne le sais pas, puisque tu n'es jamais à la maison !

– Tu sais pertinemment que je n'y peux rien ! Tu sais aussi combien j'en souffre. Combien ce que je vis est un cauchemar !

– Et pour moi, tu crois que ce n'en est pas un, de cauchemar ?

Alors que nous nous disputions, je sentais son parfum de vanille et de violette. Lisa était resplendissante. Souples et soyeux, ses cheveux, qu'elle portait détachés, retombaient sur ses épaules nues et sur sa poitrine protégée par un haut noir en dentelle. Deux bracelets en émail tintaient à ses poignets. Elle avait dû passer des heures à se faire belle pour quelqu'un qui n'était pas moi. On ne choisit pas de qui on tombe amoureux. Lisa avait toujours eu besoin de tester son pouvoir de séduction sur les hommes. C'était son oxygène. Une sorte de baromètre de sa féminité. Je l'avais deviné dès le début et ça n'avait pas cessé avec le temps. Ça me rendait triste. Ça me rendait fou.

Je fis des efforts pour masquer ma colère. J'étais là pour vingt-quatre heures. *Les choses pouvaient encore s'arranger*, pensai-je naïvement. Mais je me trompais.

– Rentrons chez nous, Lisa. Allons retrouver nos enfants.

– Pas avant d'avoir terminé mon rendez-vous. Je veux vraiment décrocher ce rôle. Je sais que je peux y arriver.

Je perdis patience.

– On ne peut se voir qu'un seul jour par an et tu me dis sans sourciller que tu préfères terminer ton repas avec un autre homme plutôt que de passer la soirée avec moi ?

– Accorde-moi deux petites heures et je te rejoins à la maison. Le temps de mettre fin proprement à ce rendez-vous.

– Non. Tu ne retournes pas avec ce type !

Je la pris par la main, mais elle se dégagea en criant :

– Arrête de nous donner en spectacle ! Je ne te demande pas ta permission ! Je ne suis pas un objet ! Je ne t'appartiens pas !

– Rentre avec moi, Lisa, sinon…

– Sinon quoi ? Tu vas me frapper ? Tu vas me traîner par les cheveux jusqu'à la maison ? Tu vas me quitter ? Mais tu ne sais faire que ça, Arthur : me quitter !

Elle tourna les talons pour rejoindre sa table.

– Putain d'homme qui disparaît ! me lança-t-elle en regagnant la salle.

3.

Je sortis du restaurant écumant de colère et submergé par le chagrin.

Sur le trottoir, le voiturier accueillait une nouvelle cliente, une créature aux cheveux longs et raides, perchée sur des cuissardes lacées en cuir et en métal. Il ouvrit la portière à sa conductrice, l'aida à sortir de son roadster cabriolet.

Alors, tout s'enchaîna. Sur un coup de sang, je me précipitai vers elle pour m'emparer des clés du véhicule qu'elle tendait à l'employé.

– Hé !

Profitant de la confusion, je m'installai sur le siège avant et fis crisser les pneus en démarrant.

Je quittai Manhattan en remontant le long de l'Hudson et pris la State Highway qui menait à Boston.

Pied au plancher, je roulai pendant quatre heures, accélérant dès que je le pouvais, au mépris de toutes les règles de prudence. J'étais en fuite, fébrile, perdu, consterné par la réaction de la femme que j'aimais. Je sentais qu'une digue était en train de sauter. J'étais fatigué, usé, incapable de savoir comment reprendre le contrôle de ma vie. Quelle prise avais-je sur les événements ? Aucune. Je subissais tout. Depuis vingt ans, mon existence m'échappait. Je n'étais qu'un intermittent de ma propre vie. J'avais lutté, j'avais essayé de faire au mieux. Je ne rechignais pas au combat, mais comment se battre lorsque vous ne savez même pas qui est votre ennemi ?

Dès que j'arrivai à Boston, mes vieilles marottes reprirent le dessus. Je garai le roadster dans une rue de Charlestown et je poussai la porte du MacQuillan, le pub irlandais dans lequel j'avais eu mes habitudes.

Enfin un endroit qui n'avait pas changé ! Le bar existait depuis la fin du XIXe siècle. Il baignait dans le même jus que lorsque j'avais vingt ans : même comptoir en forme de fer à cheval, même ambiance de taverne, même bois sombre du sol au plafond.

Sur les murs, des photos sépia rappelaient le passé de débauche de l'établissement. Au sol, de la sciure donnait au pub des allures de saloon. Dans les verres, whisky et bière coulaient à flots.

Je me hissai sur un tabouret et commandai une première pinte.

C'était Frank qui m'avait fait connaître ce bar, fréquenté essentiellement par des hommes. Les clients du MacQuillan ne venaient pas ici pour draguer, pour se faire des amis ou pour se délecter d'*appetizers* sophistiqués : ils venaient boire sec. Pour oublier leur journée, leur boulot, leurs problèmes, leur femme, leur maîtresse, leurs enfants, leurs parents. Ils venaient ici pour se soûler. Pour s'assommer. Et c'est ce que je fis, enchaînant les pintes et les shots de whisky. Je bus jusqu'à l'épuisement. Jusqu'à ne plus pouvoir articuler un mot. Jusqu'à ne plus tenir debout. Lorsque le bar ferma, je me traînai dans la rue et m'effondrai dans ma nouvelle voiture.

4.

Je cuvai mon alcool jusqu'au lever du soleil, mais c'est davantage le froid glacial que le jour qui me réveilla. La bouche pâteuse et l'esprit embrouillé, je tournai la clé de contact et poussai le radiateur à fond. Je pris la direction du sud, traversai le Harvard Bridge et roulai jusqu'à Jamaica Plain. Il était 7 heures du matin lorsque je garai le roadster sur le parking du cimetière de Forest Hills.

À cette heure-ci, les grilles étaient encore closes mais, malgré ma gueule de bois carabinée, j'escaladai le mur d'enceinte dans sa partie basse.

Les cent hectares du parc étaient recouverts par la gelée. Une pellicule blanche avait gommé les lignes qui délimitaient les sentiers. La végétation était brûlée par le froid. L'eau des fontaines avait gelé. Les statues ressemblaient à des êtres de chair et de sang qu'un souffle polaire aurait figés en plein mouvement.

L'haleine chargée d'alcool et la tête lourde, je gravis au pas de course la pente de la colline, inhalant un air glacial qui irritait mes poumons. En arrivant de l'autre côté du versant, je découvris la surface miroitée du lac qui reflétait les coteaux boisés et le bleu du ciel.

Je descendis le long du chemin forestier jusqu'aux allées de gravier qui desservaient les tombes et les caveaux. Une légère nappe de brouillard planait sur le carré où s'élevait la pierre tombale de mon père.

FRANK COSTELLO
2 JANVIER 1942
6 SEPTEMBRE 1993
J'ai été ce que vous êtes,
vous deviendrez ce que je suis.

– Salut, Frank. Fait pas chaud, hein ?

J'éprouvais un drôle de sentiment. Plus que jamais, je lui en voulais d'avoir gâché ma vie. Mais une partie de moi avait aussi besoin de renouer le dialogue.

– C'est beau ici, mais c'est mort, constatai-je en m'affalant sur un muret de clôture. Les journées doivent te sembler longues. Tu dois bien te faire chier, non ?

Dans ma poche, je retrouvai un paquet de cigarettes et une boîte d'allumettes que m'avait laissée une serveuse du MacQuillan. Je m'en allumai une, aspirant une bouffée avec délectation.

– Même ça, t'y as plus droit. Remarque, ça t'a tué, alors…

Je recrachai une volute de fumée qui se cristallisa dans l'air glacé avant de disparaître.

– Finalement, c'est bien toi qui avais raison : on ne peut faire confiance à personne dans la vie. Merci de m'avoir prévenu si tôt, même si je n'ai pas suffisamment mis cette leçon à profit.

Un oiseau s'envola d'une branche en s'ébrouant, faisant voltiger quelques flocons qui étaient tombés la veille.

– Ah oui, je ne t'ai pas dit : tu es grand-père. Si, si, c'est vrai. J'ai un fils de neuf ans et une petite fille de trois ans. Je ne suis pas un très bon père, mais j'ai des excuses. Contrairement à toi.

Je me levai du muret pour m'approcher de la dalle de marbre. La tombe était nue. Pas de bouquets de fleurs, pas de plantes, pas de plaque commémorative.

– J'ai comme dans l'idée que tes enfants ne doivent pas venir te rendre visite souvent, dis-moi ! En fait, tu ne manques à personne. J'ai toujours cru que c'était pour moi que tu n'avais aucune affection, mais j'avais tort : même eux, tu ne les aimais pas.

Je tirai une nouvelle bouffée que je trouvai plus âcre que la première avant d'écraser le mégot sous mon talon.

– Pourquoi tu ne nous aimais pas, Frank ?

Je m'approchai encore de la pierre tombale jusqu'à buter contre le soubassement.

– Tu sais, j'ai beaucoup réfléchi à ça dernièrement et je crois que j'ai un début de réponse. Tu ne nous aimais pas parce que l'amour rend vulnérable. C'est un fait : dès que tu as un enfant, tu as peur de le perdre. Dès que tu as un enfant, tes fortifications s'effondrent. Tu es désarmé, fragile. Si quelqu'un veut te faire du mal, il n'a plus besoin de t'attaquer, toi. Alors, tu deviens une cible facile.

Le brouillard s'était dissipé. Les premiers rayons du soleil dardaient derrière les caveaux.

– Mais toi, continuai-je, tu refusais d'être faible. Tu voulais être inatteignable, tu voulais être libre, quitte à être seul. Il y a un peu de ça, n'est-ce pas ? Tu ne nous aimais pas pour ne pas être en situation de faiblesse. Tu ne nous aimais pas pour te protéger.

Le vent se leva. Pendant plus d'une minute, j'attendis une réponse qui ne vint pas.

Puis soudain, portée par la brise matinale, une odeur chaude, printanière, décalée, qui me cueillit à froid.

Des effluves de fleur d'oranger.

Non, ce n'est pas possible !

Alors que mes membres étaient pris d'une crise de tremblements et que mes jambes flageolaient, je cherchai à comprendre ce qui m'arrivait. Il était à peine plus de 7 heures du matin. Cela ne faisait que douze heures que j'étais réapparu.

Je ne peux pas repartir maintenant !

Mais une décharge électrique foudroya mon cerveau.

Le sol gelé se déroba sous mes pieds.

Et je disparus.

2012

L'un sans l'autre

Me sentir seul, j'en avais l'habitude, mais la haine de soi est bien pire que la solitude.

John IRVING

0.

Une odeur fraîche et tonique de lavande.

Des notes boisées de résine de pin. En bruit de fond, une mélodie entraînante tout juste éraillée par des craquements de vinyle: la chanson Volare, *interprétée par la voix chaude et enveloppante de Dean Martin.*

J'ai des palpitations et des sueurs. Une grande difficulté à décoller les paupières. La gorge sèche, l'impression d'avoir du sable dans la bouche et une migraine sévère comme si je n'avais toujours pas dessoûlé.

Des borborygmes secouent mon estomac. J'esquisse un mouvement, qui se bloque à cause de crampes musculaires.

C'est finalement la nécessité d'étancher ma soif qui me fait ouvrir les yeux. Il fait jour. Je reprends mes esprits progressivement. Un coup d'œil à ma montre: un peu plus de 4 heures de l'après-midi.

À moitié affalé dans un vieux canapé Chesterfield, je suis dans une boutique chaleureuse tout droit sortie des années 1950. Je regarde sur les étagères autour de moi : des pots de crème, des lotions, des pains de savon, des blaireaux, un électrophone. Je me mets debout, chancelle, parviens à déchiffrer l'inscription peinte sur la devanture.

Je me trouve dans l'échoppe d'un barbier d'East Harlem.

1.

– Tu t'installes, mon gars ? proposa une voix derrière moi.

Je sursautai en découvrant le propriétaire des lieux : un vieux Black à la barbe grise, coiffé d'un borsalino et vêtu d'une chemise, d'un gilet et d'un pantalon à rayures retenu par des bretelles.

D'un geste de la main, il m'invita à prendre place dans un fauteuil incliné en cuir rouge.

– Je ne t'ai pas entendu entrer, mais il faut dire que je suis sourd comme un pot ! lança-t-il en partant dans un grand éclat de rire.

– Excusez-moi, monsieur, mais…

– Appelle-moi Djibril.

– J'ai très soif, Djibril. Pourrais-je vous demander un verre d'eau et un peu d'aspirine ?

– On va te trouver ça, promit-il en disparaissant dans l'arrière-boutique.

Dans un coin du salon, une pile de magazines tenait en équilibre sur un vieux guéridon en acajou qui poudroyait au soleil. La revue la plus récente était un numéro d'*Entertainment Weekly* daté de la semaine du 24 février 2012. En couverture, la photo d'une femme blonde, aux cheveux courts et au regard dur, surmontée du titre :

Lisa Ames
Rencontre avec l'héroïne de *Past Forward*,
la nouvelle série phénomène.

Une Lisa plus mince, plus provocatrice et plus glaciale que la femme que je connaissais. Je feuilletai l'hebdomadaire, lisant l'article en diagonale. Ainsi, elle avait réussi à obtenir le rôle dont elle avait toujours rêvé. Devais-je m'en réjouir ou le regretter ?

– Voilà, jeune homme ! me dit Djibril en revenant avec un siphon d'eau de Seltz et une tablette de paracétamol.

Après avoir pris deux comprimés et descendu trois verres d'eau, je commençai à me sentir mieux, même si j'avais toujours une gueule de bois carabinée.

Je me regardai dans le miroir avec consternation. J'avais quarante-six ans et je portais désormais mon âge en bandoulière. Mes yeux étaient plus sombres, cernés, enfoncés dans leurs orbites, attaqués à leur extrémité par des pattes-d'oie. Mes cheveux noirs avaient viré poivre et sel et des sillons s'étaient creusés sur mon front. J'avais des plis autour du cou et un teint pâlot. Les contours de mon visage s'étaient relâchés. Ils avaient perdu leur netteté et leur caractère. Désormais, deux sillons verticaux partaient de mes narines jusqu'à la commissure de mes lèvres, débordant sur mes joues pour me donner un air accablé.

Épuisé, je me laissai tomber dans le fauteuil. Djibril m'appliqua sur le visage une serviette chaude qui sentait la menthe poivrée. Tandis que je me relaxais, je l'entendais affûter son coupe-chou sur la face de cuir d'une raquette. Avec un blaireau, il appliqua ensuite une mousse savonneuse et fit glisser le tranchant de sa lame sur mes joues et ma gorge. Je m'abandonnai à son geste assuré tout en me remémorant mes déboires de la « veille ».

Mon altercation avec Lisa m'avait fait perdre le cap et entraîné dans une errance coupable. J'avais gâché une journée précieuse que j'aurais pu passer avec mes enfants.

Le barbier me rinça à l'eau tiède et nettoya une petite coupure à la pierre d'alun. Puis il termina son œuvre en posant une nouvelle serviette chaude et mentholée sur mon visage et mes paupières. Les yeux clos, j'entendis la sonnette qui annonçait l'entrée d'un client. Je restai un instant immobile, essayant de récupérer le maximum de forces, lorsqu'une voix familière m'interpella :

– Alors, gamin, on cherche à avoir la peau douce ?

Je sursautai, retirai le linge qui me couvrait le visage et découvris Sullivan qui venait de s'asseoir dans le fauteuil à côté du mien.

Mon grand-père avait maigri. Les rides sur son visage s'étaient creusées. Il avait l'air fatigué, mais son regard était toujours pétillant et malicieux.

– Ça fait du bien de te voir, dis-je en lui donnant une longue accolade. Je suis désolé, on s'est ratés, la dernière fois.

– Ouais, je sais. Lisa m'a raconté. T'as sacrément merdé.

– Les torts étaient partagés, me défendis-je.

Sullivan émit un grognement, puis se tourna vers Djibril pour faire les présentations.

– C'est mon petit-fils, Arthur. Je t'ai déjà parlé de lui.

Le vieux Black partit dans un autre éclat de rire.

– C'est lui, l'homme qui disparaît ?

– Tout juste !

Le barbier me mit la main sur l'épaule.

– Tu sais que je taillais déjà la barbe de ton grand-père en 1950 ? Sullivan et moi, ça fait soixante ans qu'on se connaît !

– C'est vrai, vieille fripouille ! Et si, pour fêter ça, tu allais chercher une bouteille de whisky dans ta réserve ?

– J'ai un Bushmills de vingt ans d'âge. Tu m'en diras des nouvelles ! promit le barbier en s'éclipsant.

Sullivan sortit de la poche de sa veste un téléphone cellulaire et composa un numéro.

– J'appelle Lisa. Elle est en Californie sur le tournage de sa série.

Cette information me consterna. Alors que j'étais bien décidé à ne pas perdre une journée supplémentaire et à sauver mon couple, la perspective de ne pas voir ma femme cette année me laissait désemparé.

– Sophia est avec elle, mais ton fils est resté à New York, précisa-t-il pour me mettre du baume au cœur.

Après avoir échangé quelques mots avec Lisa, mon grand-père me tendit l'appareil.

– Bonjour, Arthur.

La voix franche et ferme de Lisa était toujours aussi agréable à entendre.

– Bonjour, Lisa. Je suis désolé pour la dernière fois.

– Tu peux l'être. Je t'ai attendu toute la nuit. Ton fils surtout t'a attendu.

Le portable collé à l'oreille, je sortis sur le trottoir pour pouvoir discuter sans être entendu. Une idée me traversa l'esprit.

– Je pourrais peut-être venir te voir en Californie ? Si je pars maintenant à l'aéroport, je…

– Ça ne servirait qu'à nous faire du mal, me coupa-t-elle, cinglante. En revanche, si tu pouvais passer un peu de temps avec Ben, je crois que ça serait utile.

– Il va bien ? m'inquiétai-je.

– Non, justement, il ne va pas bien du tout, m'assena-t-elle sur un ton de reproche à peine voilé. Il est ingérable en ce moment. À l'école, il ne travaille plus, il se bat avec tout le monde, il vole, il fugue. Et ce n'est pas mieux à la maison : impossible de le canaliser. Dire qu'il n'est pas très coopératif est un euphémisme. Il peut même se montrer violent. Moi, je n'y arrive plus. Son arrière-grand-père est le seul à parvenir à le raisonner. Parfois.

La détresse que je perçus dans sa voix me glaça.

– Il faudrait peut-être en parler avec un psy.

– On ne t'a pas attendu, figure-toi. Ça fait plusieurs mois que Ben est suivi. Son école nous l'a imposé.

– Et qu'en pense le médecin ?

– Que son comportement est un appel à l'aide. Mais je n'avais pas besoin d'un psychiatre pour savoir que Ben vit très mal notre situation. Enfin, ta situation, plutôt...

– Forcément, c'est encore ma faute ! Tu crois peut-être que ça lui fait du bien que tu vives à quatre mille kilomètres de lui ?

– Je vois mon fils toutes les semaines. Et je ne suis pas Pénélope : je ne peux pas rester à la maison à t'attendre sagement en me gavant de somnifères et d'antidépresseurs.

Je regardai les gens qui marchaient sur le trottoir d'en face. En vingt ans, les rues d'Harlem aussi avaient beaucoup changé. Davantage de mixité, de familles, de rires d'enfants.

– Dans trois ans, tout sera fini, dis-je à Lisa en y mettant le plus de conviction possible.

– Non, personne ne sait ce qui se produira dans trois ans.

– Lisa, on ne va pas encore passer le peu de temps que nous avons à nous disputer. On s'aime et on…

– Non, tu ne m'aimes pas ! m'interrompit-elle avec véhémence. En tout cas, tu ne m'as jamais aimée pour ce que je suis vraiment. Tu aimes une vague idée que tu te fais de moi, mais qui ne correspond pas à la réalité.

Je voulus la contredire, mais elle ne m'en laissa pas le temps.

– Je dois y aller, me dit-elle sèchement.

Et elle raccrocha.

2.

– Avale ça, gamin, me dit Sullivan en me tendant un verre de whisky.

Je déclinai son offre, mais il insista :

– Allez, fais honneur à ton sang irlandais ! Tu connais le proverbe : en Irlande, on ne boit du whisky qu'en deux occasions. Quand on a soif et quand on n'a pas soif.

Je me tournai vers Djibril.

– Vous n'avez pas un café, plutôt ?

– Eh, jeune homme ! Il n'y a pas écrit « Bar », mais « Barbier » sur ma devanture ! répondit-il en se tapant sur les cuisses.

Sullivan fouilla dans sa poche pour en sortir deux tickets cartonnés qu'il posa devant lui.

– Les Knicks jouent contre Cleveland ce soir au Madison Square Garden. J'avais acheté ces deux places pour Djibril et moi, mais ce serait mieux que tu y ailles avec ton fils.

– Si vous aviez prévu d'y aller tous les deux, je ne veux pas vous…

– Te bile pas pour nous, intervint Djibril. Va voir le match avec ton loupiot. À la place, Sullivan et moi, on ira se manger un poulet au curry ou un carré d'agneau au Red Rooster. Et peut-être même boire un verre au strip-club de la 124e Rue. Et tu sais quoi ? Je vais te le préparer, ton café !

Je profitai d'être seul avec Sullivan pour lui faire part de ce qui me tourmentait.

– J'ai eu un problème lors de mon retour l'année dernière. Un grave problème.

Il poussa un long soupir, chercha son paquet de Lucky Strike et en tira une cigarette qu'il coinça derrière son oreille.

– Le voyage a duré moins de temps que prévu, dis-je. Beaucoup moins de temps : douze heures au lieu de vingt-quatre !

Sullivan fit jaillir une haute flamme de son briquet tempête.

– C'est ce que je craignais, déplora-t-il en allumant le rouleau de tabac. Il m'est arrivé la même chose. Mes quatre derniers voyages étaient significativement plus courts.

– Comment ça ?

– Leur durée est divisée par deux chaque fois : d'abord douze heures, puis six, puis trois.

– Et le dernier ?

– Il a duré à peine plus d'une heure.

Le silence s'abattit dans la pièce. Je ne parvenais pas à croire ce qu'il venait de me révéler. Puis la colère fit place à la sidération.

– Mais pourquoi tu ne m'as rien dit ? criai-je en abattant mon poing sur la console.

Fatigué, Sullivan se frotta les paupières.

– Parce que ça n'aurait servi à rien, Arthur. Seulement à te miner le moral.

Je ramassai les deux tickets sur la table et quittai le salon du barbier.

Le cauchemar continuait.

3.

L'école primaire de mon fils était située à l'intersection de Greene Street et de Washington Place, dans un bâtiment en brique ocre qui jouxtait un immeuble de la New York University.

Adossé au mur d'en face, j'observais la sortie des élèves qui se dispersaient sur le trottoir dans les rires et le brouhaha. Des mômes qui n'avaient pas dix ans et qui se comportaient déjà comme des ados : fillettes accoutrées avec des fringues de jeunes femmes, petits gars qui jouaient les lascars.

Lorsque j'aperçus Benjamin, je faillis ne pas le reconnaître. Lui aussi avait drôlement grandi. Ses beaux cheveux blonds avaient poussé. Il portait un jean sombre, un blouson bomber avec un col en fourrure et les mêmes Stan Smith que lorsque j'avais son âge.

– Pourquoi c'est toi qui viens me chercher ? demanda-t-il en dépliant sa trottinette.

– Cache ta joie, dis donc ! lui lançai-je en le serrant dans mes bras.

Il chercha à se dégager de mon étreinte et s'élança sur sa patinette en direction du parc.

– Ce soir, on sort entre mecs, dis-je en marchant derrière lui. J'ai deux places pour aller voir jouer les Knicks.

– Pas envie d'y aller. J'aime pas le basket, marmonna Ben en accélérant de plus belle.

– Eh bien, on ira quand même ! criai-je alors qu'il me distançait.

C'est pas gagné…

Et j'étais encore loin de la réalité. Pendant toute la soirée au Madison Square Garden, je fixai mon fils avec une boule dans le ventre. Il me traitait comme un étranger, fuyant tous mes regards complices, se contentant de répondre à mes questions par des monosyllabes.

J'avais été un père absent et il m'en faisait aujourd'hui payer l'addition. Au fond de moi, je le comprenais parfaitement. Même les rares fois où j'avais été là, j'étais si anxieux et préoccupé que je n'étais jamais totalement avec lui. Une part de moi était toujours ailleurs : déjà tournée vers demain, dans la hantise d'un prochain réveil. Je n'avais jamais pris le temps

– je ne l'avais jamais eu – de lui transmettre quelque chose. Aucune véritable fondation, aucun système de valeurs, aucun bréviaire pour traverser les épreuves. Mais qu'aurais-je bien pu lui léguer, moi qui n'avais hérité de mon propre père qu'un regard négatif sur le monde et dont l'existence se résumait à un combat perdu d'avance contre les méandres du temps ?

New York écrasa Cleveland 120 à 103. Malgré le froid, Benjamin insista pour rentrer à pied. Arrivé devant chez nous, je regardai ma montre et lui proposai :

– Ça te ferait plaisir d'aller manger un *lobster roll* ?

Il leva vers moi son beau visage et me regarda avec des yeux que je ne lui connaissais pas. Des pupilles où brillait une flamme vive et inquiétante.

– Tu sais ce qui me ferait vraiment plaisir ?

Je m'attendais au pire, et le pire arriva. Benjamin ouvrit la bouche et je l'entendis prononcer avec hargne :

– Que tu ne reviennes jamais ! Que tu disparaisses pour toujours de notre vie !

Il marqua une pause et reprit de plus belle :

– Laisse-nous tomber. Oublie-nous ! Arrête de faire du mal à maman ! Tu n'es bon qu'à ça : faire du mal aux gens.

Ces paroles me déchiraient le cœur comme autant de coups de poignard.

– Tu n'es pas juste avec moi, Ben. Tu sais très bien que tout ça n'est pas ma faute…

– Arrête de dire tout le temps que c'est pas ta faute ! On s'en fiche, de qui c'est la faute ! T'es pas là, et c'est tout ! Et je vais te dire autre chose : pour ne pas traumatiser Sophia, maman ne lui a jamais dit que tu étais son père ! Mais t'as même pas remarqué qu'elle ne t'appelait jamais papa !

Il avait raison sur toute la ligne et cette vérité m'était insoutenable.

– Écoute-moi, Ben. Je sais que cette situation est très difficile à vivre et à comprendre pour toi, mais dis-toi qu'elle ne durera pas toute la vie. Encore trois ans et tout redeviendra normal.

– Non.

– Comment ça, non ?

À présent, de grosses larmes coulaient sur ses joues. Je le serrai dans mes bras.

– Dans trois ans, Sophia et moi, on sera morts… hoqueta-t-il au creux de mon oreille.

– Mais non, mon grand ! Qui t'as raconté ça ?

– Sullivan…

Je contins tant bien que mal la colère qui montait en moi, et je portai mon fils jusqu'à l'Oyster Bar. Le restaurant était aux trois quarts vide. Nous nous installâmes à une table tranquille au fond de la salle et je commandai deux sandwichs et deux sodas.

– Dis-moi précisément ce que Sullivan t'a raconté.

Il se frotta les yeux, prit une gorgée de son Coca et expliqua entre deux sanglots :

– Depuis quelques mois, grand-père ne va pas très bien. Il tousse et il boit beaucoup. Un soir où maman avait fait des crêpes, elle m'a demandé de lui en apporter. Je suis allé chez lui, j'ai frappé, mais il n'est pas venu m'ouvrir. J'allais repartir lorsque j'ai vu que la porte n'était pas fermée à clé. Je suis rentré et je l'ai trouvé complètement soûl, couché sur le sol du salon.

– C'était quand ?

Il leva les yeux pour réfléchir.

– Il y a trois mois. Je l'ai aidé à se relever. Il sentait fort l'alcool. Je suis resté un peu avec lui et je lui ai demandé pourquoi il buvait autant. Il m'a dit que c'était pour oublier la peur. Je lui ai demandé de quoi il avait peur. Et c'est là qu'il m'a raconté son histoire et qu'il m'a dit qu'il allait t'arriver la même chose. Le matin qui suivra le vingt-quatrième voyage, tout aura disparu. À ton réveil, maman ne te reconnaîtra plus et Sophia et moi, on n'aura jamais existé.

J'essuyai les larmes qui coulaient sur ses joues avec une serviette en papier et je tentai de le rassurer.

– C'est ce qui est arrivé à Sullivan, c'est vrai, mais ça ne signifie pas que ça va nous arriver à nous.

– Pourquoi on y échapperait ?

– Parce que nous, on s'aime. Et on forme une famille, tous les quatre. On est le clan Costello. Tu sais ce que disait Shakespeare ? « L'amour rampe, s'il ne peut marcher. » Tu sais ce que ça signifie ?

– Que l'amour est toujours plus fort que tout ?

– Exactement. C'est pour ça que tu n'as rien à craindre.

Quelques secondes, le magistère de Shakespeare fit son effet, puis, très vite, la réalité reprit le dessus.

– Tu penses que maman, elle t'aime encore ? demanda Ben en picorant une frite. Parce que je crois qu'elle aime bien ce type, là, Nicolas.

Je masquai mon chagrin et me renseignai :

– Nicolas Hull, l'écrivain ?

La mine déconfite, mon fils approuva de la tête.

– Ouais, l'écrivain. Il la fait rire quand il vient à la maison, et je l'ai entendue dire à quelqu'un au téléphone qu'il s'occupait bien d'elle.

Je regardai mon fils droit dans les yeux et lui répondis, l'air le plus convaincant possible :

– Écoute-moi bien, Ben, il ne faut pas que tu doutes de moi. L'homme que maman aime vraiment, c'est moi. Parce que je suis votre père, à Sophia et à toi. Et quand je serai définitivement revenu, moi aussi je saurai la faire rire et je m'occuperai d'elle.

Je vis que je l'avais un peu rassuré. À présent, il avait retrouvé son appétit. Une fois nos *lobster rolls* avalés, nous rentrâmes chez nous où l'attendait la fille au pair.

Comme on en avait l'habitude lorsqu'il était petit, on se brossa les dents tous les deux dans la salle de bains, puis je le bordai et lui souhaitai bonne nuit.

– Il reste encore trois années difficiles à passer, d'accord, Ben ? On peut y arriver si on forme une équipe et si on se fait confiance. Pour ça, il faut que tu m'aides en étant bien sage et en arrêtant tes bêtises, OK ?

– OK. Je suis l'homme de la maison.

– Absolument.

– Et toi, tu es l'homme qui disparaît ! Maman t'appelle toujours comme ça.

– C'est vrai, admis-je. Je suis l'homme qui disparaît.

Et de fait, je commençais à trembler.

– Bonne nuit, mon grand, dis-je en éteignant la lumière pour ne pas qu'il me voie convulser.

– Bonne nuit, papa.

Les larmes aux yeux, je me traînai jusqu'à la porte, sortis de la chambre et disparus avant même d'avoir pu mettre un pied sur la première marche de l'escalier.

Quel crime avais-je commis qui méritait d'être payé d'un prix si élevé ?

Quelle faute impardonnable fallait-il donc que j'expie ?

2013

La saison des pluies

La vie est une suite de séparations soudées ensemble.

Charles DICKENS

0.

Des chuchotements.

Une odeur de cuir et de vieux livres.

Un silence studieux à peine perturbé par le bruissement des feuilles que l'on tourne. Des toussotements étouffés. Le cliquetis des touches sur les claviers. Les craquements légers d'un parquet.

Ma tête est posée sur une surface en bois qui sent la cire. J'ouvre les yeux et me redresse dans un sursaut. Mes bras pendent le long de deux accoudoirs. Autour de moi, des milliers de livres classés sur des kilomètres de rayonnages, des lambris finement sculptés, des lustres monumentaux, des tables de travail patinées, des lampes de banquier en laiton avec leurs abat-jour en opaline verdâtre.

Je suis dans la salle de lecture de la bibliothèque publique de New York.

1.

Encore étourdi, je me levai de mon fauteuil et commençai à explorer les lieux.

Sur le fronton de la porte principale, une imposante horloge murale indiquait 12 h 10. L'heure du déjeuner. De fait, nombre de places étaient vacantes. Je dépassai un présentoir à journaux, jetai un coup d'œil aux unes des quotidiens – *L'urgence humanitaire en Syrie; Après la tuerie de Newtown, vote crucial au Sénat sur le contrôle des armes à feu…* – et vérifiai la date du jour: nous étions le lundi 15 avril 2013.

L'échéance se rapprochait. Désormais, il ne me restait plus que deux voyages avant la fin. Deux voyages avant l'inconnu.

Au fond de la salle, un espace informatique offrait un libre accès à des ordinateurs. Une idée prit corps dans mon esprit. Je m'installai devant un écran et tentai de me connecter à Internet. Malheureusement, l'ouverture d'une session nécessitait un code et était réservée aux titulaires d'une carte de bibliothèque.

J'attendis quelques minutes, scrutant les postes de travail autour de moi. À un moment, le téléphone portable d'une de mes voisines se mit à vibrer. Elle se leva pour répondre, s'éloignant de son ordinateur sans se déconnecter. Je me glissai à sa place et affichai une nouvelle fenêtre qui s'ouvrit sur la page d'un moteur de recherche. En quelques clics, je fus sur la fiche Wikipédia de l'amant de ma femme.

Pas de photo. Une notice biographique succincte :

Nick Hull

Nicolas Stuart Hull, né à Boston le 4 août 1966, est un écrivain et scénariste américain.

Diplômé de l'université Duke, il enseigne la littérature à Berkeley et à Chicago.

Publiée entre 1991 et 2009, sa trilogie, *The Dive*, connaît un succès fulgurant et le rend mondialement célèbre.

En 2011, il crée la série américaine *Past Forward* diffusée par la chaîne AMC, série pour laquelle il assure également les fonctions de producteur délégué et de *show runner.*

J'allais regarder d'autres liens lorsqu'une voix m'interpella :

– Hé, qu'est-ce que vous faites à ma place ?

L'étudiante était revenue dans la salle de lecture. Pris sur le fait, je m'excusai et m'éclipsai, quittant la bibliothèque par un escalier donnant sur Bryant Park.

J'étais en terrain connu : Midtown entre la 5e et la 6e Avenue. En métro, Greenwich Village n'était qu'à quatre stations et, quinze minutes plus tard, je traversai Washington Square. Avant de rentrer chez moi, je décidai de prendre la température en allant taper chez Sullivan.

Lorsque j'arrivai devant la porte de mon grand-père, j'eus la surprise de trouver une nouvelle enveloppe coincée entre les griffes du heurtoir.

La dernière fois, c'était pour m'annoncer la naissance imminente de mon fils. Cette fois, les nouvelles étaient moins bonnes.

Gamin,

Ça fait longtemps qu'on ne s'est plus vus et tu commences à sacrément me manquer.

S'il te prend l'idée de rendre visite à ton grand-père un de ces prochains jours, viens me voir au Bellevue Hospital.

Ne tarde pas trop.

Ma vieille carcasse commence à être fatiguée.

2.

L'unité de soins palliatifs.

L'accompagnement de fin de vie.

Dans tous les hôpitaux que j'avais connus, c'était toujours un service à part. L'équipe médicale devait y assurer les soins de confort, mais aussi se montrer attentive aux doutes, aux peurs et aux dernières volontés du malade.

Accompagné d'une infirmière, je poussai la porte de la chambre. C'était une pièce claire, calme, propice au recueillement et à l'introspection. Baignant dans une lumière douce, on avait réduit son appareillage médical au strict minimum pour assurer à son occupant une fin de vie décente et sans douleur.

Mon grand-père était allongé au milieu du lit. Méconnaissable. Son visage était creusé, son teint grisâtre, sa peau luisante. Amaigri, cadavérique, son corps décharné aux reliefs saillants semblait avoir rapetissé.

Un cancer du poumon en phase terminale : la même saloperie qui, avant lui, avait déjà emporté son propre père et son fils.

Un drôle de sens de la continuité familiale.

Sullivan ouvrit un œil en devinant ma présence.

– Tu te souviens, commença-t-il d'une voix essoufflée, c'est dans une chambre d'hôpital qu'on a fait connaissance tous les deux. Et c'est encore dans une chambre d'hôpital qu'on va se dire adieu…

J'avais une boule dans la gorge et des larmes embuaient mes paupières. Je n'essayai même pas de le contredire. Nous savions tous les deux que c'était la fin.

Il voulut ajouter quelque chose, mais partit dans une quinte de toux interminable. Après lui avoir placé un coussin derrière le dos, l'infirmière nous laissa seuls.

– Il était temps que tu viennes, gamin, reprit-il, essoufflé. J'ai essayé de m'économiser au maximum pour ne pas partir sans te dire au revoir.

Je connaissais ce phénomène et il m'avait toujours fasciné. Dans les derniers moments de leur vie, il était fréquent de constater un regain d'énergie chez de nombreux patients : soit parce qu'ils attendaient de revoir un proche, soit parce qu'ils voulaient accomplir une ultime volonté.

Sullivan chassa un chat dans sa gorge et reprit d'une voix enrouée :

– Je voulais te dire au revoir, mais surtout, merci. Merci de m'avoir sorti de l'enfer. En me délivrant de Blackwell, tu m'as offert deux décennies de vie que je n'attendais plus. Sacré bonus, non ?

Les larmes dégoulinaient sur mes joues. Sullivan me prit la main et se montra rassurant.

– Ne pleure pas. J'ai bien vécu et c'est en partie grâce à toi. Il y a vingt ans, la première fois qu'on s'est rencontrés, j'étais presque mort. C'est toi qui m'as ressuscité ! Tu m'as propulsé dans une nouvelle tranche de vie passionnante dans laquelle j'ai été heureux. Tu m'as fait rencontrer Lisa. Tu m'as permis de connaître mes arrière-petits-enfants…

À présent, lui aussi pleurait. Des larmes qui s'incrustaient dans les sillons de sa peau ridée. Il s'accrocha à mon bras pour que je l'aide à se redresser.

– Aujourd'hui, c'est pour toi que je m'inquiète, Arthur. Prépare-toi à affronter des choses terribles.

Je regardais ses yeux fiévreux, injectés de sang, qui clignaient à une vitesse folle. On aurait dit un illuminé prophétisant la fin du monde.

– Après le souffle des vingt-quatre vents, il ne te restera rien, reprit-il comme s'il récitait un mantra. Je sais que tu ne m'as jamais cru, mais c'est ce qui va pourtant arriver ! Au matin du vingt-quatrième jour, lorsque tu reprendras conscience, aucune des personnes que tu auras croisées ne se souviendra de toi.

Je secouai la tête et tentai de le rassurer à mon tour :

– Non, je ne crois pas que cela se passera ainsi. Frank se souvenait de votre rencontre à JFK. Il se souvenait que tu lui avais demandé de murer la porte de la cave. Tu vois, toutes les conséquences de tes actes ne disparaissent pas.

Mais il fallait plus que cet argument pour ébranler Sullivan dans sa foi.

– Tout ce que tu auras construit s'effondrera. Tu deviendras un étranger pour ta femme, tes enfants disparaîtront et…

Il s'interrompit pour partir dans une nouvelle quinte de toux qui donnait l'impression qu'il était en train de se noyer. Une fois la crise passée, il se lança dans une dernière mise en garde :

– Il n'y a pas de douleur plus atroce. Et quand la douleur est trop forte, quand tu la trouves trop injuste, tu es prêt à faire n'importe quoi pour qu'elle cesse.

Il haleta pour reprendre sa respiration :

– Je suis déjà passé par là, gamin, et je peux t'assurer que cette peine te paraîtra tellement insurmontable qu'elle risque de te tuer ou de te rendre fou. Promets-moi que tu ne feras pas comme moi, Arthur ! Ne te laisse pas emporter par le chagrin, résiste à la tentation des ténèbres !

À bout de souffle, il agrippa ma main.

– Il ne faut pas que tu restes seul, Arthur. Dans la vie, si on est seul…

Il s'interrompit et rassembla ses dernières forces pour articuler :

– … si on est seul, on est mort.

Ce furent ses dernières paroles.

Je demeurai à son chevet le plus longtemps possible. Jusqu'à ce que je sente mes membres trembler. Avant de partir, je remarquai une photo qu'il gardait avec lui sur sa table de nuit. C'est moi qui l'avais prise, en enclenchant le retardateur, lors d'une belle journée de l'été 2009.

On est là tous les cinq, serrés les uns contre les autres : Lisa rayonne, Ben fait le clown dans son pyjama Tigrou, Sophia arbore crânement ses deux seules et uniques dents, et Sullivan, en bon patriarche, me tient fièrement par l'épaule. Un moment parfait, figé pour l'éternité. Nous sommes une famille. Nous sommes le clan Costello.

Alors que je commençais à convulser, je rangeai le cliché dans la poche de ma veste.

Avant de me diluer dans le temps, j'adressai un dernier salut à mon grand-père.

La seule personne à m'avoir toujours soutenu.

La seule qui ne m'ait jamais déçu.

La seule qui ne m'ait jamais trahi.

2014

Le vrai, c'est l'autre

Il y a deux individus en chaque personne : le vrai, c'est l'autre.
Jorge Luis BORGES

0.

Une explosion.

Le bruit confus de la foule.

Des tambourins, la musique d'une fanfare, des coups de gong, des pétards qui éclatent. Une odeur repoussante de poisson macéré. Des effluves exotiques d'épices, de friture, de viande fumée.

Je reprends connaissance difficilement. J'ai le corps déglingué. Une barre métallique m'écrase la pommette, une autre me compresse le torse. J'ai l'impression d'être suspendu dans le vide, dans un équilibre instable. Soudain, je me sens tomber !

Bon sang !

Réveil brutal. J'ouvre les yeux et effectivement mon corps est en train de dégringoler le long d'une rampe de fer. Je déploie mon bras au petit bonheur la chance et me raccroche comme je peux.

Une fois ma chute freinée, j'ouvre les yeux et découvre… la tête énorme et menaçante d'un dragon rouge.

1.

Un dragon. Puis un autre.

Une armée de dragons, de lions, de chevaux qui ondulaient sous mes yeux, animés par des hommes camouflés.

J'étais perché plusieurs mètres au-dessus du sol, la tête à l'envers, les bras ballants. Je me redressai puis me mis debout. Je me trouvai sur le palier d'un escalier de secours extérieur. Un *fire escape* métallique accroché à la façade d'un immeuble de briques.

Dans la rue, c'était l'effervescence ; un cortège animé se mettait en branle : des chars multicolores, des drapeaux de couleurs vives, des acrobates, des danseurs, des animaux gigantesques en papier mâché.

Je connaissais cette artère étroite avec ses bâtiments sombres, un peu crasseux, et ses petites boutiques surmontées d'enseignes lumineuses et d'idéogrammes. J'étais à Chinatown, sur Mott Street. De là où partait, chaque année, le défilé pour célébrer le Nouvel An chinois. De fait, l'ambiance était festive : des rubans flottaient au vent, des confettis voletaient dans le ciel, des pétards explosaient pour chasser les mauvais esprits.

Je dévalai les marches pour atterrir sur le trottoir. Une affichette placardée sur un poteau indiquait la date du jour – nous étions le dimanche 2 février 2014 – et l'itinéraire du défilé : Worth Street, East Broadway, puis Roosevelt Park.

Je fendis la foule, dense et compacte, pour m'extraire de la procession.

En descendant Mulberry Street, je remarquai plusieurs taxis dont le dôme publicitaire semblait me narguer en annonçant la sortie prochaine de *L-O-V-E-R*, le nouveau roman de Nicolas Hull.

Je fis une pause à Columbus Park, le poumon de Chinatown. L'ambiance y était beaucoup plus tranquille. C'était un bel après-midi d'hiver : des températures douces, un ciel pur, une brise vivifiante, un soleil au zénith qui poudroyait entre les branchages.

Installés autour de tables en pierre, de vieux Chinois qui jouaient au mah-jong et aux dominos cohabitaient harmonieusement avec les adeptes du tai-chi, les musiciens et les jeunes couples qui pique-niquaient avec leurs enfants.

– Papa !

L'interpellation me fit tressaillir. Je me retournai en direction d'une fillette inconnue assise sur un banc de bois, un carnet à dessin posé sur les genoux. Puis elle me sourit et mon cœur s'accéléra. C'était ma Sophia !

Il y avait une chance sur un million pour que je la rencontre par hasard. Sullivan avait raison : aucun des voyages n'était aléatoire. Tous obéissaient à une logique.

– Ça va, ma belle ? dis-je en m'asseyant à côté d'elle.

Je ne l'avais pas vue grandir.

Le cliché ânonné par tous les parents n'avait jamais été aussi approprié.

Je l'avais quittée bébé, je la retrouvais petite fille avec de longs cheveux aux reflets d'or retenus par des barrettes nacrées et portant une robe élégante à col Claudine.

– Ça va, papa !

Je scrutai les alentours. À dix mètres, sur un banc, la baby-sitter suédoise n'avait d'yeux que pour l'écran de son téléphone portable.

– Tu m'as reconnu, Sophia ?

– Bien sûr. Maman me montre souvent tes photos.

J'avais du mal à retenir mes larmes.

– Si tu savais comme je suis content de te voir ! dis-je en la serrant dans mes bras.

Je la pris par la main pour m'éloigner de sa nounou.

– Viens, ma puce, je vais t'offrir un goûter.

Je l'entraînai vers les stands des marchands ambulants et commandai un cappuccino, une orangeade ainsi qu'un assortiment de spécialités locales : gingembre confit, fruits séchés, gaufrettes de Hong Kong, chips de racines de lotus…

– Tout le monde va bien à la maison ? m'enquis-je en déballant nos provisions sur une table en fer.

– Ça va pas mal ! assura-t-elle en croquant dans un biscuit.

Elle étala ses feutres, son carnet et se remit à dessiner.

– Et ton frère ? Tu t'entends bien avec lui ?

– Oui, Ben est gentil.

– Et maman ?

– Elle est souvent à son travail.

Je pris une gorgée de mon café.

– Elle voit toujours Nicolas ?

– Oui, bien sûr, dit-elle en levant les yeux vers moi. On habite tous chez lui maintenant.

Cette affirmation me fit bondir. Je lui demandai de répéter pour être certain d'avoir compris.

– J'ai ma chambre à moi tu sais, précisa-t-elle.

– Mais… depuis quand vivez-vous là-bas ?

– Quelques mois. Un peu avant Thanksgiving.

Je soupirai et me pris la tête dans les mains.

– Il ne faut pas que tu sois triste, papa.

Je terminai mon café.

– Maman est toujours en colère contre moi ?

Sophia me regarda d'un air ennuyé.

– Je crois bien, oui, dit-elle en secouant son orangeade.

Puis elle ajouta en me tendant la bouteille qu'elle ne parvenait pas à ouvrir :

– Mais maman sait que ce n'est pas ta faute ce qui est arrivé. Elle sait que tu n'y peux rien.

Je lui caressai les cheveux.

– Écoute, mon cœur, tout ça va bientôt s'arrêter. Dès l'année prochaine, on pourra se voir tout le temps. Tous les jours !

Ma petite fille secoua la tête.

– Je crois pas, non.

– Pourquoi tu dis ça ?

– Ben m'a dit qu'on allait mourir. C'est Sullivan qui le lui a appris.

Je m'insurgeai.

– Mais non, chérie, c'est des conneries, tout ça !

– Tu as dit un gros mot !

– Oui, et je le maintiens ! Personne ne va mourir, OK ?

– OK, dit-elle, davantage pour me faire plaisir que parce que je l'avais convaincue.

Je lui servis un peu d'orangeade dans un gobelet en carton.

– Tu crois que maman est toujours amoureuse de moi ?

– Je sais pas, répondit-elle un peu gênée.

– Et tu crois qu'elle est amoureuse de ce Nicolas Hull ?

– Papa ! Je sais pas, j'ai que six ans !

J'entendis une voix qui appelait « Sophia ! ». Je me penchai en arrière. À l'autre bout du parc, la baby-sitter venait de s'apercevoir de la disparition de l'enfant qu'elle était censée surveiller. Je n'avais plus beaucoup de temps.

– Où habite-t-il, Nicolas ?

– J'ai oublié l'adresse.

– Fais un effort, s'il te plaît, mon chat.

Elle se concentra puis, au bout de quelques secondes :

– Quand on est dans l'ascenseur, on appuie sur le bouton 33.

– D'accord, mais dans quel quartier ?

– Je connais pas les quartiers.

– Alors… dis-moi où tu peux aller à pied en sortant de l'immeuble.

– Hum, parfois, on va manger un hamburger dans un restaurant qui s'appelle The Odeon.

– D'accord, je connais ce restau, c'est à TriBeCa. À quoi ressemble l'immeuble dans lequel tu habites ?

– Il est tout neuf ! Les gens l'appellent parfois la tour de Jenga[1] !

– D'accord, je trouverai ! dis-je en ébouriffant ses cheveux. Tu es trop forte, ma fille !

– Sophia !

Cette fois, la baby-sitter nous avait repérés. Je me levai de la chaise et embrassai ma fille.

– Au revoir, ma puce. On se voit l'année prochaine ! J'aurai plein de temps. On fera des tas de choses ensemble, d'accord ?

– D'accord, répondit-elle en m'adressant un beau sourire. Tiens, je t'ai fait un dessin.

Je pris la feuille qu'elle me tendait, la pliai et la mis dans ma poche avant de quitter le jardin public par le nord.

2.

Une sculpture de cristal, étroite et longiligne, qui culminait à deux cent cinquante mètres de haut.

Situé au croisement de Worth Street et de Broadway, le TriBeC4 était l'une de ces résidences modernes et

1. Le « Jenga » est un jeu d'adresse dans lequel, à tour de rôle, chaque joueur retire des pièces en bois d'une pile en forme de tour et les replace à son sommet, jusqu'à ce que l'ensemble s'effondre.

luxueuses qui depuis la fin des années 2000 poussaient comme des champignons dans le ciel de Manhattan.

Architecturalement, la tour était constituée de maisons de verre, de tailles et de formes différentes, que l'on aurait posées les unes sur les autres. Chaque étage étant unique, le gratte-ciel ressemblait de loin à une pile de livres sur le point de s'effondrer. La construction devait connaître des détracteurs, mais elle était originale et elle tranchait avec les immeubles anciens de ce quartier historique.

Mais comment pénétrer dans un tel bâtiment ? me demandai-je alors que mon taxi s'arrêtait devant le TriBeC4.

L'un des deux hommes en livrée se précipita pour m'ouvrir la portière. Je sortis de la voiture avec assurance et pénétrai dans le gratte-ciel sans que l'on m'ait posé la moindre question. D'une hauteur de dix mètres environ, le hall d'entrée était à mi-chemin entre la zone d'embarquement d'un aéroport et la salle d'exposition d'un musée d'art moderne : des murs de verre, des toiles abstraites et minimalistes, une forêt de bonsaïs qui se profilait le long d'un mur végétal.

Une passerelle translucide monumentale desservait une batterie d'ascenseurs qui menaient aux appartements. Une fois dans la cabine, je m'aperçus que l'appareil nécessitait un code ou une empreinte digitale pour pouvoir accéder aux étages. J'allais renoncer lorsqu'une sorte de groom, les bras chargés de paquets de marques de luxe, entra dans la capsule, me salua et tapa une suite de chiffres sur le pavé numérique. Il appuya sur le bouton de l'un des penthouses situés au sommet de la tour et, dans la foulée, me demanda :

– Quel étage, monsieur ?

– Le trente-troisième.

Je le laissai manœuvrer et, quelques secondes plus tard, j'étais devant l'entrée de l'appartement de Nicolas Hull.

La porte était entrebâillée.

Il n'y a pas de hasard, sembla me murmurer la voix de Sullivan.

Je pénétrai dans le hall sans faire de bruit, puis m'avançai dans le salon à la décoration moderne, mais chaleureuse. Les rayons du soleil de fin d'après-midi traversaient l'appartement de tous les côtés, le transformant en un lieu presque surréaliste. Une lumière douce, cuivrée, presque vivante, qui semblait tournoyer autour de moi. Un boa constrictor de poussière dorée qui cherchait à m'envelopper.

Je m'avançai vers les larges baies vitrées et sortis sur le balcon protégé par des garde-corps cristallins. D'ici, on embrassait l'East River, le Brooklyn Bridge, la couronne dorée du Municipal Building, la nouvelle tour miroitante du One World Trade Center…

La vue était magique. L'endroit était époustouflant, mais quelque chose me mettait mal à l'aise. Ce vaisseau de verre était trop désincarné. Il me donnait l'impression d'être coupé de ce que j'aimais vraiment : les gens, la rugosité de la rue et des rapports humains, la vie.

Je retournai dans l'appartement. Accrochées aux murs, je reconnus des photos de Lisa et des enfants : des éclats de rire, des signes de complicité, des moments de bonheur captés sur pellicule. La preuve que leur vie continuait sans moi.

La preuve que je ne leur étais pas indispensable.

Je m'arrêtai devant un magnifique portrait de ma fille aux tons sépia. J'avais été bouleversé de la revoir et elle me manquait déjà tellement ! Tout en continuant à explorer le salon, je fouillai dans ma poche pour prendre la feuille sur laquelle Sophia m'avait fait un dessin.

Dans un coin de la pièce, un grand bureau en noyer supportait des piles de livres en attente d'une dédicace. Les exemplaires du dernier bouquin du maître des lieux. Un gros roman dont la couverture reproduisait un célèbre tableau de Magritte représentant le baiser d'un homme et d'une femme dont les visages étaient chacun recouverts d'un drap blanc. En lettres argentées, le titre du livre suivi du nom de l'auteur se détachait sur un fond sombre :

L-O-V-E-R
Nicolas Stuart Hull

Je dépliai le papier que j'avais précieusement rangé dans ma poche, mais, au lieu du dessin promis par ma fille, il y avait une inscription calligraphiée en grosses lettres bâtons :

Tu veux connaître un secret, papa ?

Je sentis un frisson me secouer le corps. Je retournai la feuille et je lus :

L'écrivain, c'est toi.

Je ne compris pas tout de suite ce que Sophia avait voulu me dire.

Mes yeux fixèrent de nouveau la couverture du roman.

L-O-V-E-R
Nicolas Stuart Hull

Tout à coup, je fus pris d'un début de vertige, et les lettres s'animèrent dans mon esprit pour former une anagramme qui me déstabilisa :

ARTHUR SULLIVAN COSTELLO

Affolé, je saisis l'un des bouquins et le retournai. Sur la quatrième de couverture, on pouvait lire une courte biographie de Nicolas Hull illustrée par son portrait.

Cette photo, c'était la mienne.

3.

– Ne me dis pas que tu es surpris !

Quelqu'un venait de pénétrer dans la pièce. Je me retournai pour découvrir mon portrait craché. Un clone. Un autre moi-même un peu arrogant, débarrassé de ma pesanteur, de ma gravité, de mes soucis, de cette anxiété que je portais chevillée au corps et au cœur depuis toutes ces années.

J'étais tétanisé. Par la surprise. Par la peur.

– Qui es-tu ? réussis-je à articuler.

– Je suis toi, bien sûr, affirma l'autre en avançant vers moi. Sérieusement, en vingt-quatre ans, tu n'as jamais envisagé cette solution ?

– Quelle solution ?

Il eut un rire moqueur et attrapa un paquet de Lucky Strike qui traînait sur le bureau.

– Ton père se trompait : le véritable problème dans la vie, ce n'est pas qu'on ne peut faire confiance à personne…

Il gratta une allumette et alluma sa cigarette avant de poursuivre :

– Non, le vrai problème, au fond, c'est qu'on n'a jamais qu'un seul véritable ennemi : soi-même.

Il s'approcha d'une desserte et se servit un verre de whisky japonais.

– Tu veux connaître la vérité sur le phare ?

Devant mon silence abasourdi, il poursuivit :

– La vérité, c'est que certaines choses sont irréversibles. Tu ne peux pas les effacer. Tu ne peux pas revenir en arrière. Tu ne peux pas être pardonné. Tu dois t'arranger pour vivre avec et pour ne pas causer d'autres dégâts. C'est tout.

Des gouttes de sueur perlaient sur mon front. Je sentais la colère monter en moi comme une vague menaçante.

– Et quel rapport avec le phare ?

Avec volupté, il rejeta une bouffée de fumée.

– Ah, d'accord, tu me prends pour un idiot, persifla-t-il. En fait, tu ne veux pas connaître la vérité.

J'en avais assez entendu.

Mon regard était hypnotisé par un coupe-papier posé sur le bureau. Un bel objet qui ressemblait à un katana miniature en ivoire incrusté. Fou de rage que cet autre moi joue impunément avec mon existence, je me saisis de l'arme et la pointai vers mon double en me rapprochant de lui.

– Pourquoi cherches-tu à me voler ma vie ? Je ne vais pas te laisser faire. Je vais récupérer ma femme et mes enfants ! Je ne veux pas les perdre !

Sa bouche se déforma tandis qu'il partait dans un éclat de rire :

– Tu ne veux pas les perdre ? Mais, espèce d'abruti, tu les as *déjà* perdus !

Pour le faire taire, je lui assenai plusieurs coups de lame au niveau de l'abdomen. Il s'écroula, en sang, sur le parquet blond.

Je restai plusieurs secondes immobile, statufié, essayant de comprendre une situation qui dépassait la raison.

Puis, pour la dernière fois, ma vision se troubla et l'image sauta devant mes yeux, comme sur les vieux postes de télévision de mon enfance. Mon corps fut pris de picotements, se contracta brutalement avant d'être secoué de mouvements secs et incontrôlables. Il se délita, se dévitalisa, se détachant de la réalité en se consumant dans une odeur de sucre brûlé.

Il y eut ensuite une détonation sourde, comme un coup de feu étouffé par un silencieux. Et, au moment où je m'évaporai, l'image de ma femme et de mes enfants s'imposa dans mon esprit.

C'est alors que l'évidence me creva les yeux.

Contrairement à ce que j'avais toujours cru, ce n'était pas moi qui disparaissais.

C'étaient eux.

Cinquième partie

Le roman inachevé

Le remède et le mal

Peut-être le meilleur de notre vie
appartient-il toujours au passé.
James SALLIS

Blackwell Hospital, Staten Island
29 décembre 2014

L'ascenseur ouvrit ses portes au septième étage.

Sanglée dans une blouse blanche, le docteur Esther Haziel sortit de la cabine. C'était une petite femme énergique aux cheveux blond cendré coupés court. Elle portait des lunettes rondes en écaille qui mettaient en valeur ses yeux verts pétillants d'intelligence et de curiosité. Passant derrière le comptoir des infirmières, elle s'empara d'un épais dossier. Elle le connaissait bien, mais, désireuse de se concentrer avant sa prochaine entrevue, en feuilleta les pages. Outre les prescriptions médicales, c'étaient surtout des coupures de presse qui s'étalaient sur les trois dernières années.

Arthur Costello s'essaie à la littérature jeunesse

(*Publishers Weekly* – 8 octobre 2012)

Connu pour ses thrillers et ses romans fantastiques, l'auteur de best-sellers revient en librairie la semaine prochaine avec *La Petite Fille de Mulberry Street*, son premier ouvrage destiné aux jeunes lecteurs.

C'est un livre d'à peine deux cents pages, mais qui va détonner dans la bibliographie d'Arthur Costello. Publié chez son éditeur habituel, Doubleday, *La Petite Fille de Mulberry Street* sera en vente à partir du lundi 15 octobre. *« Pour le dixième anniversaire de mon fils Benjamin, j'ai voulu lui offrir un cadeau particulier et j'ai donc décidé de lui écrire ce livre »*, a déclaré l'auteur lors d'une conférence de presse. De fait, le roman se présente sous la forme d'un conte narrant la vie d'une jeune adolescente, Ophelia, qui, en fouillant le grenier de la maison familiale, découvre une trappe qui va la faire basculer « de l'autre côté du miroir », à la découverte d'un monde parallèle magique et inquiétant. À mi-chemin entre Lewis Carroll et *Retour vers le futur*, le roman peut être lu dès dix ans, mais gageons que les plus grands et même les adultes seront séduits par cette fable initiatique.

Né en 1966, Arthur Costello commence à écrire très jeune pour payer ses études de médecine :

deux polars et un récit de science-fiction publiés sous pseudonyme entre 1986 et 1989. En 1991, alors qu'il est encore interne urgentiste, paraît sous son nom le premier tome de sa trilogie *The Dive*, qui va connaître un succès planétaire. Costello arrête alors la médecine pour se consacrer à l'écriture. Depuis vingt ans, il s'est illustré dans des genres différents : le fantastique, l'horreur, le roman policier et le techno-thriller. Parmi ses romans les plus célèbres, on peut retenir *Lost & Found* (Edgar Award du meilleur roman 2001), *Hantise* (prix Locus 2003), *La ville qui ne dort jamais* ainsi que *Les Gémeaux*, coécrit avec son ami Tom Boyd. Traduits dans quarante pays et vendus à plus de soixante-dix millions d'exemplaires à travers le monde, ses livres ont souvent été adaptés pour le cinéma ou la télévision avec sa contribution en tant que scénariste.

★

Arthur Costello obtient le prix Hugo pour son roman *La Petite Fille de Mulberry Street*

(*Kirkus Review* – 9 août 2013)

Déjà lauréat du prix Bram Stoker de la meilleure œuvre pour les jeunes lecteurs, Arthur Costello vient d'obtenir une nouvelle récompense pour son roman qui caracole depuis des semaines dans les classements des meilleures ventes.

Interrogé pour savoir si cette incursion dans la littérature jeunesse resterait sans lendemain, Costello a répondu : *« J'ai écrit ce roman pour les dix ans de mon fils lorsque je me suis rendu compte qu'il ne pouvait lire aucun de mes autres romans, qui contiennent beaucoup trop de scènes de violence ou d'horreur. Sophia, ma fille de cinq ans, commence à apprendre à lire et elle est très jalouse de son frère. Elle m'a d'ores et déjà demandé de lui écrire son propre roman. Donc j'ai bien peur que vous ne soyez pas encore débarrassé de moi ! »*

★

L'écrivain Arthur Costello prépare une série télé pour AMC

(Variety.com – 9 novembre 2013)

L'écrivain vient de signer avec la chaîne du câble pour y développer une série originale dont il sera le *show runner* et le producteur.

La chaîne AMC a annoncé vendredi avoir trouvé un accord avec l'écrivain pour produire une série policière et surnaturelle originale sur laquelle Costello travaille depuis plusieurs années. Intitulée *Past Forward*, elle mettra en scène la

lutte sur plusieurs générations d'une famille de flic new-yorkais contre un tueur en série capable de voyager dans le temps.
On ignore toujours pour l'instant le casting et le planning de production, mais AMC – qui est très enthousiaste pour ce projet, au point d'avoir déjà commandé fermement les huit épisodes de la première saison – aimerait le voir arriver à l'antenne le plus vite possible.

★

Lisa Ames rejoint le casting de *Past Forward*

(Deadline.com – 2 mars 2014)

Après Willem Dafoe et Bryce Dallas Howard, c'est au tour de Lisa Ames de rejoindre la distribution de la série de la chaîne AMC dans un rôle qui n'a pas encore été précisé.
Ancienne élève de la Juilliard School, ex-égérie de Calvin Klein, Ames est surtout connue pour ses rôles au théâtre et dans nombre de comédies musicales de Broadway. Elle est l'épouse de l'écrivain Arthur Costello, le *show runner* de la série.

★

Dramatique accident sur le Sagamore Bridge

(Site Web du *Bourne Daily News* – 11 juin 2014)

Il était près de 3 heures de l'après-midi, ce mercredi, lorsque l'accident s'est produit. Une voiture, qui circulait en direction de Cap Cod, a brutalement quitté la route pour percuter l'un des garde-corps du Sagamore Bridge. La rambarde a cédé sous le choc et le véhicule est tombé dans les eaux du canal.

Les hommes du bureau du shérif, les pompiers ainsi qu'une équipe de plongeurs ont immédiatement été dépêchés sur place. Un premier bilan fait état de deux décès : un garçon d'une dizaine d'années et une fillette. La conductrice, âgée de quarante ans environ, a pu être désincarcérée. Inconsciente, mais vivante, elle a immédiatement été conduite à l'hôpital de Bourne.

Mise à jour 16 heures. Selon la police, la conductrice du véhicule serait l'actrice Lisa Ames, l'épouse de l'auteur de best-sellers Arthur Costello.

Vivant à New York, la comédienne et l'écrivain sont des familiers de la région de Cap Cod, dans laquelle ils ont l'habitude de passer leurs vacances. Les corps repêchés plus tôt par les plongeurs sont vraisemblablement ceux de leurs deux enfants : Benjamin, douze ans, et Sophia, six ans.

D'après nos informations, l'écrivain ne se trouvait pas dans la voiture avec sa famille.

Mise à jour 23 h 30. Selon des sources médicales, les jours de Lisa Ames ne seraient plus en danger.

★

L'actrice Lisa Ames échappe de peu à la mort après une tentative de suicide

(*ABC News* – 3 juillet 2014)

Trois semaines après la mort tragique de ses deux enfants dans un accident de voiture, l'actrice et ancien mannequin a tenté cette nuit de mettre fin à ses jours en se tailladant les veines après avoir absorbé une surdose de médicaments.
C'est son mari, l'écrivain Arthur Costello, qui a découvert le corps de Lisa dans une baignoire de leur maison de Greenwich Village. Ancien médecin, l'auteur de best-sellers a prodigué à sa femme les premiers soins avant son transfert au Bellevue Hospital de Manhattan.
Selon une source médicale, l'état de santé de l'actrice est jugé sérieux, mais son pronostic vital ne serait pas engagé.

★

Arthur Costello arrêté par la police après une bagarre

(*New York Post* – 17 novembre 2014)

L'incident s'est déroulé hier soir sur le quai de la station de métro de West Fourth Street-Washington Square. Visiblement très éméché, l'écrivain a roué de coups un employé de la MTA.
D'après les caméras de surveillance, il semble que l'auteur à succès ait voulu se jeter sur la voie au moment où le train entrait en gare, mais Mark Irving, un jeune contrôleur, l'aurait rattrapé in extremis pour le sauver de ce geste fatal. Mécontent, M. Costello s'en est alors pris à son sauveur et l'a frappé violemment avant son interpellation par la police.
Malgré l'insistance de son syndicat, le contrôleur de la MTA n'a pas souhaité déposer de plainte contre l'écrivain.

★

L'écrivain Arthur Costello interné

(*New York Post* – 21 novembre 2014)

Après une tentative de suicide la semaine dernière, l'auteur de best-sellers a été interné à sa demande dans le service psychiatrique du

Blackwell Hospital de Staten Island, a indiqué aujourd'hui son agent Kate Wood.
« Après la mort de ses enfants et la séparation d'avec sa femme, Arthur traverse une période très difficile, a reconnu Mlle Wood. Mais je ne doute pas qu'il trouve en lui les ressources nécessaires pour affronter cette tragédie et reprendre le dessus. »

Calant le dossier sous son bras, Esther Haziel respira profondément et se dirigea vers le bout du couloir où se trouvait la chambre 712.

Là, elle croisa l'infirmier responsable de l'étage : un colosse body-buildé que certains surnommaient Double-Face à cause de son visage partiellement brûlé.

– Vous m'ouvrez la porte, s'il vous plaît ?

– OK, doc, répondit l'employé. A priori, le patient est doux comme un agneau, mais vous savez mieux que moi qu'il n'y a pas de règles avec ce type de gugusse. Et puis je dois vous mettre en garde : le bouton d'appel d'urgence de la chambre ne fonctionne plus. Donc, au moindre problème, n'hésitez pas à hurler, même s'il n'est pas certain qu'on vous entende, vu que vous nous faites toujours bosser en sous-effectif !

Comme Esther le foudroyait du regard, Double-Face battit en retraite.

– Si on ne peut plus rigoler, maugréa-t-il en haussant les épaules.

L'infirmier ouvrit la porte et la verrouilla derrière lui. Esther s'avança dans la chambre. C'était une pièce minuscule, une cellule spartiate meublée d'un lit en ferraille, d'une chaise bancale en plastique et d'une table fixée au sol.

Arthur Costello était allongé sur le matelas, le buste redressé, calé contre un oreiller. La quarantaine bien tassée, il était encore bel homme : un grand brun mélancolique aux traits acérés qui flottait dans un pantalon trop large et un tee-shirt en jersey.

Immobile, les yeux vitreux, il semblait ailleurs, absorbé dans une rêverie lointaine.

– Bonjour, monsieur Costello, je m'appelle Esther Haziel. Je suis le chef de service du pôle psychiatrie de cet hôpital.

Costello resta de marbre, ne semblant même pas s'apercevoir de la présence de la psy.

– C'est moi qui suis chargée de signer votre autorisation de sortie. Avant que vous ne quittiez cet établissement, je veux m'assurer que vous ne représentez plus un danger, ni pour vous ni pour les autres.

Arthur sortit soudain de sa léthargie.

– Mais madame, je n'ai aucune envie de quitter cet hôpital.

Esther tira une chaise et s'assit près du lit.

– Je ne vous connais pas, monsieur Costello. Ni vous ni vos livres. En revanche, j'ai lu votre dossier, assura-t-elle en posant la chemise en carton sur la table qui les séparait.

Elle attendit quelques secondes avant de préciser :

– J'aimerais que vous me racontiez vous-même comment les choses se sont déroulées.

Arthur regarda le médecin pour la première fois.

– Vous auriez une cigarette ?

– Vous savez très bien que l'on ne peut pas fumer ici, dit-elle en pointant le détecteur de fumée.

– Alors, barrez-vous !

Esther soupira, mais capitula. Elle fouilla dans la poche de sa blouse et lui tendit son propre briquet et son paquet de fines cigarettes mentholées avant de répéter sa question :

– Racontez-moi votre histoire, monsieur Costello. Que s'est-il passé le jour de la mort de vos enfants ?

Arthur coinça la cigarette derrière son oreille.

– J'ai déjà rabâché tout ça à plusieurs reprises à vos collègues.

– Je sais, monsieur Costello, mais je voudrais que vous me le disiez à moi.

Il se massa longuement les paupières, respira profondément, puis se lança :

– Benjamin et Sophia sont morts le 11 juin 2014. À l'époque, je vivais une période difficile. Je n'avais plus écrit une ligne depuis des mois. La mort de mon grand-père, au début de l'année, m'avait dévasté. C'est lui qui m'avait donné le goût de la lecture et de l'écriture, lui qui m'avait offert ma première machine à écrire et qui m'avait guidé dans mes premiers écrits. Je ne me suis jamais entendu avec mon père. Sullivan est la seule personne qui m'ait toujours soutenu. La seule qui ne m'ait jamais trahi.

– Quelles relations entreteniez-vous avec votre femme ? demanda Esther.

– Comme tous les couples, nous avions des hauts et des bas. Comme beaucoup de femmes d'écrivains, Lisa me reprochait d'être trop souvent coupé du monde et de ne pas passer suffisamment de temps avec elle et nos enfants. Elle trouvait que je travaillais trop, que mon univers imaginaire cannibalisait ma vie. C'est pour ça qu'elle m'avait surnommé « l'homme qui disparaît ».

– Pourquoi « l'homme qui disparaît » ?

– Parce qu'il m'arrivait trop souvent de disparaître dans mon bureau pour rejoindre mes personnages de papier. Elle disait que, dans ces moments-là, j'étais un déserteur et que je délaissais ma famille. C'est vrai que j'en ai loupé des réunions de parents d'élèves, des matchs de foot et des spectacles de fin d'année. Sur le coup, tout ça me semblait dérisoire. On pense toujours avoir le temps. On croit que l'on arrivera à rattraper ces moments perdus, mais ce n'est pas vrai.

Après un instant de silence, Esther Haziel relança l'écrivain :

– Donc, à l'époque de l'accident, vous vous étiez éloignés ?

– C’était même plus que ça. J’étais persuadé que Lisa me trompait.

– Sur la base de quels éléments ?

Arthur eut un geste vague de la main.

– Des conversations au téléphone qui s’arrêtaient lorsque je rentrais dans la pièce, des absences régulières et injustifiées, le code de son téléphone qu’elle avait changé…

– C’est tout ?

– Ça m’a semblé suffisant pour engager un détective privé.

– Et c’est ce que vous avez fait ?

– Oui, j’ai contacté Zachary Duncan, alias La Chique, un ancien flic reconverti dans la sécurité que j’utilisais comme consultant pour écrire mes polars. Avec son éternelle parka de la Croix-Rouge et son stetson, il ne paie pas de mine, mais c’est l’un des enquêteurs les plus efficaces de New York. Il a pris Lisa en filature et, une semaine après notre premier rendez-vous, il m’a montré des preuves qui me paraissaient accablantes.

– Par exemple ?

– Essentiellement des photos sur lesquelles on voyait ma femme en compagnie d’un homme, Nicolas Horowitz, à l’entrée d’un hôtel du centre de Boston. Trois rendez-vous en une semaine. Des rencontres qui ne duraient jamais plus de deux heures. Zachary m’a dit d’attendre la fin de son enquête pour parler à ma femme, mais, pour moi, il ne faisait aucun doute que ce type était son amant.

Arthur quitta son lit et s'avança vers la fenêtre, regardant à travers la vitre les nuages cotonneux qui filaient vers Astoria.

– J'en ai parlé à Lisa dès le lendemain, reprit-il. C'était un samedi. On avait prévu de partir en vacances dans un endroit que j'adorais : *24 Winds Lighthouse*, un phare de la région de Cap Cod qu'on louait presque chaque année. Je trouvais que ce vieux bâtiment avait un charme fou et qu'il émettait de bonnes ondes. Souvent, lorsque j'étais là-bas, j'étais « inspiré » par le lieu et j'écrivais bien. Mais, ce matin-là, je n'ai pas attendu que l'on soit au phare pour déverser ma colère sur ma femme. Dès le petit déjeuner, je lui ai montré les photos et je l'ai sommée de s'expliquer.

– Et quelle a été sa réaction ?

– Outrée que j'aie engagé un détective pour la surveiller, elle a refusé de me donner des explications. Je ne l'avais jamais vue aussi en colère. Finalement, elle a dit aux enfants de monter dans la voiture et elle est partie à Cap Cod sans moi. Et c'est sur le trajet qu'elle a eu l'accident.

La voix de Costello se brisa. Il eut une quinte de toux mêlée de larmes avant de marquer une longue pause.

– Qu'avez-vous fait lorsqu'elle est partie ?

– Rien. Je suis resté paralysé, incapable de réagir, enveloppé de son parfum, une essence de fleur d'oranger.

– Votre femme ne vous a jamais trompé, n'est-ce pas ? devina Esther.

– Non, au contraire. Elle s'inquiétait pour moi et elle voulait me faire une surprise. Elle venait de recevoir un gros cachet d'une chaîne de télévision pour jouer dans une série. Je ne l'ai appris que plus tard, mais elle avait utilisé cette somme pour acheter *24 Winds Lighthouse.*

– Elle voulait vous offrir le phare ?

Arthur approuva de la tête.

– Elle savait combien j'étais attaché à cet endroit. Elle pensait qu'après la mort de mon grand-père, ça me redonnerait l'envie et la force d'écrire.

– Et cet homme, Nicolas Horowitz ?

– Ce n'était pas son amant. Seulement un homme d'affaires de Boston qui possédait une chaîne d'hôtels et plusieurs maisons d'hôtes en Nouvelle-Angleterre. C'était surtout l'héritier de la famille à qui appartenait le phare. Une vieille lignée bostonienne qui n'avait pas très envie de se séparer de ce bâtiment historique. Et c'est justement pour les convaincre que, ces dernières semaines, Lisa multipliait les rendez-vous et les échanges téléphoniques avec Horowitz.

Arthur se tut et alluma sa cigarette. Pendant quelques secondes, Esther Haziel resta elle aussi silencieuse, puis elle se frotta les épaules pour se réchauffer. On était au milieu de l'hiver et la pièce était glaciale. On entendait bien le bruit de l'eau qui circulait dans un radiateur en fonte, mais l'appareil ne diffusait aucune chaleur.

– Que comptez-vous faire à l'avenir ? demanda-t-elle en cherchant le regard d'Arthur.

– L'avenir ? Quel avenir ? s'énerva-t-il. Vous croyez qu'on a un avenir lorsqu'on a tué ses enfants ? Vous croyez que…

La psychiatre l'interrompit fermement.

– Vous ne pouvez pas faire ce raccourci. Vous n'avez pas tué vos enfants et vous le savez très bien !

Arthur l'ignora. Il tira nerveusement une bouffée, le regard perdu à travers la vitre.

– Monsieur Costello, vous êtes dans un hôpital ici, pas dans un hôtel.

Piqué au vif, il se tourna vers elle, l'air interrogatif.

Haziel s'expliqua :

– Beaucoup de patients qui sont soignés à Blackwell souffrent de pathologies lourdes contre lesquelles ils n'ont pas les armes pour lutter. Ce n'est pas votre cas. Vous avez des ressources. Ne vous laissez pas détruire par votre douleur. Faites-en quelque chose !

Sidéré, Arthur s'insurgea.

– Bon Dieu, mais qu'est-ce que vous voulez que j'en fasse ?

– Ce que vous savez faire de mieux : écrivez.

– Et sur quoi ?

– Sur ce qui vous hante : retraversez cette épreuve, mettez des mots sur votre peine, extériorisez votre fardeau. Dans votre cas, l'écriture est à la fois le remède et le mal.

L'écrivain secoua la tête.

– Ce n'est pas ma conception du roman. Je ne vais pas imposer mes états d'âme à mes lecteurs. L'écriture n'est pas une thérapie. L'écriture, c'est autre chose.

– Ah bon, c'est quoi ?

Arthur s'anima.

– C'est d'abord un travail d'imagination. C'est vivre d'autres vies, créer des univers, des personnages, des mondes imaginaires. C'est travailler sur les mots, polir une phrase, trouver un rythme, une respiration, une musique. L'écriture n'est pas faite pour guérir. L'écriture, ça fait mal, ça ronge, ça obsède. Je suis désolé, mais nous ne faisons pas le même travail, vous et moi.

Esther lui répondit du tac au tac :

– Je crois au contraire que nous travaillons avec le même matériau, monsieur Costello : le refoulé, la peur, la douleur, les fantasmes.

– Donc vous pensez qu'on peut tourner la page comme ça, juste en écrivant ?

– Qui vous a parlé de tourner la page ? Je vous ai simplement conseillé de mettre votre douleur à distance en la cristallisant dans une fiction. De rendre acceptable dans un roman ce qui est inacceptable dans la réalité.

– Désolé, mais je suis incapable de faire ça.

D'un mouvement vif, Esther Haziel se saisit du dossier cartonné posé sur la tablette pour en extraire plusieurs feuilles photocopiées.

– J'ai retrouvé une interview que vous aviez accordée au *Daily Telegraph* en 2011 pour la sortie d'un de vos romans en Angleterre. Je vous cite : « *Derrière le côté chimérique de la fiction se cache toujours une part de vérité. Un roman est presque toujours autobiographique, puisque l'auteur raconte son histoire à travers le prisme de ses sentiments et de sa sensibilité.* » Plus loin, vous ajoutez : « *Pour construire des personnages intéressants, j'ai besoin d'être en empathie avec eux. Je suis tour à tour chacun de mes héros. Comme la lumière blanche qui traverse un prisme de verre, je me diffracte en chacun de mes personnages.* » Vous voulez que je continue ?

Arthur Costello refusa de soutenir le regard de la psychiatre, se contentant de hausser les épaules.

– Je ne serais pas le premier à raconter des sornettes dans une interview.

– Sûrement, mais là, en l'occurrence, c'est ce que vous pensez vraiment. C'est…

Esther allait développer son argumentation lorsque l'alarme du détecteur de fumée se déclencha.

Quelques secondes plus tard, Double-Face fit irruption dans la pièce.

La vue du mégot et du paquet de cigarettes posé sur la table le mit en colère.

– Ça suffit, docteur, il faut que vous partiez maintenant !

Revue de presse
(2015)

**L'écrivain Arthur Costello
est sorti de l'hôpital**

(*Metro New York* - 5 janvier 2015)

L'auteur à succès est sorti ce matin du Blackwell Hospital, dans lequel il était traité depuis plus d'un mois à la suite d'une dépression et d'une tentative de suicide consécutives à la mort de ses deux enfants dans un accident de voiture.
Kate Wood, son agent, a également déclaré que l'auteur avait l'intention de se remettre prochainement à l'écriture d'un nouveau roman, ce que l'écrivain s'est pourtant refusé à confirmer.

★

KateWoodAgency@Kwood_agency. 12 février.
Le nouveau roman d'Arthur Costello paraîtra
au printemps !
Il s'appellera L'instant présent.
#BonneNouvelle ! #Hâte

★

Un nouveau roman d'Arthur Costello bientôt en librairie ?

(*The New York Times Book Review* - 12 février 2015)

La rumeur courait depuis quelque temps, mais c'est l'éditeur Doubleday ainsi que Kate Wood, l'agent de l'écrivain, qui ont confirmé la nouvelle sur les réseaux sociaux. L'écrivain Arthur Costello devrait publier un nouveau roman au printemps prochain, le premier depuis le décès tragique de ses enfants. « *Le roman s'appellera* L'instant présent », a même ajouté l'agent, qui a refusé d'en dévoiler l'intrigue, se contentant de préciser que « *l'histoire débutera à Cap Cod, sur une avancée rocheuse sur laquelle se dresse un phare mystérieux* ».

Pourtant, dans la soirée, le meilleur ami de Costello, l'écrivain Tom Boyd, a contesté l'information : « *J'ai eu Arthur au téléphone cet après-midi et il m'a demandé de démentir cette annonce, a déclaré l'auteur californien. Il est exact qu'il s'est remis à écrire, mais il est beaucoup trop tôt pour parler de publication. Arthur n'a pris aucun engagement. Et si vous voulez mon avis, je pense même qu'en voulant accélérer les choses, son agent et son éditeur jouent contre leurs propres intérêts* », a ajouté, sibyllin, l'auteur de *La Trilogie des Anges*.

L’amour est un phare

L’amour […] *est un phare érigé*
pour toujours
Qui voit les ouragans sans jamais
en trembler.
William SHAKESPEARE

Aujourd’hui.
Samedi 4 avril 2015

Le soleil qui se levait incendiait le ciel au-dessus de l’horizon.

Un vieux pick-up Chevy au capot arrondi et à la calandre chromée s’engagea dans le chemin de terre qui conduisait jusqu’à la pointe nord de Winchester Bay. L’endroit était sauvage, envoûtant, battu par le vent, ceinturé de toutes parts par l’océan et les falaises.

Lisa Ames gara le véhicule sur la bande de gravier qui encerclait l’habitation. Un gros labrador retriever au pelage sable s’élança hors de la voiture et s’ébroua bruyamment.

– Doucement, Remington ! demanda Lisa en claquant la porte du pick-up.

Elle leva les yeux, toisant la silhouette robuste du phare octogonal qui s'élevait à côté d'une maison de pierre recouverte d'un toit pointu en ardoise.

D'un pas hésitant, Lisa monta la volée de marches qui menait au cottage. Elle sortit un trousseau de clés de la poche de sa canadienne, ouvrit la porte et s'avança dans la pièce principale : un grand salon, traversé de poutres apparentes, surplombé par une large baie vitrée qui donnait sur l'océan.

La salle était meublée d'une bibliothèque, d'une armoire et de nombreuses étagères en bois cérusé. Aux murs et sur les rayonnages, des filets de pêche, des cordages, des lampes tempête de toutes les tailles, des casiers à homards en bois verni, des étoiles de mer, une maquette de voilier prisonnière d'une bouteille.

Près de la cheminée, Lisa découvrit son mari, avachi sur le canapé. Profondément endormi, Arthur avait une bouteille de whisky aux trois quarts vide posée à côté de lui.

Les larmes lui montèrent aux yeux. Elle ne l'avait pas revu depuis la mort de Benjamin et de Sophia. Délesté d'une dizaine de kilos, il était méconnaissable avec ses cheveux longs embroussaillés, son visage mangé par la barbe, ses paupières creusées par des cernes noirâtres.

Sur le bureau en bois brut, elle reconnut la vieille machine à écrire que Sullivan avait offerte à son petit-fils pour son quinzième anniversaire : une Olivetti Lettera à la carapace en aluminium bleu pâle.

Sa présence l'intrigua, car il y avait bien longtemps qu'Arthur ne tapait plus ses romans à la machine. Elle fit tourner le cylindre pour extraire la feuille coincée dans les rouages.

2015
Le vingt-quatrième jour

La nuit. Rien. C'était là son horizon.
Il était seul.
Seul a un synonyme : mort.
Victor Hugo

0.
J'ouvre les yeux.
Je

Le texte s'arrêtait là. Elle n'en comprit pas le sens. Puis elle découvrit une épaisse pile de feuilles à côté de la machine. Les mains tremblantes, elle se saisit du manuscrit et en parcourut les premières lignes.

L'histoire de nos peurs

1971
– N'aie pas peur, Arthur. Saute ! Je te rattrape au vol.
– Tu... tu es sûr, papa ?
J'ai cinq ans. Les jambes dans le vide, je suis assis sur le plus haut matelas du lit superposé que je partage avec mon frère. Les bras ouverts, mon père me regarde d'un œil bienveillant.
– Vas-y, mon grand !
– Mais j'ai peur...

Moins de dix lignes et Lisa pleurait déjà. Elle s'installa dans le fauteuil en rotin derrière la table de travail et reprit sa lecture.

*

Deux heures plus tard, lorsqu'elle arriva à la dernière ligne, Lisa avait les yeux rougis et la gorge nouée. Ce roman, c'était une allégorie de leur histoire. En trois cents pages, elle avait vu défiler le film de sa vie. D'abord, sa rencontre avec Arthur, dans le New York du début des années 1990, lorsque, jeune étudiante à la Juilliard School, elle travaillait dans un bar underground pour payer ses études. Puis, transfigurées, fardées, enchevêtrées dans la fiction, les joies et les difficultés de leur couple, leur voyage de noces à Paris, la naissance de Benjamin et de Sophia, l'amour bien réel mais parfois compliqué qu'ils avaient partagé tous les quatre, le passage nostalgique du temps et des jours. Et enfin, ce phare, qu'elle avait voulu offrir à Arthur et à cause duquel ils s'étaient disputés, juste avant l'accident. Ce phare qui réapparaissait dans le roman comme l'impitoyable instrument de leur destin.

Lisa essuya une larme sur sa joue. Tout au long de sa lecture, elle avait partagé la culpabilité et les remords d'Arthur qu'elle découvrait aussi vifs et insupportables que les siens. À travers les pages, un lien s'était renoué entre eux et elle regrettait à présent de l'avoir accablé et rendu responsable de l'accident.

Lorsqu'elle leva la tête, les rayons du soleil perçaient à travers la baie vitrée, enflammant le salon d'une lumière ambrée. Toujours affaissé sur le canapé, Arthur poussa un soupir et ouvrit les yeux.

Il se mit debout et, découvrant sa femme assise à son bureau, resta un moment immobile, étourdi, groggy comme s'il se trouvait devant un fantôme ou une apparition.

– Salut, lança Lisa.

– Tu es là depuis longtemps ?

– Un peu plus de deux heures.

– Pourquoi tu ne m'as pas réveillé ?

– Parce que je lisais ton roman.

Alors qu'il hochait la tête, Remington courut dans sa direction en jappant et lui lécha les mains.

– Il manque la fin, constata-t-elle.

Arthur écarta les bras en signe de résignation.

– La fin, tu la connais. On ne peut pas déjouer le destin. On ne peut pas réparer l'irréparable. On ne peut pas revenir en arrière.

Elle fit un pas vers lui.

– Ne termine pas ce roman, Arthur ! le supplia-t-elle avec force. Ne fais pas mourir les enfants une seconde fois, s'il te plaît.

– Ce n'est que de la fiction, se défendit-il mollement.

– Tu connais mieux que personne les pouvoirs de la fiction ! Tout au long de ces pages, tu fais revivre Ben et Sophia. Tu nous fais *tous* revivre. Tu nous fais combattre. Ne nous brise pas de nouveau. Ne saborde pas tout en quelques lignes. Si tu finis le roman, tu nous perds définitivement. Ne ravive pas ta culpabilité. Ne t'accuse pas une nouvelle fois du drame de nos vies.

Elle se rapprocha encore pour le rejoindre devant la baie vitrée.

– Ce livre, ce sont nos douleurs, nos secrets. Ne l'expose pas au monde. Ils n'attendent que ça. Tous. Personne ne lira ton livre comme un roman. Ils le liront comme des voyeurs, en essayant de donner du sens à chaque détail. Ils liront notre histoire en faisant des raccourcis. Et notre histoire mérite bien mieux que ça.

Arthur ouvrit en grand la baie vitrée et sortit sur la terrasse en pierre qui surplombait l'océan. Lisa l'y rejoignit, le roman serré au creux des bras, suivie du labrador qui dévala les marches taillées dans la roche en direction de la plage.

Lisa posa le manuscrit sur une table en bois dont la peinture écaillée avait souffert des outrages du temps.

– Viens, lança-t-elle en tendant la main vers son mari.

Arthur la saisit et la serra avec une intensité dont il ne se croyait plus capable. La chaleur de sa peau, l'abandon de ses doigts lui donnaient une force nouvelle, qu'il pensait perdue pour toujours.

Tandis qu'ils rejoignaient l'océan, elle lui dit :

– On ne sera plus jamais quatre, Arthur, mais on peut encore faire le choix d'être deux. On a déjà traversé beaucoup d'épreuves. Celle-là est la plus terrible, mais on est encore là, l'un pour l'autre. On peut même espérer avoir de nouveau un bébé. C'est ce qu'on a toujours voulu, n'est-ce pas ?

D'abord, Arthur resta muet. Il marcha aux côtés de sa femme sur le rivage désert qui s'étendait sur des kilomètres. Le vent s'était levé, la brise leur rafraîchissait le visage, l'écume argentée des vagues leur léchait les pieds. Lisa et lui appréciaient l'impétuosité de ce paysage. Son aspect sauvage, intemporel qui, aujourd'hui plus que jamais, leur donnait l'impression d'être vivants.

Puis une bourrasque plus forte souleva le sable. Arthur se retourna et porta sa main en visière pour regarder la terrasse en haut des falaises.

Balayées par le vent, les pages de son manuscrit tourbillonnaient dans le ciel. Des centaines de feuilles s'éparpillaient, volant quelques secondes au milieu des mouettes avant d'être emportées vers le large ou de virevolter sur le sable mouillé.

Arthur et Lisa se regardèrent.

La légende du phare disait vrai : les vingt-quatre vents ne laissaient rien sur leur passage et c'était peut-être aussi bien ainsi.

Car c'est la suite de l'histoire qui importait.

Et ils étaient d'accord pour l'écrire ensemble.

Merci

À Ingrid.

À Édith Leblond, Bernard Fixot et Alain Kouck.

À Sylvie Angel et Alexandre Labrosse.

À Bruno Barbette, Jean-Paul Campos, Isabelle de Charon, Catherine de Larouzière, Stéphanie Le Foll, Caroline Ripoll, Virginie Plantard, Valérie Taillefer.

À Jacques Bartoletti, Pierre Collange, Nadia Volf, Julien Musso et Caroline Lépée.

Références

Exergue : Stephen King, *Différentes saisons*, traduit par Pierre Alien, Albin Michel, 1986 ; Prologue : Pablo de Santis, *Crimes et jardins*, traduit par François Gaudry, Métailié, 2014 ; page 15 : Françoise Sagan, *Les Faux-fuyants*, Julliard, 1991 ; page 29 : attribuée à Jean Grosjean ; page 41 : Victor Hugo, *La Fin de Satan*, Hetzel, 1886 ; page 51 : Ruth Rendell, *2 doigts de mensonge*, traduit par Johan-Frédérik Hel Guedj, Éditions des Deux Terres, 2008 ; page 73 : Oscar Wilde, *Le Portrait de Dorian Gray*, Lippincott's Monthly Magazine, 1891 ; page 123 : Romain Gary, *Au-delà de cette limite votre ticket n'est plus valable*, Gallimard, 1975 ; page 151 : Confucius ; page 153 : Laurence Tardieu, *Un temps fou*, Stock, 2009 ; page 181 : Aldous Huxley, *Texts and Pretexts*, Harper & Brothers, 1932 ; page 205 : Saint Augustin, *Les Confessions* ; page 213 : Charles Baudelaire, « L'horloge », *Les Fleurs du Mal*, Poulet-Malassis, 1857 ; page 217 : Hermann Hesse, *Le Jeu des perles de verre*, Calmann-Lévy, traduit par Jacques Martin, 1955 ; page 221 : Colum McCann, *Et que le vaste monde poursuive sa course folle*, traduit par Jean-Luc Piningre, Belfond, 2009 ; page 233 : Ernest Hemingway, *Le Vieil Homme et la Mer*, traduit par Jean Dutourd, Gallimard, 1952 ; page 247 : Claire Keegan, *À travers les champs bleus*, traduit par Jacqueline Odin, Sabine Wespieser Éditeur, 2012 ; page 259 : Antoine de Saint-Exupéry, *Terre des hommes*, Gallimard, 1939 ; page 271 : Gabriel García Márquez, *L'Amour au temps du choléra*, traduit par Annie Morvant, Grasset, 1987 ; page 279 : François Truffaut, *Les Deux Anglaises et le Continent*, 1971 ; page 293 : John Irving, *À moi seul bien des personnages*, traduit par Josée Kamoun et Olivier Grenot, Le Seuil, 2013 ; page 309 : Charles Dickens, *De grandes espérances*, Chapman and Hall, 1861 ; page 317 : citation apocryphe de Jorge Luis Borges ; page 331 : Victor Hugo, *L'homme qui rit*, A. Lacroix, Verboeckoven & Cie, 1869 ; page 335 : Stephen King, *Ça*, traduit par William Olivier Desmond, Albin Michel, 1988 ; page 345 : James Sallis, *Le Faucheux*, traduit par Jeanne Guyon et Patrick Raynal, Gallimard, 1998 ; page 357 : William Shakespeare, *Sonnets*, « Sonnet CXVI », Thomas Thorpe, 1609.

P. 101 : l'épitaphe de la tombe de Frank Costello est inspirée de l'épitaphe collective à l'entrée du cimetière des Salles-du-Gardon (Gard).

Table

Quatrième partie

Le clan Costello

Cinquième partie

Le roman inachevé

Achevé d'imprimer par RODESA
en novembre 2015
pour le compte de France Loisirs, Paris

N° d'éditeur: 84337
Dépôt légal: janvier 2016

Imprimé en Espagne